散文家文丛

慕汪斋集

慕汪斋集

慕汪斋集 MU WANG ZHAI JI

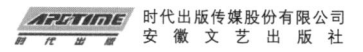

时代出版传媒股份有限公司
安徽文艺出版社

作者简介：

　　苏北，中国作家协会会员，中国金融作协副主席、安徽大学兼职教授。先后在《人民文学》《上海文学》《十月》《大家》《散文》《文汇报》和香港《大公报》、台湾《联合报》等刊物发表作品二百多万字，著有《苏北作品精品集》（六卷）等各类作品集近 30 种，并主编有《汪曾祺早期逸文》《四时佳兴：汪曾祺书画集》等。曾获安徽文学奖（政府奖）、第三届汪曾祺文学奖金奖、《小说月报》第 12 届百花奖入围作品等多种奖项。

散文家文丛

赵焰 主编

慕汪斋集
MU WANG ZHAI JI

苏 北/著

时代出版传媒股份有限公司
安徽文艺出版社

图书在版编目（ＣＩＰ）数据

慕汪斋集 / 苏北著. -- 合肥：安徽文艺出版社，2025.7
（散文家文丛 / 赵焰主编）
ISBN 978-7-5396-7923-5

Ⅰ．①慕… Ⅱ．①苏… Ⅲ．①散文集－中国－当代 Ⅳ．①I267

中国国家版本馆CIP数据核字(2024)第025901号

| 出版人：姚巍 | 统　筹：张妍妍　姚衍 |
| 责任编辑：宋晓津 | 装帧设计：徐睿 |

出版发行：安徽文艺出版社　　www.awpub.com
地　　址：合肥市翡翠路1118号　邮政编码：230071
营销部：(0551)63533889
印　　制：安徽新华印刷股份有限公司　　(0551)65859551

开本：880×1230　1/32　印张：13　字数：260千字
版次：2025年7月第1版
印次：2025年7月第1次印刷
定价：56.00元

(如发现印装质量问题，影响阅读，请与出版社联系调换)

版权所有，侵权必究

总序

散文的魅力

说散文,是老话重提,也是旧事重提。有些话,避不开,躲不掉,说千道万,也必须说。

仓颉最初造字,惊天地,泣鬼神。文字,那时候是用来通神的,文章自然也是。甲骨文不是文章,最早的散文集,应该是《尚书》,都是上古的文字,正大庄严,有万物有灵的意义。之后,青铜器出现,文字,也带有青铜般神圣的意味。先秦人作文,刀砍斧劈,铿锵有力,凡事都要说一个理来,列举寓言,也是说理。理直气壮,哪怕是歪理,也显得振振有词。那时凡文字成篇,皆是文章,由心而生,不玩辞藻,不是"诗言志",就是"思无邪"。《道德经》高蹈玄妙,神出鬼没,把世界的至理都讲透了;《论语》诚恳实在,雍容和顺,平易中可见性情;《庄子》恣意汪洋,风轻云淡,最可贵的是难得的自由;《孟子》灵活善譬,多辞好辩,有凛然之威慑力;《韩非子》辞锋峻峭,雄奇猛烈,有强词夺理之急切。

先秦文章,如文字附诸甲骨、青铜之上,电光石火,意在不朽。有金石之音、风云之气的,是《左传》和《国语》。据说左丘明眼睛出问题了,孜孜于《左传》;双目失明了,仍不放弃

《国语》。左氏有心杀贼，无力回天，笔下的每一个方块字，都是刀剑淬火。不仅仅是左丘明，那时候的知识人，晋之董狐、齐之太史兄弟等，都是以文字为金石，视文字为重器。他们落下文字，是以天地为鉴，想着石破天惊的千古之事。

重剑无锋，大巧不工。文章，以此风格慢慢延续。后来，凡刻在竹简上、写在纸上的，都被视为灵魂的祭奠，是用来封印的。文章，更被视为跟生命同质，甚至比生命更加永恒。

那时候的文章，最可贵的品质，在于真与朴，在于是非的坚守，以气节和热血激扬文字。字词落下，熠熠生辉，感天动地的是作者的诚意。以真心做文章，文章不一定见真理；可是一定比假话作文要好，用假话写出来的，一定不见真理。那个时代的文章，足以惊天地泣鬼神。

先秦人写作，也遇到烦恼。烦恼是什么？如老子云：道可道，非常道；名可名，非常名。表达不好把握，写着写着，偏离本来，或者言犹未尽，不敢多说。文章的游离和不确定，让人们更惧怕和敬畏，文字因此更生神性。人们不敢多说，也不敢多写；不敢乱说，也不敢乱写。

秦汉时期，文字如长城的砖石一样，沉重古朴。司马迁的《史记》，是其中的典范。《史记》就是无形的长城，黏合字词文章的，是无数的血和泪。欲知司马迁对散文的态度，看看他那篇千古雄文《报任安书》就知道了：

……草创未就，会遭此祸，惜其不成，是以就极刑而无愠色。仆诚以著此书，藏之名山，传之其人，通邑大都，则仆偿前辱之责，虽万被戮，岂有悔哉！

司马迁视自己惨遭宫刑为奇耻大辱，悲恸欲绝，欲哭无泪。《史记》寄托了司马迁的生命，也延长了他的生命。司马迁唯个人良知为天理，宁死而不肯妥协。以"成者为王，败者为寇"的惯例，只有帝王才能入列"本纪"，可是修史的司马迁不买账，因崇敬项羽的英雄气概，将项羽列入了"本纪"系列，文字中不吝赞美，相反，对胜利者沛公，常有贬损。司马迁如此做，将一切置之度外。汉武帝想必十分恼火，却也无法，不好干涉太多，因为那时候的史志，尚不是官史，个人评藻中，尚有自由。

与《报任安书》一样铁血侠气的，还有李陵的《答苏武书》、杨恽的《报孙会宗书》，这些文章的好，在于真意畅达，以热血为文字书写。箭镞破空，真意畅达，行文自然旷远；万千沟壑，聚云成雨，落笔自成文章。那时的社会，尚没有文人这种狭隘的职业。只有士，上马杀贼，下马作文；仗剑夜行，又能变身为行侠仗义的豪杰。

顾随说中国历史上最好的文章，都不是文人所写。好的文章，一定是情思哲思喷薄而出；也是"飞蛾投火"，不是烧没了，而是烧出生命的气息。好的文章之中，一定有一种大于文学的精气神做支撑，不是就事论事，或者单纯地叙述，而是以全部的生命能量，去拥抱作品，成就华美的篇章。

《离骚》的伟大，是屈原"长太息以掩涕兮，哀民生之多艰"

的叹咏;《史记》的伟大,是司马迁"究天人之际,通古今之变,成一家之言"的悲怆;后来杜诗的伟大,是有着"致君尧舜上,再使风俗淳"的情怀。

汉朝出现汉赋这种东西,华丽铺陈,可以视为文字的卖弄和游戏,也可以视作语言文字的技术拓展。贾谊、枚乘、司马相如、扬雄的文辞,各有各的华美。可是华美过了,华而不实,就成问题了。曹氏父子,是另类。曹操不是文人,他的风流高旷之气,让一般人难以望其项背。曹操的好,在于有大性灵、大胸襟、大气魄、大悲悯、大境界,有强烈的个体自主意识。魏晋文章,曹操排第二,谁也不敢称第一。"三曹"当中,曹操排第一,曹丕排第二,曹植排第三。曹植才气第一,为什么作文第三?因为胸襟太小,文人气太盛。曹操的文章、曹丕的论文,兼有文采和性情,有大认知,都不是胸无韬略的文人可写就的。

魏晋南北朝时期,可视为"第二次百家争鸣"。外部文化传入,自我意识增强,产生了诸多有趣的灵魂。灵魂有趣,文章自然有趣。从王羲之的《兰亭集序》就可以看出,魏晋之时知识人生命意识的觉醒。文章开头,是雅集呼朋唤友的轻松,可是写着写着,文字变得伤痛,沉郁而浩渺的悲伤出现了。这种悲情,不是传统的家国情怀,而是对人之为人本质感到的凄凉。王羲之的心境,比《观沧海》时的曹操更为孤独,也更为柔软。他其实是把自己的心灵一层层地剥开,深入最脆弱的内核了。

从魏晋开始,本土的儒家和道家受佛家影响,生命意识觉醒,思维打开,聪明转为智慧,智慧连接虚空,转成艺术哲学。

地理学著作，有张华的《博物志》、郦道元的《水经注》；医药方面，有张仲景的《伤寒杂病论》、葛洪的《抱朴子》；文论方面，有曹丕的《典论·论文》、陆机的《文赋》、刘勰的《文心雕龙》、钟嵘的《诗品》、谢赫的《古画品录》等。至于好文章，就更多了，除了左思的《三都赋》、陶渊明的《桃花源记》外，还有杨衒之的《洛阳伽蓝记》、刘义庆的《世说新语》、沈约的《宋书》、庾信的《枯树赋》等——这些文章，天朗地阔，荡气回肠，如秋雨后的蓝天白云。

一些志怪类文章也好，比如干宝的《搜神记》等，鲜活灵动，充满着生命的活力、想象力，体现了自由意志，是"天人合一"理念的延伸。

魏晋文章，堪称高妙。这高妙，跟东西方文化的碰撞有关，跟佛学的渗入有关。外来思想，激活中土，释放的能量有点超出人力范畴，随处都是鬼斧神工，随处都是余音三匝。

宗白华语："晋人向外发现了自然，向内发现了自己的深情。"这一句话，异常体贴到位，是今人对晋人的懂得。诸多魏晋名士的无情，有时候是深情，是对世界的深情，也是对人性的深情。

魏晋文章，还有音乐性——文字语言之间，有节奏变化的神韵，有内在的纹理，有数理的神妙。这些，都可以视为文字本身具有的神性，被发掘出来了。魏晋文章，在这方面有很好的探索，它是以字词为手指，触摸神秘的领域。

魏晋南北朝之后是唐朝，唐朝有胡风，就文化上来说，走的是"天苍苍，野茫茫，风吹草低见牛羊"这一路，有元气饱满、云开日出的浩荡，也有化繁为简的力量。唐初，诗歌是主流。唐诗，以废名的说法，是散文化的。唐诗，其实是韵文，不倾向于说理，而是情感的滥觞：一往情深，触景生情，情真意切，因情生韵，万物皆性，普天同情。到了中唐之后，韩愈实在看不过去了，这才站了出来，强调文章内容的重要性，提倡文章要言之有理，言之有物。韩愈等人倡导的古文运动，是将高飞的纸鸢，用线拴在手指上。文章因而变得更安全，也更踏实了。

与韩愈的格局严整、层次分明的特点相比，另一个同时代大家柳宗元，走的是幽峭峻郁一路。他的文章，多是情深意远、疏淡峻洁的山水闲适之作，结构精巧，语言轻灵，是唐宋文章中的另类。

"唐宋八大家"是明初的总结和提倡，带有强烈的专制文化气息，是对旧时的"封神"。将天上飞翔的、地上奔跑的、悠闲旁观的文章，全都变成了正方步的标准。"唐宋八大家"指的是唐代的韩愈、柳宗元，以及宋代的欧阳修、苏洵、苏轼、苏辙、王安石和曾巩。八人所作，当然是好文章，可也不能代表唐宋的全部，此提倡还是意在说理，意在策论，带有强烈的先秦风，此后基本被固定为中国文章的圭臬。可是此一时彼一时，明清之风哪是先秦之风？先秦是"百家争鸣"的自由和探索；明清呢，是高压之下的雷同和桎梏。如此作为，早已南辕北辙，不是一回事了。

明清，制度以"明儒暗法"为标准，文章，也是以"明儒暗法"为标准。这一点不似书画——一直以来，书画相对超脱，评价标准,不是儒法,依旧是佛老。

"唐宋八大家"中,唯一带有佛老气质的,是苏东坡。苏东坡堪称儒释道俗四位一体。他的《赤壁赋》,如拈花微笑、羚羊挂角。文章好就好在天地彻悟,有清风明月境界,以有限连接无限:

> 清风徐来,水波不兴。举酒属客,诵明月之诗,歌窈窕之章。少焉,月出于东山之上,徘徊于斗牛之间。白露横江,水光接天。纵一苇之所如,凌万顷之茫然。浩浩乎如冯虚御风,而不知其所止;飘飘乎如遗世独立,羽化而登仙。

魏晋之后,中国文章大都端正肃穆,笔法精练,大多时候,难得真谛,难得幽默,难入众妙之门。《赤壁赋》悟出了天地之道,也悟彻了人生之道,寥寥数百字,是大文章。《赤壁赋》的好,还给文章一个情感和哲思结合的示范,如洞开了一个大窗口,让人目睹了最大的可能。文章本身,有通透的彻亮,由于承载了大内容,文字也被激活,有了弦外之音;如玉石包浆,有了光泽,成为美玉。

宋文化,跟唐不一样,风格上清正风流、沉静安稳,接的是南朝的风格,相对雅致明理。唐宋文章,是拼命增加厚度,可是文章光有厚度不行,还得有高度和宽度,有灵性,有通孔。文章,当然可以格物致知,可是若隐去头顶上的月明星稀,也摒除身边的滔滔江水,缺少生命意识和自由意志的注入,肯定会变得呆滞沉闷，如死面团一样无法拿捏。

文学和艺术低劣的时代，很难说是好时代。元朝是这样，明朝前期也是这样。明代中期之后，社会相对稳定，经济快速发展，人有觉醒的愿望，有自由的意识，春意萌动之下，文学如春花沐雨，尽情开放。这一段历史，有文艺复兴般的意义，资本主义也好，人文精神也好，初具萌芽。相对自由的状态下，知识人个性十足，唐寅、李贽、董其昌、徐文长、金圣叹、李渔等都是"奇谲"之才。人有了自我意识，性灵回归，自然活过来了，成为独一无二的存在；文章有了性灵，也活过来了，融乐趣、情趣、风趣、志趣为一体，也是如花朵一样自在绽放。

文章跟人一样，需内外兼修。外在，是语言；内在，是情怀、学问、趣味和思想。晚明众多文人，寄情于山水和风物，文字中注入了生命意识，活力无限，生机勃发。晚明文章的好，最主要得益于人的解放——人性得到释放，有自由的心灵，文章自然而然就好了。好的文章，永远有着人体温度，甚至至情至性，是天地自然熏陶的结果，也是性灵悠游的一团雾气。

清军南下，国破家亡，大好的文艺局面也被毁。明末清初，傅山、王夫之、顾炎武、黄宗羲、方以智、冒襄、张岱等人，既有"国破山河在"的孤愤，也有杜鹃啼血的伤痛。他们后来写出来的文章，冷风热血，洗涤乾坤，是千年的哀愁，也是千年的惆怅。

清代统治，钳制刚硬，在"文字狱"的背景下，文章分为两派：一派为文选派，一派为桐城派。文选派以《昭明文选》为圭臬，讲究文采；桐城派呢，以承接传统为己任，讲究义理和文气。可是义理也好，文气也好，桎梏过多，拓展跟不上，气韵也接不上。义理追求，若难破禁区，下行为循规蹈矩；文气倡导，若没有自由，扭曲为装腔作势。

民国文章，重点在破，不在建。民国这个时代，承前启后，知识分子有大使命，文章也好，文学也好，都是如此。以文章来破道统僵死的"神"，也破社会僵死的局，责任重大。

民国文章，是中西融会，试图打通东西方文化。短短的民国，为什么出现了很多大师？是"旧学邃密"和"新学充沛"交融的结果——民国之初，全方位开放，东西方文化交流，几乎无障碍。优秀知识分子相对独立，做的又是不破不立的事，大气象自然形成，大格局自然养成，大师也纷然呈现。严复、胡适、林语堂等等，都是以这样的方式被激活的，是时势造大师，也是大师造时势。

陈独秀、胡适、鲁迅一班人，以文字揭竿而起，引导民众探索前方道路。路在何方，很多人不知道，若论清醒者，胡适绝对算一个。民国腔调的好，在于自由度，敢讲敢说，切中时弊，妄自菲薄。民国之初，各方面是很宽松的，言论相对自由，没有"文字狱"，没有精神桎梏，人们的创造力得到了激发，相比之前二百多年的严酷统治，最大程度上激活了社会的创造精神和自由精神。

民国文章，最精彩处，是真挚、高贵、尊严和趣味，最突出的，莫过于真挚。真挚，最基本的，是讲真话。文章，最可贵的，还是"真"吧，一"真"遮百丑，一"假"毁百优。以真为基础，讲真话，说人话，是做人作文最重要的东西。真话，不一定是真理，可是假话一定不是真理。真话，有美的光泽。假话，没有美的光泽，只有铜锈的青绿，泛着难看的死色。

文章之背后，实是人心，是思想的突破，以及意志的艰难前行。人心软弱，难成黄钟大吕。

真挚、高贵、尊严和趣味，这四个词后来为什么屡屡让人缅怀？是因为中国历史上，能体现这四点的时代，是少而又少。

民国历史太短，万象伊始，尚未深入，就已结束。民国文章也是这样，若论深厚，暂且不足；若论广博，也嫌不够。民国以文字承前启后，继往开来，无论对现代汉语的确立，还是对时代精神的探索，都立下了汗马功劳。可是文学单骑突进，文化没有系统改造，国民性整体没有跟进。到了最后，不免雷声大雨点小，声嘶力竭中，性命孱弱，最终还是坍塌下来。

民国破了文化的"神"，也破了文章的"神"。文章破"神"之后怎么办？有的堕落下行，沦为工具；有的依旧坚守，寻找新的神灵。民国白话文，尚未从古典文字中走出来，思想尚未成熟，精神尚未深入。不过那一段时间的文章认识格外纯真，表达极有诚意，好似当时女大学生所穿的白衣蓝裙，清纯是清纯，积极归积极，却有些呆板，难得有老到圆熟的认知和智慧。

试着总结一下：先秦文章，有思想，有力量，有风骨。魏晋文章，有真谛，有才华，有趣味，有风云气象。唐宋文章，成为历史上的一个高峰。之后，文章写着写着，格局越来越小，横里也变小，竖里也变小；横的是文采，竖的是思想……从总体上来说，中国文章，强在形式，强在音韵，强在风华……弱在思想，弱在哲思，弱在幽默……文字与思想，一直是血肉和筋骨的关系，概念上是可以分割的，事实上却是无法分割的。好的文章，一定内在带动外在，以性灵和思想带动语言文字，绽放出迷人的自由光华，蕴藏着对众生的安抚和拯救，并以与社会的连接，点亮精神的闪光点。

文字，若能够找到与天地、自然、社会与人心的连接，不断地发掘它们之间的关系，绝对是好文字；若以文字的功效，不断地探索世界的本质，也是足够光彩的好文字。

以我的认知，散文，或是思想的光华，或是文字的魅力，或是意志的前行，或是情趣的表达，或是禅意的隐约……好的散文，一定是生气勃勃的：它是清风明月，是葳蕤生长的植物，是田野氤氲的岚烟，是柔情摇曳的花朵，是夏夜小河边的萤火闪烁，更是头顶上璀璨无比的星辰河汉……文章，还是清妙的福音，如《奇异恩典》般的歌唱，有自上而下的恩泽和光亮。以我的观点，《圣经》也好，佛经也好，都是最美的文章。那种文字中蕴藏的般若性，那种腔调中的善意，那种虔诚的态度，那种圆融芳香的气息，那种清静恍惚的圣洁，都是叙述和表达的绝美体现。如此文字，字里行间，静谧空灵，仙乐飘飘，有内在的韵味，有永恒的诗意。相反，那种故弄玄虚、故作姿态、装腔作势、无病呻吟的东西，都不能称为好文章。

强调一下，稳固常识——散文如花，花朵呈现的光泽中，一定要是真的，唯真才是生命。真是通灵的，是善与美的基础。没有真，不是善也不是美，只是如塑料花一样漂亮，也如塑料花一样虚假。

闲语不赘，言归正传。这一套安徽文艺出版社的"散文家文丛"系列，旨在以丛书的形式，努力推出一些能够进行内外探索的好文章好作者。文章以美为表，以真为骨，以趣为气，以好读和耐读为基本要求。我们一直以这个标准看待文章，也是以这个标准来选择作者的。对于散文的定义，我们延续化繁为简的说法：诸多文体中，小说，占了一个山头，绿树成荫；诗歌与戏剧，又分别占了一个山头，枝繁叶茂；山头与山头之余，是大片郁郁葱葱的草地，它们叫作散文。散文很大，它是文字最原始最茁壮，也是人心最辽阔自由的地带。

孔子说："质胜文则野，文胜质则史，文质彬彬，然后君子。""文"，是文采，是外在的；"质"，是内里，是内在的。此语可以形容君子，也可以说文章——好文章，也是"文质彬彬"，其美如玉。顾随说："中国文学、艺术、道德、哲学——最高之境界皆是玉润珠圆。"这一个标准，是通感，也是天道，是客观存在的。好的散文，浑然天成，如同美玉，那一抹无比迷人的润泽，是天地之灵光，也是迷人的人情之美。

赵焰

2019 年 7 月

自　　序

我写作已经近四十年了。

我一直是业余写作，我的写作没有任何外在的压力。四十年来，如果有什么动力，就是持续的对文学的热爱。在生活中，我对别的事物的热爱都不能持久，只有对文学，历久弥坚。我也说不清为什么如此热爱文学。我的爱人常对我说，生活是多方面的，不仅仅是文学。道理我是知道的，可是我不能改变。在这如水一样的生命中，我将自己最好的时光都给了文学。

近四十年来，我出版了近三十本书，除写汪曾祺的几本书外，大部分是散文集（当然也有几本小说集）。散文写作在当今文坛是一件出力不讨好的事。记得多年前一位老作家对我说，散文的领域已被学者和女性所占领，你写这个是没有前途的。又一位作家激愤地说，谁都能写个散文，你还写个什么劲。可我依然没有放弃，因为我写散文，是没有把散文当散文写的。我被一种生活、一片色彩、一种气氛所感染，有一团情绪在心中涌动，我要把它记录下来，形成文字。这些文字就是我的一篇篇散文。比如我曾写过很短的一篇文字《温泉·云海》，是因为我一次到黄山，半夜到的山下温泉，住下，第二天一早，我拉开窗帘，嚯，一片大山立于我的窗前，正是深秋，深紫浅红，一片色彩，真个是打翻了颜料罐。要命的是,那么近,仿佛伸手可触,用"立"不足以表达我的震惊,应该是"逼来","压迫"。我被深深感动,如此壮观的景象人生能见到几回?还有一次在山上,在排云亭见到云海,那就是一出大戏。排!云涌上排云亭的山谷;撤!一忽儿工夫,峡谷里干干净净,仿佛刚才滚沸的煮牛奶般的云气是幻觉。我去过多次黄山,可就是这两幅画面不能忘也。我要将之挪到纸上,将记忆固定下来,于是形成文字。比如有一年夏天我在长春,住了近两个月。每天早晨起床,拉开窗帘,就是一片蓝天白云,真正是一碧万顷。蓝天深邃,大团的白云停在半空(让人感到生之幸福)。上午或下午,忽然来一场雨,又忽然停下,又是一片蓝天白云。除了地上的积水告诉你刚才下了一场暴雨,别的仿佛什么也没有发生。离开长春很久,别的都忘了,只有这幅画面不能忘也,便写了《长春小住》。

我就是这样一团情绪、一种感觉、一片色彩地记录着。日积月累,劬劬不息,写下近二百万字的散文。

我的写作所受到的直接影响是沈从文、孙犁和汪曾祺。我觉得他们是了不起的作家。特别是孙犁和汪曾祺,他们用那么朴素和简洁的语言写作,所有的文字都清新可爱,每每看到都亲切异常。孙犁和汪先生,他们同沈从文先生一样,都是善于写女性的。我固执地认为,写不好女性的作家不算好作家。汪曾祺在《吴大和尚和七拳半》中,寥寥数笔,写活了一个小媳妇。曹禺先生看后,给汪先生写信,"那个深夜常常被丈夫用柴禾棍打的小媳妇,使我不能忘,最后终于跑了",曹禺为小媳妇悬着的心才放了下来（这是怎样的柔情！）。孙犁先生是写女性的高手，近又闲翻他的《芸斋小说》，里面的《无花果》《还乡》二篇，只一带而过，写了几位女性，都那么传神，仿佛立于眼前。《还乡》中，县招待所的老中青三位，只一百多字，却生动描摹了她们的特点，可以说字字珠玑，无一废字。《无花果》只是写一写自己对无花果的认识，写着写着，不经意写道：

> 她说着从桌子上捡了一个熟透了的深紫色的无花果，给我递过来。正当我伸手去接的时候，她又说："要不，我们分吃一个吧。你先尝尝，我不骗你，更不会害你。"
>
> 她把果子轻轻掰开，把一半送进我的口中，然后把另一半放进自己的嘴内。这时，我突然看到她那皓齿红唇，嫣然一笑。

这就是神来之笔！

一"送"一"放"，是多么简洁准确。这一个定格的画面，给孙犁带来无尽的烦恼，孙犁说"凭空添加了一些感情上的纠缠，后来引起老伴的怀疑，我只好写信给她解释"（那时孙犁才四十岁左右啊！）。

近来我认真读了几本书：《德伯家的苔丝》《复活》和《金瓶梅》，当然还包括去年读的《儒林外史》《老残游记》和《月亮与六便士》。读了之后，仿佛功力大长，文学的眼光仿佛被拉长，心中有一股东西在涌动。

我觉得这些书里面的文字，大部分都可称为散文，《德伯家的苔丝》中关于山地和草场、关于清晨和黄昏的描写，那些文字皆可作散文来读。《儒林外史》《老残游记》记人的部分，生动简洁，都是几句话写活一个人，真正体现了汉语之美，体现了白描的力量。学习写作，或者说学习写散文，应该向这些伟大的作品学习，向它们求技巧，向它们求才华。

这一本散文集里的近七十篇文字，写童年，品美食，记游历，也有回忆与汪曾祺、黄永玉和黄裳等先生交往的文字，它们是我几百篇散文中的"佼佼者"，我挑选它们，仿佛是在苏州的东山选白玉枇杷，尽是些个大、圆润、水足的。我希望读者朋友能喜欢。

是为序。

2024 年 8 月 4 日

目录

总序　散文的魅力 / 001
自序 / 001

辑一

那年秋夜 / 003

刮鱼鳞的小姑娘 / 009

天堂里没有垃圾 / 014

水吼 / 018

长山 / 023

农林口 / 029

美丽 / 036

被女孩咬过的苹果 / 040

"忙这颗小小的心灵呗！" / 045

离巢 / 049

玻璃女孩 / 057

养老婆 / 061

张迷和汪迷 / 065

辑二

樱桃肉、烩鱼羹及其他 / 071

过年与吃 / 075

拌风菜 / 079

一张徽菜单 / 082

鱼圆杂素汤和粉羹 / 086

特色鱼圆 / 088

在旧县镇的一顿午餐 / 090

碓米和腌菜 / 093

安徽茶 / 097

辑三

城市的气味 / 103

我家的金银花 / 107

一场有关钱的对话 / 111

雨·雪·雾 / 115

东园，或者清溪 / 124

浩浩渺渺的白洋淀 / 129

我和一些山的关系 / 134

长春小住 / 138

到黄岗去 / 141

辑四

专案 / 147

守库 / 152

相亲 / 160

幸福 / 165

油灯下 / 169

少年与电影 / 173

少年与功夫 / 176

少年与钓鱼 / 180

少年与洗澡 / 185

奇人大冯 / 188

滁州记忆 / 192

秋天风中的母亲 / 197

关于老 / 202

"单调之极,但不讨厌" / 206

医院即景 / 211

辑五

舌尖上的汪曾祺 / 221

汪曾祺为何如此迷人 / 242

湖东汪曾祺 / 255

汪曾祺的绝笔 / 263

汪曾祺在张家口 / 268

"我最喜欢的是徐青藤" / 275

这个人让人念念不忘 / 281

汪曾祺的"四时佳兴"（外一篇）/ 285

辑六

听沈从文说话 / 295

福山路 3 号 / 301

与黄裳谈汪曾祺 / 305

沪上访黄裳记 / 319

黄裳走后 / 333

挂鹦鹉的日子 / 340

我的签名本 / 347

盛夏读书记 / 352

清浊之间的贾宝玉 / 357

金钏儿跳井是几时？/ 364

三十年前的四个笔记本 / 372

读书记 / 379

慕汪斋三记 / 388

辑 一

那年秋夜

雾水泼一样。那雾缠绕在这个南方县城的小巷,人就像在水中。两个少年并不愿离开,月亮停在中天,高高的。那冰洁的光亦如水一样泼下来,人就是湿的了。已是深夜了,少年在那湿湿的小巷中踟躅。小巷阒无一人。夜在移动着。他们的心也在移动着,湿湿的,也温热着。

那个叫若笮的女孩并没说回去,其实过了一个小桥,就是她的姑姑家。她在小镇上住,寄住在姑姑家。她不说走,表示不愿离开。这个男孩还没无知到荒唐的地步,于是极愿意奉陪到底。他们并没有什么话。因为找不出要说的话。可是这又何妨呢?他们认识得并不长,就在前不久,另一个高个子的男孩对少年说,我们去看一个好看的女孩。于是他们就去了那个在水边的小镇,在一处门口挂满了梨子的大树下,他们见到了这个现在就在眼前的女孩。那天少年还有点吊儿郎当,他首先是看上了大树上的梨,那满枝披挂的梨,坠得大树弯了腰。那晴空的夏日,没有风的乡村静谧无比,头顶上的白云,衬出世界最蓝的颜色。大树在这样高高的蓝天下,挂满了它最心爱的果实,显得十分美丽和骄傲。就在这个时候,那个后来知道叫若笙的女孩走出了家门,她一眼看见这两个慌张的男孩,就立即停住:

"你们找谁?"

那个高个子说:"不找谁。来看你的。"

女孩立即一脸的愠怒,这时候的她真是无比美丽。少年就是这个时候被惊呆了:世上还真有从画儿上走出来的人。她发怒的眼睛里满是天真,她根本不懂得什么叫发怒。她那样站着,眼睛是那么蓝。不知是蓝天映着她的眼睛,还是她的眼睛映着了蓝天。后来映在少年心里的,就是这一双美丽的眼睛,以及后来她的粲然一笑:

"你们是不是没事啊?"

她脸上忽然变了一种表情,笑了起来,她的牙齿整齐极了。那是一种迷人的笑。少年知道自己完了,他被她迷惑了!

之后的情形完全是另一种样子。女孩指着那个高个子的男孩说:

"没事给我摘梨吧!"说着快步回到院子里,甩出一个筐,筐滚了几圈,停在了少年的脚下。

高个子并没说什么,只是一蹿,便到了树上,梨便雨点一般落下来。这两个少年便在一片欢乐之中了。

　　高个子是女孩的表哥。少年这个傻子，还完全在一片混沌中。

　　真正使少年惊呆的，是这个午夜来临之前。离摘梨的日子并不遥远，可是没心没肺的少年已将吃梨的滋味丢到了脑后，在黄昏有敲门声时，少年吃惊得嘴巴合不拢，是在开门之后。门口站着的是这个给他们梨吃的女孩。这个叫若竿的天仙般美丽的姑娘。

　　少年愣了片刻，一下便慌张了起来，他不知该如何邀请这样一个人。他说："请进来吧？"可是口气却是疑问。还是女孩冷静："我到姑姑家来，到你这里看看。"

　　进了门的若竿比少年沉静得多，少年站着，而女孩已在沙发上坐着了，只是坐姿僵硬，人直直的，一点不生动。

　　少年的这个屋子真是乱极了。被子团在床上，到处是杂物和书。桌上堆得小山一样。少年有些尴尬，他已经懂得了羞涩和爱慕。于是他赶紧弯下腰去收拾，这个女孩，要比别的女孩多一分慧心。她拿开少年的手，轻轻地说一声："我来帮你收拾吧。"少年更加慌张，可是这样的慌张是多么愚蠢，于是便一任女孩去完成这些功课，自己倒像一个犯了错误的孩子，低头立于一旁。

　　时光就在这种半是羞涩半是甜蜜中溜走，待这间不大的屋子换了天地般映在少年眼里，天已完全黑透。外面月光溜进房中，那沉沉的雾就在这个时候开始降临。少年与女孩又对坐下来，他们并没话说。这样默默坐着，不免又使得自己紧张。于是女孩站起来说：

"我该走了。"

少年完全是不由自主，他并不说什么。他跟了出来。两人于是走在这如水的雾中，仿佛两条沉到水底的鱼。这雾真是静啊，空气清凉。一切仿佛在梦中行走。走了一段，女孩说："不用送了，我到了。"少年并不说什么，他只是跟着又往前走。女孩说："真的到了。你回去吧。"少年仍是走着。走过了那座桥，女孩说："这是我姑姑家。"她指了桥边的一扇门。就在女孩举手准备敲门的一瞬，不知谁给的力量，少年一把抓住了女孩的手，说："我们再走一走。"女孩愣了一下，便顺从地跟他到了更僻静的一条小巷。

小巷并不长。夜也慢慢深去。两个少年不知在这条小巷中走了多少个来回。他们并不靠近，偶尔有夜归的人，不觉还要离得开开的，仿佛是两个没有干系的路人。

夜的凉气升了上来。那雾沉到地面，仿佛可以用脚踢起。少年不觉有些寒意。那个叫若笮的女孩，似乎也被寒意所袭。而那两颗跳动的心，却是烫手得很。两个孩子在这深的夜中静静地走着，少年的衣裳偶尔碰到女孩的某个地方。虽是衣裳，可少年仍然心跳得厉害。少年忽然有了个大胆的想法，他想亲一下或拥抱一下面前的这个女孩。少年萌生了这个想法后脑子就跟着炸了一下，喉结于是就不由自主地上上下下，仿佛心这时候到了那里。少年心中默默念着。他必须镇定下来。他在等待所谓的机会，多少次机会似乎到了，可少年怯了一下，那个机会又失去了。少年把自己弄得紧张极了。

有秋虫在墙脚低鸣，月影已经移到很远的地方去了，于是夜跟着暗了下来。那雾似乎浮了起来，在树梢和桥面徘徊。少年内心斗争十分激烈。他想亲一下面前的这个姑娘是十分自然和必要的。可是少年不知道这样做，是得到了这个人，还是会吓跑这个人。这样的选择十分困难。少年已经做好了打算，他情愿面前的这个人骂他一声流氓，或者拂袖而去。于是少年突然站了下来，把双手搭在面前的这个人的肩上，结结巴巴地说：

"我亲一下你的额头，可以吗？"

愚蠢的孩子，你面前的这个人早就在等待这一刻。女孩并没有说话，她只是轻轻地闭上了眼睛，身体也随之瘫软了下去。少年于是心抽紧了。他轻轻地把面前的这个人揽入怀中，在她的额头上轻轻地亲了一下。少年觉得女孩的额头冰凉冰凉的（夜气确乎上来了）。少年似乎被谁拍了一下，他忽然变得十分熟练，又轻轻托住女孩的面颊，就这么静静地看住她的眼睛。她的眼睛稀奇而神秘，似乎有个神仙住在里头。少年的举动使这个女孩十分安静。她不退让，安静如受惊的小兽，显然这些都是女孩没有经历过的。少年觉得女孩的面颊柔滑极了，他抽紧的心松了一下，便轻轻地在女孩唇上亲了一下……

这一夜这个少年没有睡着。那些情景在他的眼前不断地变换。这个小小的少年，他想着想着，枕巾湿了一片。

两个少年终究没能走到一起。那个叫若竿的女孩,后来因为一个偶然的事故,永远离开了这个鲜活的世界。多少年过去了,真的非常怀念那个秋夜。

刮鱼鳞的小姑娘

这个小姑娘在这里刮鱼鳞已有些日子了。我每天到小区菜场买菜，走过水产摊位时都遇见她在那里埋头刮着鱼鳞，或者在杀鳝鱼。她引起我的注意，是因为她的脸、脸上的表情和手上娴熟的动作有着极大的反差。那是一张十三四岁的女孩的脸，尽管她脸上的表情漠然似一个成人，可那毫无疑问还是一张孩子的脸，而她手上对付鱼的动作却又让我惊奇，特别是杀鳝鱼的动作，其熟练是成人也难以达到的。

我有几次忍不住停下脚步在那里看。她的动作的娴熟可称为艺术，可她那张还充满稚气的脸，又使我有一种不安。其实我也是不忍心打搅她的，我知道她发现了有人在长时间地注意她，可她并不为怪。最让我不安的，是她脸上漠然的表情。我敢肯定，我所观察到的漠然是准确的。她的脸上，没有像她这个年龄女孩的羞涩，也没有十三四岁小姑娘脸上常有的那种自负。

她脸上的表情像个成人。我有些微微心酸。

我不知道她的来历，我也无权调查她的身份。她为什么不去读书？她肯定只有十三四岁，或许还没有！我也曾做过自己的推断和猜测：卖鱼妇女的女儿？可那个妇女对她的态度，却分明不像。卖鱼收入不低，为什么不让自己的女儿读书？郊区长丰乡下的孩子？南郊舒城山里的孩子？她的母亲不在了，是个孤儿？大概如此……唉，还是不得而知。

劳动其实是并不可怕的。劳动还光荣呢！正如我勤劳的母亲所说："忙是忙不死人的。"可她在那样的冬天，穿着一件薄薄的红棉袄，棉袄袖子因长时间地洗鱼倒水已湿透了。这是一个面目清秀的小姑娘，只是脸上的鼻子有点塌。她的手因长时间在水里浸泡，显得又红又胖，一根一根手指像胡萝卜一样，上半截粗大，下半截又尖尖的，仿佛僵硬得很。她始终不说一句话，沉默着，熟练地忙碌着。刮鳞，抠鳃，剖腹，取内脏，洗净。她机械地重复着这些单调的动作，看不出她从这种劳动中能得到什么乐趣，也看不到她脸上有什么痛苦和厌恶。她就这样默默地、迅速地从事着这种本该属于成人的劳动，从她的表情、举止中，已看不出她这样年龄的女孩子的胆怯、娇柔，甚至没有了懵懂。

我也有一个女儿，同她一样，也只十三四岁，在菜场对面的小学读六年级。我的女儿同城里所有的独生子女一样，吃零食，看电视，看童话，爱新衣服，爱小动物，房间里挂满了奇奇怪怪的小兽物，床上、桌上到处是布娃娃和卡通书。有时在街上，见到别人牵着小狗小猫散步，就要去拍拍抱抱，做它们的妈妈。在家是饭来张口，衣来伸手。别说是刮鱼鳞、杀鱼（自己切个香瓜也不会），就是见到一只蛾子飞过来，也要大惊失色地尖叫："蛾子，蛾子。"

这又何止是我的孩子呢，城里的小孩哪一家不是如此？

我对我的小孩讲："你看看你多幸福，人家跟你一般大，已出来打工了。"可是我的孩子并不买我的账，歪着头自负地说："你要不让我读书，让我做童工，我到法院告你！"

我因工作关系，经常出差。有一回出差了十来天，回来到菜场买菜，见她换了人家。原来她待的那家换成了男人在刮鱼鳞；而她，到了另一个妇女的鱼摊去刮鱼鳞了。这样我更坚信她是被雇来的。出于好奇，我便故意去买她的鱼，想多了解一点这个女孩的情况。我走过去，要了一条鲤鱼，摊主称完后，丢给她去杀。她努力压住那鱼的头鳃，这两斤多重的家伙，劲大得很。可小姑娘还是两面一翻，将其鳞片刮净。在她整治这条活物时，我问她："小姑娘，你多大了？"她并不理睬，只是埋头在那动作。我又问："你家在哪里？"她警惕地望了我一眼，仍不说话，仿佛是个哑巴。我疑心是有成人逼迫了她什么，她才如此沉默。没办法，我算自讨没趣，从此不吱声。

有一天我早晨起来迟了，近 11 点才去菜场。菜场里这时人很少，显得比平时冷清了许多。我经过水产区时，见她正和另一个半大的男孩在说话。我故意走到他们的后面，就听她对那个男孩说:"我不敢跟动物的眼睛对视,有一次我同一只猫的眼睛对视了一会儿,吓死我了。"说完她抿嘴一笑,顽皮的样子,那塌鼻子自然地塌了下去,露出了整齐洁白的牙齿。嘿,那模样还是个孩子!她的这一笑,不禁使我的心里一亮。

我们这个小区是依山而筑的,墙角、路边植了许多的树木和花草,春天金银花、紫荆花开得到处都是。菜场对面的墙角有一丛连翘开得特别好看,小区里的孩子便经常在学校门口跳皮筋,他们边跳边唱:"金苹果,银苹果,上下左右,好孩子好孩子夸夸夸,坏孩子坏孩子打嘴巴,炒萝卜炒萝卜切切切,包饺子包饺子捏捏捏,一二三,切三段,四五六,按电钮……"有时有不懂事的孩子说到"坏孩子坏孩子打嘴巴"时,有意用眼睛斜着她,虽然不经意间,我感到,凭女孩子天性的敏感,她是能感觉到的。可她脸上总是漠然的,默默地忙活着。我想她也许眼睛里已没有了花朵,她梦里也没有了童话,没有了花裙子,甚至连梦也没有了。她一天下来要刮多少条鱼?又要洗多少杂物?她梦里也许就是满地的鱼的明晃晃的鳞片了。

又过了一些日子,我知道了她的名字叫小玲,因为有一回,我听到摊主叫她说:"小玲,把黄鳝杀一下。""小玲,快一点。"也是那天午后,我竟然在小区超市里遇见了她。她穿了一件花格子的衫子,头梳得整整齐齐,扎了两个羊角辫,光光的,很是好看。只是她在那桂圆精架子上挑来挑去的手,依然通红且粗大,很似一双橡胶的假手。她见到我,并不认识的样子。过一会儿,她挑了两盒桂圆精,交了钱,走出来后径直走到超市边一个假山的边上,我见一个男人正拄着双拐站在那里。她疾步走过去,将手中的桂圆精递了过去,又说了些什么,那男人便拄着双拐,一拐一拐地走了。

然而第二天,在菜场上,我依然见到她在鱼摊上忙活着。刮鳞,抠鳃,剖腹,取内脏,洗净。她脸上依然漠然着,机械地重复着这些单调的工作。我见她脸上那副极似成人般的表情,时时内心揪紧,一丝说不出的滋味漾过心尖……

日子就这么重复着,走过春天,仿佛春天只是一闪,天便开始热了起来。天虽热了,可人们并不觉得,依然各自忙活着。

有一次,家里来了几个客人,很早我就来到菜场。本来想在她的摊位多买些鱼,可是那四五个鱼摊前就是没有了她的身影。第二天,我去买菜,仍然不见她出现。那天买完菜,我已走了出去,可还是忍不住,又折了回来,我问那位摊主:"那刮鱼鳞的小姑娘呢?"摊主正在自己忙着,头也不抬,对我的问话并不理睬。

但另外两个摊主的聊天我却听到了:"不小心……手指有一次不小心……给刀划破了,没有及时去治疗……手指肿得老大老大,感染了……还不知……保得住……"无须再说,摊主铁青的脸色,已经告诉我一切。

之后我又去买菜,不自觉地,我总要瞄一眼卖鱼的摊位,可是一个月,两个月,半年过去了,这个小姑娘再也没有出现。

随着日子的消逝,我慢慢将她给忘了。可有时去到菜场,又不免想起她来。那漠然的表情,那塌塌的小鼻子以及那偶尔一露的抿嘴笑……

天堂里没有垃圾

我至今仍不知道她怎么称呼,甚至连姓什么也不知道。可知不知道又有什么关系呢?当一个人离开这个世界去了另一个世界时,姓对于她,已没有了意义。

她是我们家楼前收拾垃圾的一位年老妇人。

老妇人在我们这里打扫垃圾已有一年多了。春夏秋冬,刮风起雾,雨天雪天,每天早、中、晚,她都准时在楼前收拾垃圾箱里的东西。我早晨推车上班的时候,正是她第一次清理垃圾的时候,因此每天我都能见到她在门口的垃圾箱里收拾。我见她努力地弓着身子,把大半个身体埋进垃圾箱里,往外拉着什么。有时是一堆西瓜皮,有时是一袋烂纸,偶尔地,她也能捡到一只酱油瓶、一个易拉罐。她像得到宝贝似的,小心翼翼地放进一只早已准备好的蛇皮袋中。老妇人好像眼睛不大好,深深地眍着,不断眨巴眨巴的,眼角似乎老不干净,有东西流出来,因此整个人显得很糟糕,我见走路的人都躲着她。特别是大夏天,垃圾箱里的西瓜皮招来苍蝇,一阵一阵地围着老妇人飞舞,老妇人用手挥挥,似不曾见,可那些走路的女孩、妇人却是避之不及了。

我们居住的这一小区依山而筑,因此台阶很多,那一个一个的垃圾箱就摆在一层一层的台阶口,老妇人收拾完一个,便把垃圾车推到台阶边,然后背着一只蛇皮袋吃力地弯着腰,爬那台阶。我见她那样子,像一只吃力爬坡的蜗牛。

一个黄昏,我在门口的石机上坐着看报。老妇人又来收拾第三次垃圾了。我见垃圾箱里垃圾不是很多,她也不太忙,忽然很想同她聊聊。于是我先请教老人家高寿。她说,老了,今年60了。我接着说,这么大年纪了,还不在家歇着,儿子能同意你出来吃苦吗?老妇人叹了一口气,话匣子打开了。她告诉我说,老头子如今下岗在家,每月只有一百多元生活补贴,家里还有一个孙女儿,供她上学,没办法,才做了这份工作。我说,孙女儿还跟你过,儿子呢?她说,儿子离婚了,又娶了一个,后来的这个不要前一个的孩子,没办法,孩子可怜,就一直跟我们老两口过。孩子愿意跟着我们,你说我们能赶她走?我问她,除负责我们这片还有哪?她说,这才是一小块,大桥下面都是。她告诉我,她每天夜里3点钟就起床了,从大桥下开始扫,扫到6点多钟才能扫到我们住的这一片来。我问,一个月能不能拿到三百块钱?她说,哪儿,才二百多一点。

从此我对老妇人多了一份同情，每天上班时同她笑笑，算是打个招呼。

有一次我在菜场买菜，竟巧遇见了她。因为平时见到的都是拉着垃圾车的她，今天突然见到挎着菜篮子的她，还有些不习惯。我见她同一个卖豆腐的男子在讨价还价，一副认真的样子。头上好像用水梳了一下，有点亮阔阔的。一时我有些感叹：人的生活，有时是难以猜测的。

可天大的巧事还在后面呢！又过了好些时候，我的一位朋友从北京来，住在古井赛特大酒店，那天早晨，我过去陪朋友吃早餐。在古井的29层餐厅里，竟遇见她同一个小女孩也在那里吃早饭。那小女孩10来岁，扎两只小辫，一双圆圆的眼睛很有神，长着一只小塌鼻子，样子蛮可爱的。我猜想那肯定是她孙女。只见孩子在那儿吃，而老妇人却不大动筷子，孩子不时把勺子伸到老妇人面前，让她吃一口。她就笑逐颜开张大嘴，一副乐陶陶的样子。我心生奇怪：老妇人居然舍得花六十八块钱到这样五星级的大酒店吃早餐？真是不可思议！我虽然很想上前问个究竟，可又怕扫了老妇人的兴致，于是远远找了一个地方坐下，静静地看着她们吃。

我哪舍得！还不是这孩子。有一天我实在忍不住了，见到老妇人，我终于问了她。她先惊奇我怎么晓得，之后告诉我，是孩子10岁生日。这孩子的一个同学10岁生日是在这儿过的，孩子回家闹着也要来过。她说，我们这样的人家，怎么能到那么高级的地方去？可是孩子不懂事，在同学面前要面子，也要去一次。

我找人打听了，说要六十八块钱，我和老头子合计合计，用我半个月的工资，带孩子去一次，人毕竟只有一个10岁，不能让孩子以后恨我们老两口。

老妇人说这话时，语气中充满了自信和骄傲。我见老妇人脸上有一丝红云，那老花的眍眼竟是亮亮的，深含着渴望和率真。我心中忽然非常感动，心里竟湿乎乎的。我心想，她虽然整天同垃圾打交道，可她的心，她的爱，同我们没有两样，她对下一代的爱是彻底的，无一丝功利主义色彩。她的手虽是粗糙的，可她的心是透明的、清澈的、柔软的。

之后的日子，我只要同老妇人见面，总要说上几句，问问她孙女的学习情况。老妇人也笑呵呵的，精神似乎特别好。不知是哪一天，我早晨上班，见来收垃圾的换成了一个老头，我心里一惊：老妇人怎么了？家里有事不来了？被站里辞了？生病了？一种不祥的念头跳上我的心头。我已走了过去，想想还是忍不住回来。我问老头，老同志，我们原来收垃圾的老太呢？

唉！老头叹了一声，前天夜里发了急病，一口气没上来，死了。老头说完就埋头掏垃圾去了。我却心头一沉，眼泪差点夺眶而出。

水吼

　　这个地名真美。一条潜河从劈开的大山倒下来,那水撞击着巨大的山石,发出轰隆隆的吼声。之后猛拐了一下,甩过一处平滩,便安安静静地流过一个镇子。这个镇子,便叫了水吼。

　　我是夏天来到水吼的,正是水最旺的时候。那泱泱的大河狂吼着砸下来之后,正旺旺地流淌,岸边的水草在水流下一派欢腾,仿佛听到她们咯咯的笑声。她们那肥美葱绿的样子,使人想起正往外涨着青春气息的少女。在这样的环境下,即使喝着雨露清风,也会茁壮健康地成长。是的,你看看那些树、那些草,哪一样不是旺盛着?那些绿太铺张了,有些浪费得过头。你再看看镇子上的老人、孩子和那些姑娘,哪一个眼睛里不是葱绿,不是碧蓝?那满山遍野的翠,皆映到他们的心里。

我来到镇上,是到一个叫野寨的小学代课。

学校藏在大山的皱褶里,一个空坪,几排房屋。空场有几棵大树,四人合抱不过。有人说,是银杏和香樟。我仰头望望,四围山色空蒙,空坪上孩子们的跑动和嘴里的朗朗声,在这大山中显得很静。

我来的第二天表姐即来看我。表姐是一年前来到这个镇上的。山那边有个石油队,表姐在石油队工作。表姐进到屋子,我正在那里挂蚊帐,屋里很黑,光线不好。我见表姐进来,屋子就跟着一亮。那是表姐的眼睛。我表姐是那种让人惊心动魄的人,她才20出头,一切都是正好,像一只刚刚剥开的热鸡蛋,肤色像,线条像。她走路,柔软得像一只虫子,没有一丝动静,而目光所到,却让人一亮。我就是在表姐的眼睛中,看到表姐来了。

表姐的笑和动作,也像一只虫子,柔软而安静。她笑着走进来,说:"你这好难找。"之后就拿开我的手,给我挂帐子,动作慢且无声。

中午我在食堂打了饭和菜,拼了两张凳子,表姐在我这吃饭。食堂的伙食实在太差,青菜里只有两滴油。

我在这个小学教书,纯粹是误人子弟。我才高考落榜,闲着无事可做,父亲说,就到我那镇上代课去吧。父亲说"我那镇上",是因为他是镇长。我到这个镇上,就相当于"高干"子弟,说来教书,还不如说来鬼混好听。

果然没过几天,一个叫纳远标的人来了。他一来就给我带了一条军裤,那个时候,穿一条肥肥大大的军裤,是很时髦的。纳远标在镇医院做化验，在显微镜下看那些红白细胞，而他的脸凹凸不平，煞是复杂。可人是热情极了。他说话语速很快，因此就有些磕磕巴巴，他对我说，我、我、我早就认识你了！你家住、住、住……在西门老街。他和我一样，都是从县城来到镇上。他过度的热情，总是给人以好感。他赢得我表姐的好感，并且最终征服了我表姐，我想都得归功于他的热情。

那个星期天，表姐过来，快到中午时，纳远标来了。纳远标一见到我表姐，就是一副失魂落魄的样子。他是第一次见到我表姐。我对纳远标说，这是我表姐；我又对表姐说，这是纳远标，在镇上医院。表姐笑了一下，算是回答。表姐一笑，纳远标便紧张得很，他说，我、我、我在镇医院做、做、做化验……看红、红、红……白、白、白细胞……表姐一听他说话，就笑了，并且笑出了声。纳远标一听到我表姐笑，便打碎了我的一个碗。我一共才两三个碗，还被他打碎了一个。于是纳远标又说，碗、碗、碗……我那多呢！回头到我那拿、拿一捆来……说完他扭头就走，跑得不知有多快。

果然不一会儿，纳远标又回来了。他不仅抱回一摞碗，而且买了一副鹅杂和一个小炒。之后他的热情大涨，又跑到我们食堂打饭菜，回来搬开我的桌子，擦拭干净，倒出鹅杂、小炒，食堂的炒土豆、烧豇豆，他竟然还带回一瓶啤酒，用碗倒了出来，然后坐回床沿，让我同表姐坐在他对面仅有的两张凳子上。这时他说话了：开、开、开饭了。

那顿饭吃得浪漫而温馨。那是20世纪80年代一个叫水吼的小镇上的一次浪漫午餐。表姐软软地坐着，她像一只虫子，安静而无声。一个美人，又安安静静，女人的味道全出来了。表姐就像一道光，一束花，一首曲子，她不声不响，可这些都有了。那顿午餐纳远标涨红着脸慌慌张张，那一瓶啤酒几乎被他一个人喝光了。

我促成了表姐和纳远标的第一次见面，剩下来就是他们自己的事。果然没过多久，纳远标赢得了表姐的好感。我想多是纳远标的殷勤打动了表姐。有一次纳远标让我到他那里吃饭，要我叫上表姐。表姐去了。他竟然为表姐打了一条狗。也不知道他从哪里弄来的。反正那顿狗肉真是美妙极了，吃得我和表姐鼻涕直流，过瘾啊。表姐虽然安静，可还是鼻涕直流，把纳远标笑得，说，这只虫、虫、虫子是、是、是只馋虫。

那天晚上，表姐说来，可是终究是没有来。我走出我的宿舍，夜黑得很沉，虽然月光高高地从天上映下来，可是大山里的夜晚，总是显得沉静些，我轻轻走到香樟树下，隐约见到两个人影，我定下神来。见那姣美的白影子，定然是我的表姐，而那个野兽般的高大影子，正轻轻搂着我的表姐……

之后的日子轻松而缓慢。表姐到我这里来得越来越少，而有几次我随纳远标和表姐到学校边的小溪里去戏水，那青青的水草，欢快的溪水，美的表姐，就似那山的神。那样的画面，深深地印在了我的心里。有那么一回，纳远标在水中牵住我表姐的手，表姐竟然不反抗。我知道，我是喜欢表姐的，可是，也只能在"表姐"的分上。从此我知道，我完了，表姐完了，她的爱，被一个男人掳去了。

山那边的石油终于没有钻到,有一次机器竟然压坏了表姐的一只手指。本来是在山那边一个镇上的医院治疗,可纳远标执意要将表姐转到他们医院。表姐来了。医院是爱情的温床。表姐左手的一个指头虽然并没能治好,可她终于在病床上被爱情俘虏。

人的命运真是不可捉摸,我来到水吼,本是高考落榜来混日子,却无意中为表姐促成一桩好事。不是我的到来,纳远标也许和表姐永远不会相识,他们也不可能走到一起,生了孩子,还过了这一辈子。

过了一年,我还得回到县里去,表姐也回了县里,可这一次,她是随纳远标走了。

可是我却永远记住了水吼,这个美丽的地方。表姐的爱情,是我对水吼的纪念,也是我记住水吼的理由。

长山

长山的意义因两个女孩而存在，否则这一个地名可以删去。长山，这是多么庸俗的名字！它就像人的名字叫金贵和发财一样，直白而俗气。

可是，它却因为两个女孩而存在了。它是我少年经历中的一个地标。那个炎热的、天蓝得不能再蓝的夏天，到处都是绿色，到处都是蝉鸣。我和另一个白胖的叫小秦的男孩，骑着两辆破单车，我们要到长山去。到长山去，做一件重要的工作——为两个女孩支蚊帐。

这个地方是皖东的一个丘陵，山不高，气候却很好。植物高兴啊，它们快乐地成长着。夏天开花，秋天结果。那满山满坡的绿，杂树丛生，山槐、苦楝、花桑、银杏、柏树……看，那还有一片竹林，一片山竹林！我们从一个叫西武的地方出发，车上绑了十根笔直的竹竿，沿着这山路曲折而行。单车快乐地滚动着，它也被感动着，它在蓝天下，在满眼的翠绿中，一路弯曲下坡，它沿着那黑色的柏油路面，它要歌唱。那就唱一个吧：

  我是一个快乐的破单车，
  我马上要去见一个美丽的姑娘。

摇一下铃吧：

  丁零零、丁零零……
  丁零零、丁零零……

  这清脆的铃声回响在山林中，哈哈，这一个夏天，这一个蔚蓝色天空下的夏天，在一个叫长山的地方，这个世界仿佛只有我们两个人，不，还有这片葱翠的绿。那些鸟儿你知道吗？那些树儿你知道吗？树下坡上的金银花，嘿，还有你，苍耳子，你知道吗？我们要去见一个姑娘！有一个姑娘，她有一些任性，她还有一些嚣张；有一个姑娘，她有一些叛逆，她还有一些疯狂……
  我们骑过那个像棋子一般的小镇，之后一路下坡，拐到一个山坳里。我们在坡上就看见，一片红瓦深藏在那一丛浓浓的绿色中。那是一个敬老院。在敬老院的里面，有一个小小的储蓄所，这两个女孩就在储蓄所工作，一个出纳，一个会计。单骑欢笑着沿着山坳的绿色纷披的碎石路冲下去。年轻的单车，你奔腾吧！

咦！这里是多么阴凉啊。大树都比红瓦高。敬老院门口的水泥台阶真干净！哈哈，门口有几棵大树！咦！是梨树，结满了梨！太多的梨！枝头坠得满满的！小枝都弯下了腰！梨们静静的，一点声音没有！敬老院左边有一扇小门开着，边上有一块牌子：长山信用社敬老院信用站。我们推着车子，轻轻走过去，柜台里面趴着两个女孩，表情迷蒙而慵懒。那个高挑的叫曹又双的发现了我们，脸马上全活了。咦！你们来了！那个小巧的张琳，也从慵懒中醒来，脸上的表情立马生动起来。啊！你们来啦！快活全写在她们青春的脸上。

这小小信用站的营业间，真是简陋，墙还都是泥糊的，地上的砖有许多都支棱了起来，可扫得干干净净。啊，这阴凉中的泥屋，还是亮堂，因有这两个少女的存在，这是成长的墙，生长着许多美妙幻想的翅膀。对于两个少年，这里的一切都是新鲜的。他们的心里有小小的希望，也生出些不切实际的朦胧的幻想。

那个白胖的叫小秦的男孩脸红了，因为他的白胖，因为刚从炎热的夏日中而来，还因为有小小的慌张。小秦已偷偷喜欢上了曹又双。这个美丽的名字，同她的人一样美丽，瘦高挑迎面立着，"柳柔花媚娇无力"，那脸上的双目，在阴凉的暗光中，全是活的，一张口，总是有笑溢出来。小秦于她的慌张，是十分有道理的。我是受小秦之邀而来，其实她们两个，我也是认识的，我搞稽核，也来查过一些时候的账。我业已受人之邀，便当甘做配角，一切以小秦的秘密为要，可是我还是有小小的幸福，也怀着小小的侥幸。在这样一个安静的地方，能有这样两个干净的女孩，她们觉得我们两个男子汉，有热情、有体力做一些应该做的事，这对于我也是十分有益的。

我们的工作从挑水开始。沿着山坳，走下十几级台阶，是一个小坪，那里有一口小小的井，水是快要溢出井口的。我们用一根扁担，挑着两只铁桶，沿着那弯弯的石级，将她们屋里的小水缸挑个满满当当。平时的日子，这一根小扁担以及扁担下的小小铁桶是要担在她们两个柔软的肩膀上的，那一口水缸也要由她们来完成。

我们支蚊帐的时候，她们开始用那个她们平时用的钢精锅淘米煮饭，两顶细纱的白色蚊帐在我们手里翻飞，那十根竹竿也被我们用细麻绳固定到它们应去的地方。我和小秦赤着脚，站在这两张平日里有别个人睡过的木床上。小秦脸红着，我的脚感到十分地满足和自在。这样的劳动是金贵的。这种劳动的价值，是无以回报的，是美和劳动的有益结合，也是一种待遇，是一种以美和柔情来回报的劳动。

钢精锅里的米飘出饭香的时候，我们的工作接近尾声。在两位悉心细致的指引下，我们的工作十分地周正。当我们在那个小小的房间支起两张洁白的细纱的蚊帐时，两个活动着的年轻女人俨然是一副家长模样。这景象由外人看来，颇有一点男耕女织的味道。她们系着花围裙，切菜、炒扁豆、做鸡蛋韭菜汤，还有一条鱼！这是对我们小小的犒赏，也是对我们的劳动给予的肯定。张琳做菜还真是一把好手，她系着一条有一只小猫图案的围裙，圆圆的脸,大大的眼睛,干净地忙着。她的手白而小巧,可灵活多变,一切在她手里都要做成艺术。菜放在盘子里,盘子的边要干净,红烧的鱼上,还要撒上些葱花。那一顿中饭吃得浪漫而温馨。她们竟然还为我们准备了一瓶啤酒!小秦刚喝了几口,脸、眼睛都红了起来。他的笑羞涩而又有点愚蠢。他结结巴巴,他的一切,都在表达一种急切的爱;而那个被爱的人,仿佛浑然不觉,并不为爱她的那个人的羞涩所动。我怀着小小的妄想,对一切仿佛没心没肺,大口吃菜,大口喝酒,也并不是为了掩饰什么。我有什么好掩饰的?我又没爱上谁!可是我的一切又分明过度地夸张,也许是没有一点爱的经验的我,面对两张青春而洋溢着快乐的异性的脸,我下意识里激情飞扬。

那是一顿漫长而又短促的午餐。在这样一个夏天的中午,在世界的一隅,一个叫作长山的地方,两个少年,怀揣着一份冲动,在那绿树掩映的山坳的红屋顶下,为两个女孩做着一份自以为有意义的工作。她们的眼睛像梦;而他们的眼睛里却似乎充满着渴求,但没有邪恶。那清澈的眼睛告诉你,他们是单纯而又稚气的。这小小的渴求,也是被神秘所指引,他们想多认识一点世界,想使自己快一点长大。

他们在午后的蝉鸣中离开了长山。午后的阳光忽明忽暗,像他们的心情。但阳光强烈如铁,针刺般射下来。他们的工作业已完成,没有理由再待下去。两个女孩也要在这蝉鸣的午后寂寞下去,可她们并不能表示什么;她们还要做出女孩应有的矜持,催促着他们赶路;而她们的脸上,一种节日般的兴奋还没有消退。

时间的风尘将青春的记忆风干成标本。而那个夏日的午后，以及一个叫长山的地方，却深埋在了我的心中。那浓浓的绿色，枝藤纷披的植物。花为她们而开，鸟为她们而鸣，果为她们而结。长山的意义因两个女孩，而成为一个成人内心小小的秘密。

农林口

这是一个让人心旌摇荡的地方。

1980年的春天,我们去了一个叫农林口的桃花盛开的地方。那满坡的桃花,疯了一般地,开得一塌糊涂。

可是我们对桃花不感兴趣。我们还不是赏花的年龄。我们不是去看花。我们去看美人,一个美丽的女孩,一个同桃花一样鲜美的女孩。

只是三月的天气,近中午时,天却烘烘地热起来。太阳挂在天上,好像挂在我们的胸口,相当热。风,呼哧呼哧,吹过来吹过去,也是热的。我们沿着山路骑着单车,要走十里,才能到那个原叫地委党校的农林口。

我们走在春天暄软的土地上,那是多么神奇的旅行啊。这个叫秋频的姑娘,对我们简直是个谜。她和我们一起在一所银行学校里读书,可是她的班级却到这个叫农林口的地方上一学期课。我们在一个叫滁州的学校见不到她。滁州你知道吧?"环滁皆山也"。于是我们决定骑车,到市郊一个叫农林口的地方去看她。

与我同去的是一个叫东辉的瘦长的男孩。他脸色干净,两腮凹陷,手、腿和他的人都是长的。他给我的印象,就是雪白干净,还害羞、胆怯,一笑有两个酒窝。说了难听的话,他的脸就红了。可是这个神奇的主意,也是由他提起。那天我们在地上看蚂蚁爬来爬去,他忽然抬起头:

"我们去看秋频,怎么样?"

我看着蚂蚁在往一棵树上爬。

他踢了我一脚:"看秋频怎么样?"

我看他的脸红了,忽然也高兴起来:"去,看秋频去!"

秋频的样子我们说不好。有什么可看的也不好说。她小巧的样子,像一般的女孩子一样。可是她的脸上却有着一种梦的感觉。那样的脸庞,就像画上的一样。比画上的生动。一笑,就有一种气氛。现在想来,秋频其实就是一种气氛,一种初长成的少女的气氛。

农林口在去往一个叫定远的地方的路上。定远是个县城,就是戚继光的家乡。这是典型的皖东丘陵地貌。乡村公路起伏不定,公路之上就是山地,密密的植物笼罩着公路。我们一边走一边看,看山间的大树,看山上的野花。哈哈,这里居然还有一丛迎春,头上戴满了黄色的小花。雪白干净的东辉凑过去,露出两个酒窝，对着迎春说："迎春，你好啊！"我说过，我们还不是看花的年龄。我们看花，其实是看的我们自己的心情啊。

我们也正是梦一般的年龄，有无限的想象力，精力又是出奇地好，见到一高处，就想蹦上去，见到一棵树，也要猴一下，无处不想显示自己弹跳的力量和身体的韧性。现在我们已猴到了一处山坡上。

眼前是一片汹涌起伏的大地，阳光强烈，照着大地上的一切。一眼望到远处，是大块的翠绿，大块的粉黄，大块的桃红。那是返青的麦苗、大片的油菜花和桃林。山湾下的一片树林，正是桃花盛开的季节，那满坡的桃花，逼得人心跳加快。山阴处的一丛竹林，青翠欲滴，那竹子粗极了，在热烘烘的空气中，抖下阵阵清风。真想唱一首歌啊。那就唱吧：

桃花朵朵开，
我在这儿等着你回来，
等着你回来，
看那桃花开……

呵呵，那个时候好像还没有这首歌。管他呢！想唱就唱：

我在这儿等着你回来，
等着你回来，
把那花儿采……

我们走过一个镇子。这个叫珠龙的镇子一派山区小镇的风貌。迎面一座小学，门楣上题了四个大字：珠龙小学。再往前走，就是稀稀落落的民房。镇子极旧，一副破落的样子，在这春天明媚的万物下显得更为刺眼。进了镇子，就见牛、鸡都在默默地吃草、觅食，树木倒也葱翠，也只十几户人家，多数破旧不堪。走过一户人家，只剩下半人高的土墙残垣，顶上盖着稻草。我们走进去，见到一个30多岁的男子，屋里摆着一台纺织的机器。屋檐下的青石，倒是长极了。再往里走，一头牛在门口安静地吃草，一个汉子在屋里霍霍地磨刀。而在曲曲折折的小街的尽头，一个老妇人在吱吱地纺纱，有鸡在她脚下自由散步，另有几只母鸡，则在远一点的柑橘树丛中觅虫子。那样古老的纺车，我们还是第一次看见。老妇人老极了，可精神却是出奇地好。我们问她纺纱做甚。她耳背，根本没有听见。东辉又大声说：

"奶奶！纺纱做甚——"

看来老妇人已接近一个聋人，她用当地方言也大声说：

"啊——说啥？"

"干——什——么？"东辉雪白干净的脸又是一片红晕。

老妇人停下纺车，也大声喊：

"解——牛——绳？——解不得，解不得……"

牛依然在那安静地吃草，并没人去解它。

骑过一个大坡，冲下去，右手一拐，一大片绿荫下的一个大院子，那就是农林口了。为何叫农林口？并不能知晓，我们只晓得它是一所党校的旧址。我们的车从柏油公路上折向对着学校大门的小道，并不减速，一路冲下去，一直冲进了院子。

院子里其实很简单。几排黑砖黑瓦的平房，四座学生宿舍楼，一个会堂，一个空旷的、大大的球场。球场的周围长着高大的水杉。水杉粗极了，两个人都抱不过来。东辉跑过去，伸出瘦长的手，他想搂过大树，可这个痴心的少年并不能立即实现自己的梦想，他拼命地招手，让我过去与他合抱。我才不稀罕呢！要抱你自己抱去吧！谁愿意去抱这样的大家伙！哼！你这个愚蠢的东西！

我们来看秋频，可我们还得编出一个故事来。否则如何去交差！难道说，我们是来猜她这个"谜"的？是来看她一说话脸就红的样子的不成？傻瓜才会把心里话告诉人呢！我就说，我有个姑姑家住这儿，我是来看姑姑的！东辉呢？这个呆子就算是我的跟屁虫吧！

这样的一个学校，又在这个山坡坡上，因是春天，因有这些年轻的生命，就显出十分的热闹和生机。球场上许多人在打球，宿舍里也有歌声，还有二胡的琴声，不知从何处窗口传出。

女生宿舍并不难找。只问了七八个人，我们就找到了秋频。当然，我们问路的时候，神情是十分慌张的，先是谁都不肯挑头，扯皮来扯皮去，最后我以回去算了、不找了相要挟，东辉才乖乖领头去问。我只见他嘴是在动，可我的脑子仿佛也是一片空白。那一块"女生宿舍"的铁皮的牌子倒是十分显眼，进门时，并没有长着桃花眼、贼似的老太太守着。我们大大方方地就上了楼,在那些万国旗一样的小花衣服中穿行。那些大大小小的衣服,真让我们心跳啊!

秋频见到我们是十分惊奇。她正准备吃饭去。她慌慌张张地说:"咦!——"之后是一句,"你们啊?——"而她手中的碗却差一点掉到了地上。

我说:"我……是来看……我的……姑姑的……"

我并不能流畅地说下去。

秋频说:"你们还没有吃饭吧?"她手中只有一个碗,脸却是十分红了。

对于我们的造访,秋频一定是十分意外。她也许还是第一次遇到这样的客人。她慌慌张张,连碗都不够,还如何去招待客人?

"我们不吃的,我们不饿……"

正说着,秋频的宿舍回来了两个同学。秋频只得用借来的碗和自己的碗,来招待我们这两位不速的客人。

食堂里正是吃饭的高峰,到处都是嗡嗡的声音,像有一千只蜜蜂在四处鸣叫。我们跟着秋频,像两只小尾巴跟在后面,小心的、顺从的,而又十分乖觉的。进了餐厅,我们仿佛已走不稳路,只是感到身上都是眼睛。她的那些同学都用好奇的眼神看着。我不能确定这些眼神的含义。而我们心中,也许还含着小小的得意和自豪呢。

那个三月的那顿午餐令这两个少年终身难忘:炒豆角、烧茵苣和萝卜烧肉。吃饭的过程细致而文雅，连蚂蚁在桌子上爬动都十分清晰。它先是停在桌子右上角的一块有疤痕的地方，停了停，之后沿着桌拐，走走，停停，又嗅嗅，停停，再沿着桌子的右拐，翻下去，沿着桌腿一路下去了……三个人默默地吃饭，好像谁也没有抬头，但秋频的气息分明是在的。我仿佛整个身体都变成了毛孔，仿佛那碗中也有它主人的气息，身体的膨胀，或者是僵硬，是不能确定的，只觉得似乎连整个碗都能把它吃下去。

  这是一顿让我们刻骨铭心的午餐。这顿午饭和这个三月让我们不能忘怀。农林口，这个皖东不知名的所在，连它的名字都十分奇怪。而我们却记住了它，记住了这个三月，记住了这个热烘烘、到处都是鲜花和绿色的三月。

美丽

我有一个年轻的女性朋友玮,她是那种天生丽质的女人。"天生丽质"是一个成语,原来我对其语义不甚了了,并无具象,我见到了玮,才知道何为"天生丽质"。对于一个女人是否美丽和销魂,我的经验是:只要你一眼过去,便是一阵眩晕,定是一个美人!玮是女人的样品,一切皆从上帝的旨意。她的笑让男人站立不稳,销魂摄魄,明眸皓齿或者唇红齿白,在她的脸上都能找到印证。我曾对她说,我最喜欢看她的笑!那一张口,或美食,或呢语,或抿笑,或张狂,或娇嗔,皆可为艺术。

我写上这些,都是因为一个故事。一个玮讲的关于青春的故事。

玮的家乡在皖南的一座小城。那里山清水秀,一年四季,入眼皆青山翠竹，溪水淙淙，山岚缭绕，白雾低回，几近于人间仙境。玮在青山绿水中长大，一切皆从于自然。善良、单纯、多情，毫无心机。玮18岁那年，正值少女萌情季节，一日突发肚痛。母亲把她送到镇上医院，检查为急性阑尾炎，于是住院开刀。一个少女，从未与医院打过交道，医院里的一切，她都极为新奇。满脑子的幻想，在一个年轻医生身上开始了最初的试验。那个刚刚从学校毕业的外科医生，瘦长白净，他同其他所有的医生一样，戴一副眼镜、一个大口罩，他给人唯一的印象，就是白净斯文。病人有最柔弱和敏感的心，更何况是一个对这个世界充满好奇和探究的少女。那个医生只是对她多了些嘘寒问暖，却使她的心偷偷生出了翅膀，绘出了梦幻的王子。她其实并没看清那个医生的样子，但凭借自己足够的想象，竟偷偷地爱上了那个医生。

玮对我说，她躺到洁白的手术台上时，打过麻药后的她迷迷糊糊听到医生说：

"维纳斯大概就是这个样子吧！"

这真是个绝妙的比喻！医生面对一个美丽少女的胴体，在手术台上，他无可比拟，也无可奈何。这个医生，他简直是个诗人！是个天才！

玮对我说，就凭这句话，足以让她爱上他。

手术后的日子，医生经常来给她查看一下伤口，给她打针，小声问她是否还疼。玮都是一副幸福的样子。那是初恋少女特有的模样。她觉得医生的一切，都是特为她而准备。小小的手术，几天就要出院的，可她竟赖着不走，一会儿说这儿疼，一会儿又说那儿疼。医生来检查，又说不出什么，简直就是一个小无赖！还是妈妈心细，发现了女儿的秘密。妈妈偷偷笑着，女儿长大了。一旦医生过来，妈妈便悄悄走开。

可这样赖着终无道理，这疼那疼也总是小孩子的把戏，还是无奈地出院了。

玮出院后总是不能控制自己。她自己知道，她竟然真的是偷偷爱上了他！

因此她便每天在医院门口守着，等待他的身影出现。一天，两天，三天……终是不见医生的踪影。有一次她竟然溜进了病房！这样一个皖南山城的女孩，她是多么倔强、多情和天真！终于有一天，她见到了医生，可医生见到她似不认识！他正和一个年轻的护士走出来，有说有笑的，一副亲昵的样子。她终是受不了，泪水夺眶而出……

那是初恋的委屈，是18岁少女单相思的代价。她转身夺路而逃，之后再也不去那医院。从那经过，也绕着走。

……

十多年后，玮对我说，她竟然又遇见过一次那个医生。在一次长途汽车上，中途下车吃饭，她竟然见医生从后排过来，医生用眼睛看到了她。玮说，她敢肯定，他对她的注视，是一个男人对美丽异性的注视，绝没有似曾相识的惊诧。而这个医生已一副苍然的样子，黑黑的，手里牵一个七八岁的女孩，也是黑黑的！

玮说，他真不该让我见到，他击碎了我少女时的梦！我后悔极了。

玮和我在一个乡村的土菜馆说这番话时，正是黄昏。外面金色的阳光照进简陋的茅棚，打在玮的脸上，将玮映出一个金色的美丽影子。那一刻，玮像一个金色透明的天使，为我带来一个凄美的童话般的故事。

　　我们每个人都是一个童话。只是有的童话，泯灭在了我们庸常的生活中；有的童话，消失在肮脏的嘴里；有的童话，被艰辛和苦涩的岁月挤压，磨灭殆尽；有的童话，被糜烂荒唐的生活所腐烂，再也不会在记忆的题板上，哪怕有一瞬的闪现。

　　玮的明眸皓齿，足以让我相信这是一个真实的故事。即使是一个谎言，那又何妨！也许那只是一个少女的梦！以现在的眼光看来，玮仍是一个美人。即使见她躺到洁白的手术台上，你手持一把闪着寒光的手术刀，你仍然会想到——

　　维纳斯大概就是这个样子吧！

　　因为她的一切，皆可为艺术。

被女孩咬过的苹果

我 18 岁参加工作，曾在一个古镇工作过几年。这个名叫半塔的古镇，历史上似乎是有一座古塔的，可惜叫雷给劈了。现在区政府设在镇子上，因此小镇就显得十分繁荣。商铺、机关、各种派驻机构……总之是人来人往，热闹得很。特别是逢节，更是人山人海，猪、羊、狗、兔，各种小吃，买卖十分火热。我们的银行营业所就设在小镇的北头，临街是一个两层小楼，后面一个大院子，住着职工们的家属。每人一个老婆，生他三四个孩子，妇人的呼叫，孩子的打闹，让院中显得很有生气。我就在办公楼二楼一间顶头的屋子里居住了下来，朝西的窗子外正好是这个院子，于是每天都能看到院子里活动的情景。

我的工作是出纳。出纳员就是每天面对着一大堆钱数来数去。说起来银行是高大上的行业，里面的人好像都西装革履，其实所干的事是极其琐碎的。比如我，就是每天面对着一大堆花花绿绿的票子，票子还不是我的。而且这样的行业，都有个师带徒的习惯，或者说有一个师带徒的过程。我刚干出纳，领导要求我跟一个女的学习点票子。这个女的比我大不了多少，而且长得比较好看，我便很同意拜她为师。她主要教我如何点钞，单指单张，多指多张。说白了，单指单张就是一张一张地点，多指多张就是好几张一起点，有三张的，有五张的。你别小看数钱，它也是一个行业的手艺，点好了照样出名。我的师父就是县里的冠军。我们邻县还有一个省里的冠军。点出名了，还能当省里的"三八红旗手"呢！拿了奖金不说，工资还涨了两级。那个省冠军年龄较大，长得一般，之后找对象就好找得多了。据说她刚开始找不到，后来找了个本县在外面当兵的，还是个连长以上的官。你说，这数钱有没有用？

师父抓住我的手教我，如何压掌，如何划挠。压要压紧，划要划稳、划准。她一抓我的手，我立即面红耳赤。那时我还脸红，后来不红了。她对我说："你还脸红，我脸还没红呢！"

说着她放下手，脸果然就红了。

下班之后，我就在顶头的宿舍里，猛读我带回来的那些书。我记得最初读了《前夜》和《父与子》，我读不下去，读几页就爬起来瞎转转，喝点水啊，抽根烟啊，总之是磨洋工，这样一本书要猴年马月才能看完。我一气之下，发明了一种读书方法。那时我还练功（就是玩吊环，在地上鲤鱼打挺），我便将一根练功的功带钉在椅子上，每每坐下，先泡上一杯茶，之后将功带往腰上一扎，规定读了五十页才能站起来。这样一来，效果就好多了。有时下意识又想站起来，一抬屁股，椅子也跟上了，只好又坐下。

营业所的院子里有几棵高大的梧桐树，我来不久，即在一棵梧桐树上扣了吊环。有时我五十页读完，也感到累了，就走下楼在吊环上跟自己玩命，翻上翻下，有时还想做个十字水平，当然那是不可能的。于是我便把自己倒挂在吊环上，看天上的云来云去。这样看云也比较奇特。你别说，换一个角度看风景，就有别样的感受。

那个夏天的法国梧桐的叶子很大。我有时中午也在那很大很密的树荫下读《包法利夫人》。那个夏天我有时会忽然陷入一种无聊的冥思之中，仿佛一种青春躁动般的冥思。那无边的幻想像那个夏天的云朵一般缥缈不定，变幻无常。

在这个镇上，我进行了我的第一场恋爱。我的师父看我好学，执意要给我介绍对象，她说非要把镇上最美丽的少女介绍给我做老婆。于是在一个黄昏，她给我拿来一张照片，是一张不大的黑白照片。我刚开始不敢看，先揣在兜里，回到宿舍，再偷偷一个人看。照片的构图总体来说还是不错的，一个年轻的女子，坐在小船的一侧，照片的一角还飘着些杨柳枝，形成一种对称之美。我知道那是南京的玄武湖，可给我印象深的，是那一头长发。那是那个时代的一头长发，那个时代的长发特别黑亮，不知道是不是与那个时代的风气有点关联。

女孩是镇上拖拉机站站长的女儿，也算是镇上中层干部的子女。她高中毕业后被安排在镇食品站工作，也是好单位。在看完照片之后，我和师父还专门到食品站去考察真人。当然，我可能也是被考察对象。那个时候的恋爱就是这样的。介绍人很有耐心，这可能也与小镇的风气有关，当然也可能与空气和水有某种神秘的关联。

我们去时假装是买鸡蛋，这也是那时的介绍人惯用的伎俩。即使作假也要跟真的一样，于是鸡蛋当然要真买一些。女孩叫什么我忘了。我们就叫她小琴吧。小琴的工作就是管鸡蛋。那可不是几十个甚至几百个鸡蛋，而是整整一屋子鸡蛋，一层一层码着，有一种能升降的铲车，铲着鸡蛋篓子一层一层去码，还是相当机械化的。我们去时小琴在假装拣蛋，就是将一篓子蛋用手过一遍，把有瘪子的坏蛋从中挑出。

见了之后小琴就站起来，拍拍两只手，其实手上也没有东西，于是脸跟着就红了起来。我师父大方，很有经验，她圆场说："我们来买点鸡蛋，小陈晚上读书累了煮煮吃，增加营养。"师父说完也拍拍手，仿佛就要拣蛋的样子。

小琴说："不用，我来。"于是就开始给我们拣。她拣那又大又红的。她拣一个，就砸一下，鸡蛋就砸一个瘪子。我们知道，这砸过一下就是坏蛋了。坏蛋就便宜了，几乎不值什么钱。

后来我们就拎着坏蛋往回走，我显得很兴奋，因为小琴的脸实在很好看。她掼鸡蛋的样子，也十分姣美，仿佛这个动作是上帝专门为她设计的。

小琴对我印象怎么样我不清楚，估计也不坏，因为她后来还专门到我宿舍来玩过一次。如果对我印象不好，她肯定不来玩。这个是常识，我还是懂的。

那天她来是黄昏，应该是夏天，因为我记得蝉在死命地叫。我这个人非常讨厌蝉，我觉得这是一种很丑陋的昆虫，而且叫起来没完没了，是个很不懂得节制的家伙。

她来时穿得很单薄，夏天嘛。为了制造气氛，也为了表示诚意，她来之前我特地到街上买了几个苹果。她来之后坐在我的床沿上，我则削了个苹果给她吃。她用手拿着，只咬了一小口，就放下了，之后她一直没吃。我桌上放了几本世界名著，包括《父与子》和《包法利夫人》。我当然是故意放的，作为道具吧，总之和苹果一样，是为了配合气氛。

她只坐一会儿，我们并没有多说什么，我只感到自己的头硕大无比，快要爆炸了一般。我平时不是这样，而且我这个人不好，就是嗅觉特别灵敏。她那种特有的气息就一直在我的房间。我晕头晕脑，并没有说出什么有趣的话来。

她走之后，我还处在晕头晕脑之中。于是我看看那只苹果，苹果都有点锈了，可也不太锈。我都没有用水冲一下，就把那只苹果吃掉了。她咬过的那个地方，我还特别注意了一下。虽然我的嗅觉特别好，可也没吃出什么特别的感觉。

但是，从此之后，一个残缺的苹果的记忆，留在了我的心上。它不是别的苹果（如流行歌曲《小苹果》），而是我自己的一个"苹果"。

"忙这颗小小的心灵呗！"

一

朋友若齐每次见面都说，麻烦，麻烦，人生就是个麻烦。他此言是因为他的岳母。岳母80多岁，住在一个条件不错的养老院，可是她并不安生，经常同子女闹，说子女不孝顺。岳母原为教师，多年形成好为人师的习惯，见人好讲道理，遇事十分顶真。多年前她还经常给市里领导写信反映各种问题，小区有人偷偷搭建违章建筑啦，夏天小区垃圾不及时处理，有异味啦，等等。有一年春节学校给退休教师每人发了一条真空包装的臭鳜鱼。可能真空包装漏气了，臭鳜鱼真臭了。因为一条鱼，她向学校反映，学校没重视，她又给市里领导写信。信中说她是某某大领导的中学同学，从事教育工作多年，任劳任怨，兢兢业业，如今退休了，在人生的晚年，学校就给发一条鱼，还是臭的，这样一点小事，向学校反映不能解决，只有向市里领导反映，如果市里不能解决，她还要向省里和中央反映。吓得市里领导亲自拎着一条新鲜的鳜鱼上门道歉。近几年年龄大了，没有精力管社会上的事，于是精力便集中用于对付子女，隔三岔五便要找女儿谈谈，一谈就是两三个小时，滔滔不绝的，直到自己叹息一声：我累了，不管你们听不听得进去，作为母亲，道理我是要跟你们讲清楚的。近几个月，唠叨又少了，原因是交了个男朋友——同一个敬老院里的90多岁的老头。有时母亲进市里来，正和女儿"上课"，忽然手机响了，在电话中能和老头聊上个把小时，一副热恋中的样子。有一天两位老人更做出意外之事，老头竟然打的将老太从郊区的敬老院带到市内公园去玩，一跑几个小时，吓得敬老院到处找，电话一直打到朋友那。朋友和妻子也吓一跳，也在相熟的人中打电话。直到晚上，两个逛公园的人才迟迟回来。

若齐说，麻烦！麻烦！人生就是个麻烦！直到眼一闭、腿一伸，一切就好了。

二

同事小王，相当聪明好学，就是人胖了点。因为胖，还自卑。我对他说，人有才，心灵丰富，外在的就无所谓。他对我叹一声：唉！自卑死了！于是就给我说起一件小事：一位客人来访，领导安排他陪同。这位客人是位女性，人苗条清秀，吃斋信佛，说话轻言慢语。这么一位清秀之人，却很任性。从一下飞机见到小王的第一刻起，就说小王胖。上车坐座位，不肯与小王同坐，轻声细气地说："我不跟你坐，你胖，身上有一股肉味。"陪她去参观景点，她不肯与小王照相，说："你太胖了，我不跟你照。"弄得小王一点办法也没有。小王后来对我说，真给她搞死了！因为这事，小王又对我说了一遍："我倒自卑死了！"

小王不仅聪明，还热爱文学，睿智博学，很有才华，只是这种才华在单位无用武之地。他每天从事单调无味的工作，被人使唤着，他都默默地承受，态度十分谦恭。可是他是一个活生生的生命体，虽然胖了点，可情感的丰富程度，一点不比一个正当龄的女子差。他与我关系甚好，喜欢与我聊聊，他有时笑着对我说，人生就是煎熬。表情颇为滑稽。他有时也快乐地对我说：我不断鼓励自己，还有十年就退休了，那时就解放了。我对他这个"鼓励"很是赞赏，两个字道出了一个积极的人生。

三

我也喜欢向朋友道心迹。我常说的是，人生就是孤独。一个作家说过，人生就是孤儿。年少时不能理解。后随年龄增长，慢慢有所领悟。他这里的"孤儿"，其实说的是人的寂寞。人的内心，最终是寂寞的。这种寂寞亲人也无法化解，不管是父母还是妻儿，都不能够化解。每个人内心里的巨大寂寞，也只有自己能够感知。这是人生的宿命，与生俱来，古今中外，概莫能外。

　　我的朋友亚妹，喜欢《红楼梦》，在朋友圈中弄了个"红迷会"，镇日忙忙叨叨，不是忙红楼诗会，就是忙红迷家园。我久不见她，忽然一天见面，我问她："整日价忙些啥啊？不见人的。"她脱口就说："忙这颗小小的心灵呗！"说完顽皮地用手一指胸口。是啊，这颗小小的心灵，看不见摸不着的，却是个麻烦。

　　咦，说到麻烦，麻烦就来了。因为写这则短文，忘了今天是三八节。老婆在客厅里给书房里的我发短信："你该出来煮饭了！"我正写到劲头上，没理她。过一会儿，她又往我这发微信："今天菜场应充满着爱家的男士，女人休息一天。"她发来时我没看到，等看到已11点多，赶紧出门去买了一枝香水百合，待回到家，厨房里的老婆没了。菜切了一半，银鱼炖鸡蛋的银鱼泡在碗里，两个鸡蛋放在桌上。饭也没煮，人没了。我知道坏了！生气了，过节没重视她。看看，麻烦又来了！我中午吃啥？文章不能吃，电脑也不能吃。我中午吃啥？

　　真是的，你瞎操心这些没用的干啥？

离巢

女儿走了,上大学去了。长到18岁,这是一次严格意义上的离家。

7号报到,我们跟6号的火车到黄山。选择坐火车,也是给她带一次路,以后放假她可以自己坐了。到黄山已晚上9点多钟,我们便打的住到了招待所。

第二天一大早,我便起床,招呼她们起来,早点到学校去。俗话说:"早起三光,迟起三慌。"早去,一切都要从容一些。再者,我还有个私心眼,想早点进宿舍,选择一个合适的铺。因为这样的铺位,一睡将是四年。大包小包的,打的到学校,也是7点钟了。学校里早已人声鼎沸,彩旗飘扬。大喇叭里播着通知,各系同学已各就各位,摆上接待台,还不忘在自己的区域内做些广告宣传。我们背着大小包袱，沿着路标一路走来，来到外语系的台前。刚刚站定，便有同学迎了上来。问明情况，一个似负责的同学转向身后喊："有党员没有？"一个女同学站出来。她便对这个同学说："带这位新生去报到。"那女同学就来抢我们的包，要为我们拎着，于是我们便跟她去了一个教学楼。到了楼下，那女同学说："你们在楼下等着，只一个人跟我上去。"于是我当仁不让，拿着各种报到材料随她走了。

这位女同学姓邓，已是大二的学姐了。她对我说："我们先到辅导员那报到去。"我知道，大学里学习基本上是靠自己了，但辅导员也很重要，他对你多关心一点，你就多一点成长的机会。于是我一脸虔诚，随这位邓同学上到三楼，到一个大教室，见辅导员去。大教室里也是有许多同学，胸前挂着各种牌子。在人群中，我见没有一张成人的脸，都是一些青春的面孔，以为老师还没有过来。可是邓同学指着一个女孩说："这是廖老师。"我一看，也才二十四五岁，就走上去，恭恭敬敬地叫一声："廖老师好！"廖老师坐在那里，笑着说："将材料给我。"于是我便按要求将一切材料，什么录取通知、户口迁移证、团组织关系、8张一寸照片等，一一递上。她让另一个同学接住，也一一审查核对了，便在面前的一摞材料中翻检，找出了我女儿的报到证，撕下，递给我说，先到宿舍住下，之后熟悉一下校园环境。

我转身要走，心想这个人就是我女儿四年的班主任，她对我女儿的成长很关键，于是又谦恭起来："廖老师，我们先过去了。"没想她却严肃地说："这些事应该让学生自己来办。"我一激灵,却灵机一动,对她说:"我们明天就走了。"言下之意,这是最后一次了。

我拿着报到证,见上面有宿舍的号码:4幢508,于是赶紧下楼,对女儿和她妈说:"走,先到宿舍去。"

小邓同学真是热情,她又为我们拎着行李,指引我们来到一幢楼前,用报到证,在门房老大妈处领到了宿舍的钥匙。

打开房门,是一个四人间。我们是第一个到的,一切都是老生离开后的样子。这时的宿舍,就是她妈妈的天下了。她立即开始打扫了起来。我观察了一下"地形",于是选择了靠阳台的一个上铺和贴窗的一张桌子。她们拿出自己早已准备好了的"家伙":盆,抹布,开始大干了起来。从地到窗到床到阳台到写字台,无一处遗漏,一一打扫干净。之后开始铺床,支蚊帐,套好从家里带来的被套、枕套;又将一切生活学习用品:饭盆,脚盆,水瓶,台灯,牙膏牙刷,衣架,鞋袜,衣裳……取出,归整齐全。

一切妥帖。问:"你晚上在哪睡?"女儿想了会,说:"我在这睡吧。"过一会又说:"还是到宾馆睡吧。"说完她笑了:"《雍正王朝》还可以看一集呢!"

噢,原来还是要看电视。

午饭毕,我回宾馆睡一会,她和她妈妈上街采购尚缺的东西。之后又一起回到她的学校,开门一看,哈,又来了两位新同学。我于是坐下同这两位的家长聊了一会。知道一个是我的同乡,一个是当地的。没来之前我还担心都是独生子女,怕同学之间搞不好关系,反复对女儿说:对人要宽容,要容忍别人的缺点。"有容乃大",容忍别人,也是为自己。因为你不能容人,还是自己生气,伤害的还是自己。女儿每每不耐烦:"晓得,晓得。不用你们讲。"现在见到还有一位老乡,还是农村的孩子,心里不免一阵高兴。最起码同寝室还有一位老乡,说话是有乡音的,感情上就靠近一步。

两位新同学铺好了床铺,于是宿舍里气象就不同了。一切都仿佛是原先就有的,显出了生气。我又下楼为女儿办了饭卡,顺便从超市买了一大堆苹果和橘子。我知道女儿换了新地方总是不解手,有时三四天不大便。初中有一年军训,一个星期,她不上厕所,说农村厕所脏,回来把她妈和我吓坏了。又是香蕉,又是蜂蜜,观察了两天,才算解决了问题。因此我多买点水果,这一回我们是帮不了她,只有她自我调节了。

晚饭是朋友请客,点了许多菜。我也是想让她多吃点,马上我们走了,她在学校食堂吃,不要两天,她便会知道在家里是多么调当。朋友说:"多吃点。学校里就没有这伙食了。"女儿笑,并不多言,只是"嗯"几声。我于是说:"她像小鸟一样,早就想往外飞。"女儿抿嘴笑。

饭后回到宾馆,她急着看《雍正王朝》。我则想好几句话给她一一交代:照顾好自己;冷暖添减衣裳;与同学搞好关系;我的女儿是优秀的,把精力用在学习上,一定会出类拔萃……我说一句,她"嗯"一句,不知道她听进去没有。反正我要讲的讲完了,她也知道明天我们将要走的,也显得懂事了许多。

洗漱后睡下，心里有点难受，睡上喝了点酒，胃不舒服，于是翻来翻去，迷迷糊糊睡去。睡到半夜，渴醒了，起来喝了点水，却再也无法入睡，于是东想想西想想，忽然想到选择靠阳台的案子不妥，现在季节还不错，到了冬天，门再严，也有小风溜进来。冬天山区湿冷，在桌前一坐几个小时，人一入神，精力高度集中，便会忘了冷热。如果小风侵入身体，还不弄出病来？又想上铺不妥，几年中要爬上爬下，要是有个头疼脑热，如何去爬？我越想越害怕，现在是半夜，恨不得天赶快亮，去给她调成靠里的下铺（这样桌子也靠了里）。又想这还要与女儿协商，她不同意，也是枉然。

大早起来，女儿还没醒，我便走过去，小心地说："女儿，有个问题你想过没有？"女儿迷糊着"嗯"了一声。我接着说："靠阳台是好，可是冬天便很冷了，门再严，也会漏风的。"女儿便翘起头问："那怎么办？"我说："我想给你调了，调到靠里的一边——下铺，也方便。平时下课，也可以在床上靠一靠，不能老坐在人家床上。"

女儿想了一会儿，说："那就调到里面吧！"

于是我便对女儿说："把门钥匙给我，我们去给你调。"又催她妈快点，迟了人家来了就不好办了。她妈洗了几把脸，嘴里嘟嘟囔囔，还是跟我走了。打的来到学校。学校里依然一派繁忙景象，彩旗飘扬，喇叭里高歌声声。我见到那接待台的同学，估计都是老生，便走上去，拽住一个女同学就问："请问同学，睡上铺好，还是下铺好？"那同学笑了，几个同学一起回答："各有利弊。上铺干净，下铺方便。"又说，"看人喜欢了。"我于是也笑了，她们这等于没有回答，我是杞人忧天。

丢下同学，又赶去宿舍，在三楼楼口，见大四的老生刚刚起床，门开着，我于是也顾不了许多，唐突走过去，问一个靠阳台门住的女生："靠门冬天冷不冷？"那女生愣了一下，可能觉得这个问题好奇怪，于是说，还好呀！这是塑钢门，密封挺严的，并没有多少风。我连说谢谢，退了出来。她妈妈怪我："人家女生宿舍，你不敲一下门就进去了！"

来到女儿宿舍，她妈妈用钥匙开开门，我见昨天空着的床已铺上了，说明昨晚来了新生，想调也没有机会了。宿舍里没有一个人。于是我便径直奔到阳台门边，细心研究起门来。关上，开开。门有点变形，开关很是吃力。试了几次，密封性还好，于是又研究起如何用巧劲来开关。上下用力，左右用力，终于找到了机关。又见门缝里堆积着许多灰屑，也影响门的启合，于是找个木片，仔细挑出那灰屑。灰屑不知堆积几时，越挑越多，我也越挑越起劲，那被我堆积在一边的陈年的旧垢，也昭显着我的工作成绩，因此不挑个彻底绝不会罢休。剩下最后缝隙里的残余，我不得不趴下用嘴去吹。一吹一阵灰，一吹一阵灰，直至显露出本色。这时才又试着去启合那门，感到心中十分踏实。

打的回宾馆吃早餐，女儿已经起床，也梳洗完毕。我对女儿说，我给你仔细看了，门还是很严密的，基本不漏风，冬天多加个外套就可以了，没关系的。我问了你们的师姐，她们说，靠门亮一点，靠里暗一点；上铺干净点，下铺方便点。最后的结论：

都一样。女儿听了笑了。

早饭后我们准备回去了。送女儿回到她的学校。我在路上已想好，准备分手时抱她一下，再叮嘱几句：什么我的女儿是最优秀的，要努力，自己照顾好自己……因为此前我的一个朋友送他儿子到北京，临走时儿子睡在铺上，脸朝里，他的妈妈说："我们走了。"儿子说："你们走吧，我要睡午觉了。"他们夫妻就走了出来。走了不远，朋友的老婆在墙边掉眼泪。朋友给他儿子发短信说："你妈妈哭了。"过一会儿，儿子过来了，说："你们以为我不难过？"说着也哭了。朋友笑着说："我本来没事的，给他们这一弄也哭了起来。"儿子最后说："你们照顾好自己就行了。我会努力的，不让你们失望……"

我觉得这一幕情景特别有趣，好像很悲壮的样子，回来就说给老婆听了。

到学校后，女儿下车就走，对她妈妈说："再见。"我赶紧下车，跟过去，正想开口，女儿说："你干什么呀？"意思说我下车干吗。我还想往前去轻轻抱她一下，女儿轻轻推了我一下，嘴里说："滚滚滚……"一连说了好几个"滚"字。我只得"嘿嘿嘿"干笑了一气，对女儿说："再见。"女儿转身走了，背上那个我十分熟悉的双挎包消失在人群中。

回来的路上，我问她妈："你把我给你说的朋友的事说给她了？"她妈说："是啊！"我说："谁叫你对她说的？怪道我想再抱她一下，还没有近身，她就连说：'滚滚滚……'"她妈说："你自作多情。"于是我便和她妈商定，回来后，十天不给她打电话和发短信，让她自我适应一段时间。

  回到家已近晚了。我在几个房间转了一下，女儿的房门静静地关着，推门进去了一下，看一切如旧。家里十分安静，于是便出门走走。刚走了不远，手机振动了一下，我取出一看，是女儿的一条短信："你们可到家了啊？"我心中立刻十分高兴，立即给她回道："到家了女儿，谢谢关心。你吃晚饭了吗？"因为还有点激动，手颤颤的，发短信时差点按错。

  过一会儿手机又动了一下："吃了，也洗过澡了。"看到手机屏幕上跳动的这几个字，我心里有说不得的温暖，仿佛那个小人儿就站在面前……

玻璃女孩

一位多情的作家说，女儿是父亲的前世情人。我没有这么多情。但是有个女儿，对一个男人来说，真是一种无尽的牵挂。女儿就像一件玻璃器皿，不管是宫廷里的藏品，还是民间的家常器具，都是一种工艺。它是那么娇脆，又对你不离不弃。有那么一些时候，你感到仿佛是一枚危卵，紧不得松不得，煎心得很。

一个朋友给我发短信："正在忐忑不安吧！准备好西瓜和可口饭菜。"是啊，这两天高考，我小心得走路都怕踏死蚂蚁，计算好分分秒秒。她肯定是紧张和焦虑的，可是她无事人一般，晚上依然要到12点。早上我则是早早起来，看着钟挨日子。说是7点15分起床，7点10分我便开始读秒，心下忐忑：早叫了怕她没睡足考试迷糊，叫迟了赶不去考场。听到门响，赶紧奔过去，哈哈，舒了一口气，小人儿自己起来了，一副慵懒的样子。于是小心地说，要抓紧，路上塞车……她便开始洗漱梳头。麻烦在梳头上，读了十多年，就在这一考了，头不就梳梳罢了，以后有的是时间梳啊。可是她左一遍右一遍，梳好了拆开，拆开了再梳。我心下焦急，来回在屋里走。她发话了："你走来走去干什么？走得人心烦。"于是我嘴里说好好好，赶紧又回去坐下。

早餐是早已在餐桌上凉着。每天都是几个品种供她选择。因为你搞不清她哪个时候不高兴了："不好吃！"丢筷子不吃了。早晨早早出去，买了凉面就不敢买冰豆浆了。我知道她总是要吃凉的，可是又怕她吃坏了肚子。都是热的，也不行。"这么烫怎么吃啊？"她说完我又是麻烦。

第一天考过，相安无事。晚上我坐在客厅里为她看钟：8点半，9点半，10点半……按照规定，考试的日子11点睡觉比较适宜，10点半便可以洗漱洗漱，放松一下，好入眠。可是我轻轻推开她房间的门小声催促她可以洗了，却遭到她的一阵抢白："你干什么呀?!"我说："10点半了，可以洗了。"她却说："我还没有看完！看不完我是睡不着的！"我知道我这时讲什么也是没用的，只会坏了她的心情，于是又小心退下，在外面耐心去等……11点过去了，我在外面故作轻松地讲："11点多啦！准备洗吧。"她在里面说："好的。"可是半天还是没动。我知道再也不能催她了，于是到床上小心睡着。可无论如何也是睡不着的，便起来到阳台上坐着，从我们的阳台是可以看到她的窗子的。我于是便看着她窗口的灯光，再等，再等，耐心去等。果然要到12点了，门响了。她到卫生间去洗漱了。哗哗的流水声，流在我的心里，我的听觉特别地敏锐，她的一举一动，我都能听出来是在干什么。终于听到关灯的声音，走路的声音，开门，很响的关门……阿弥陀佛……她终于要睡了。我在阳台上静静的，等待她熄灯。可是又是好半天。我一走神，灯关了。妈呀！小祖宗，你终于睡了。

她对我说："你别管！我明天精力照样很好。"可是丫头你哪里知道，你要是休息不好，考试的状态会是怎样？

其实在早几天前，我们就小心呵护着了。听到电话铃响，心里都是一紧。不重要的电话，已基本不接。有时亲戚来电话表示关心，也是草草几句结束。关心又如何呢？谁又替代不了她，一切只有靠自己。考试的日子，我取回晚报总是收起来。有时女儿问，晚报呢？我说没拿。因为报上总是叽叽喳喳讨论考过了的科目，这样的讨论对我们正经受大考的家庭是无益的。它只会干扰我们的心境。比如今年的作文题《提篮春光看妈妈》，她的妈妈中午吃饭要插嘴，被我横了一眼：以后有的是时间讨论，现在的关键是下一科，讨论了又有何益？于是我总拣一些无关紧要的话说说。比如中午她妈妈菜烧得不错，我们表扬。她妈妈说，以后我上街卖炒菜。我说，你去卖炒菜，时间长了，顾客吃出感情，撵着你要：大姐大姐，再来一点。女儿哈哈大笑。她妈妈说，我烧你卖。顾客撵着你：大哥大哥，再来一点。女儿又是哈哈大笑。

这样的笑声很难得呵！其实这是缓解压力最好的武器。女孩儿内心的压力，旁人又如何能理解呢？做父亲的，面对这样一件棘手的宝贝，也只有蹑手蹑脚，大气不敢出啊。

唉，作为一个男人，拥有一个女儿，其实你也就拥有了一个完整的女人。女儿其实是妻子的前半生，从前的那个女孩变成你的妻子，你的女儿也将会成为别人的妻子。

养老婆

那晚电视上说,明天是惊蛰:"惊蛰地化通,锄麦莫放松。"没想早上起床,却是一场大雪。风定气寒,雪片微飘,外边世界一片白花花的。刚到厨房一会儿,热点昨晚的剩稀饭,老婆在里屋大叫:"我饿了!我要吃稀饭!"

我并没能听到她的叫声。我在厨房,隔着两道门。她尖声大叫我才听到,赶紧跑过去:

"就一碗稀饭,刚热好。你在床上吃还是起来?"

"我就在床上吃!"

"你赶紧穿好,稀饭已在碗里,快凉了!"

我在厨房给她切了个香干丁,淋了麻油、新鲜辣椒酱,将稀饭端过来,她已坐起。于是垫上一张报纸,将稀饭递给她,轻轻将卧室门掩上，走回客厅。刚要迈步，又转了回来，透过门缝一看，她正有滋有味地喝着呢！

回到厨房一想：呵呵，像这种窗外飘雪，天气清寒，焐被窝——特别是女人，懒懒的，若再有点小恙，比如来个例假什么的——莫过于是一件最快活的事了。

我在厨房磨蹭一会儿，这边又叫，赶紧过去，稀饭已喝完了。她说：

"没吃饱——我还要吃点面条，稀稀的，放点醋和蒜叶……"

我对她说："这种雪天，焐在被窝里最快活了。你就焐着吧！"

她说："顺便把今天的报纸拿来吧！"

我取回晨报给她看，又到厨房坐水下面了。

坐水时我想：干脆炸点小鱼给她就面吧！前天我从高邮回来，从高邮湖边的送河（这个地名真好）过，有好几个渔人在那里吆喝卖小杂鱼，已走了过去，我又折回来。这里的小杂鱼一定新鲜好吃！不能错过了！于是花十块钱买了一小堆，回来我把它们拾掇了，搁了起来。

取出四条，坐上锅用油煎，一会儿，满屋喷香。一寸长的小鱼两面焦黄酥脆。我趁热送过去，又去下面条。等我面条下好，端过来时，她正在床上认真地吃呢，四条小鱼已吃光，只剩下四条鱼骨整齐地排在盘子里。我说：

"是不是炸嫩了？"

"有的还可以，有的有点嫩。"过一会儿她又说，"吃这个的时候，把自己当成一只小猫就行了！"

她吃完了，人也安静下来，开始翻报纸，根本没有起床的意思。我自已收拾完，始到书房里捣鼓。窗外的雪，纷纷扰扰，在天上漫卷。已近午时了，可并没有停下来，远处的屋顶已是一片的白。

在书房里乱翻书，想想现在的女人，真是悲哀得很。她们已失去了优雅。一切忙乱的生活，使她们离母性越来越远。你设想一下，一个气急败坏的女人，肯定不能有一颗悠闲从容的心。女人偶尔被宠一下，心情就会很好，一般来说，心情好，气色就好，女人味也就出来了。其实，女人天生就要养的，像这种大雪之日，偶尔养养老婆，亦是不错的。人生苦短，这样的情趣能有多少呢！我读的书不多，看旧诗词，女人的诗和词，大多是幽怨的。留在岁月中的快乐，记得沈复的《浮生六记》，一、二记中，记到的陈芸，真是快乐的！林语堂的《苏东坡传》，写父子三人和两个儿媳妇向京师进发，此时父子功名已就，两兄弟的媳妇，知道现在陪的是进士丈夫出门，一路风景宜人，湖光山色。我断想，这是这两个女人一生中最快乐的时光。

隔壁的卧室传来了音乐。这是班得瑞的《晨光》，老婆最喜欢听的音乐，那缓慢的旋律，排管和双簧管演奏出的悠扬曲调，都会使她无穷地入迷。我走过去，她正匆忙起来去厕所，我说："还睡吗？"

"睡呢！"

"你'焐小鸡'哪！"

她并不作答,只匆匆忙忙又蜷入床上。我也懒得再去扰她。这样的雪天,让女人焐焐被窝,也是最幸福的。

张迷和汪迷

我们每个人都是那么偏狭，自己熟悉的、喜欢的、在里面浸淫久了的、像朋友一样的东西，就以为是最好的。书也是一样，我们读熟了，读出了感情，就会排斥其他的书，以一"书"障目，认为别人写的书都没有他的好。比如我对汪曾祺，或者对《红楼梦》。

前不久我到时光旅行咖啡馆讲《红楼梦》，以《今生有红楼，人生不寂寞》为题讲《红楼梦》的故事。我去时带了三本书，一本《红楼梦》、一本马尔克斯的《百年孤独》和一本汪曾祺的《晚饭花集》。我对参加沙龙的朋友说："有这三本书就够了，随时翻翻，随时都能快乐。因为你花一辈子的时间，不一定都能全部背下来，所以你随时看看随时都是新鲜的。它们像你的老朋友一样,随时能给你带来快乐。"

几日前的一个饭局,饭桌上有四五个80后女生,当然也都是30多岁的人了,在社会上混,也是以文化的名义。每个人都读过一些书,甚至可以说不少书。至少自己是这么认为的。每人都是正好的年龄,青春靓丽,喝了些红酒,更灿若桃花,大家说着话,气氛还是不错的。我突然冒出一句:"邵先生有一回曾悄悄地对我说过,张迷的格没有汪迷的高。"

大家都听得懂汪迷和张迷究竟代表谁。我说完没有人接话了。一个叫屠屠的,快言快语,她说:"邵先生是谁?"

我说:"邵燕祥,一个有风骨的作家、诗人。"

依然没有人接话。屠屠又说:"邵燕祥,这里除我知道一点,估计没几个人知道。"

我对面的两个美女都在媒体工作,她们显然是资深的"张迷",此时目光愕然:这样的话怎么能说出来?我边上的一位年纪稍长,40多一点,她平和一些,对我说:"我也是张迷啊。"

可这句话之后又都不说话了。她们都不说话。刚才热烈的气氛忽然都没有了。每个人都想重新换一个话题说,可一时又不知道如何去说。一个女士说,差不多,结束吧。

倒是桌上一个文化学者,他虽长发飘飘,却要宽容得多。他爱护般地对我说:"张爱玲和汪曾祺怎么能放在一块比呢?他们的风格完全不一样,他们的时代和性别也不同啊。汪淡雅平实,他大部分的作品是老年时写的。而张的作品多写于年少,张不是有一句名言吗?'出名要趁早啊。'汪多清风明月,张则浓烈繁复。汪多写人性之美，而张多是写人性的幽暗。更况张的时代、张的情感经历等等，这些八卦传闻都够吸引眼球的了。"

我后悔自己的唐突。我记得邵先生当年给我说完这句话时还特别说了一句："这句话不能给张迷知道，否则他们会打死我的。"今天的冷落，叫我领教了厉害，这比"打死"还要难受啊。

我为何会有如此的想法？是我被汪曾祺遮蔽了双眼，还是她们被张爱玲遮蔽了双眼？或者说，是汪曾祺和张爱玲遮蔽了我们——我们无端地放大或者缩小了他们？有时我们真很难认识我们自己，正如我们并不能知道蝴蝶的翅膀是没有颜色的。世界上总有许多我们不认识的事物。前不久我才知道有一种生长在东南亚的巨型的花叫大王花，而它巨大的花朵竟然是臭的。原来我一直以为世界上所有的花都是香的。这种大王花发出臭气，目的是吸引苍蝇来叮，好为它传授花粉。还有一种猫屎，是特别香的，因为这种猫身上有香腺。有一个笑话，说这种猫要拉屎时，游客会尾随其后，拼命地去闻，那是一种奇异的香，所以有一种咖啡，叫猫屎咖啡。

这已是题外话，我想说的只是我们的认识是多么有限。还是回来说他们两位，我说汪好，是汪的书，随便翻到哪页，都能够感受到一种汉语之美、文字之美，那种清俊是一种无以言说的感觉。一次在三联书店座谈，孙郁先生说，从五四以来，以他个人来看，喜爱的作家也就是周氏兄弟，还有就是沈从文、张爱玲，之后就到汪曾祺了。其实，我读汪，也读张。张的语言，确乎没有汪的俊而美。当然，张爱玲的尖刻、促狭、刁钻，汪曾祺是没有的。而汪的清雅平淡、超然有趣，在张那里也是找不到的。话说回来，对于文学而言，淡雅当然不失为一种美，而尖刻、乖戾也同样不失为一种美，只要是充盈着智慧和人性的光芒的，而不是喷狗血。

这一次饭局，使我受了教育，也让我睁大了双眼，这个世界是多么丰富。有些饭是可以吃的，而有些话是万万不能随便讲的。

辑 二

樱桃肉、烩鱼羹及其他

我的母亲是个美食家。她虽然不认字，可是她是个美食家。

母亲年轻时漂亮无比，用现在的话说是"惊艳"。在我的老家天长市沂湖乡，70 岁以上的老人现在提起我的母亲，总会拍着大腿，说："胡家那二丫头！那两条大辫子！"语言中极其复杂。

母亲嘴一张、手一双，极其能干。她不但会做一手好的缝纫活，而且烧菜做饭极其内行。她不是一般的烧菜做饭的，她是可以"上锅"（做大厨）的——邻里有红白喜事，母亲便被请去掌勺。冬天农村的黄昏阴霾弥漫，那是焐雪的天气。远处田里的庄稼阴湿湿的，乡间的田埂蛇一般游向各方，我跟在母亲后面到娶媳妇的人家。庄子上已一片节日气氛，红爆竹屑撒了一地，鼻涕泗流的孩子在草堆旁边到处乱跑，小狗子、二呆子喊成一片。母亲进门便被接住，之后是对厨房的案板巡查一番，然后对几个帮手说这说那。一切材料预备停当，母亲便吩咐烧火，下锅炒菜。一般都是四五桌一磨（轮），二十几桌下来母亲不带休息的。母亲在一派祥和热闹中忙碌着。

年关是乡下最热闹的。祝寿的、结亲的、生小孩的、过生日的都在农闲里完成。有时到一户人家，正在杀大猪，大猪嗷嗷惨叫，四个汉子七手八脚将猪摁倒，不一会儿那大猪便躺到杀猪盆里，烫好薅毛，不一会儿就是一个白白胖胖的样子。一个人用吹火筒在猪腿皮下猛吹一气，一个人拍拍打打，猪便迅速膨胀起来，不一会儿就被割成各种需要的形状，热乎乎地下到厨房。母亲便根据材料，红烧的红烧，小炒的小炒，做樱桃肉的做樱桃肉。

母亲做樱桃肉是拿手的。一般一个厨子成名，主要是在一两个菜上出名。作为乡间厨子，我的母亲扬名乡里的是樱桃肉和烩鱼羹。樱桃肉和烩鱼羹大概是我的家乡天长地方名菜。天长这个地方，虽属皖东，可生活习性多似扬州。我写这篇文章时，查阅了家里的三本菜谱书，皆没有上述两菜。可这两个菜，在我的家乡，可是待客的重头菜。一个有当地风味的筵席，如果没有樱桃肉和烩鱼羹，那可是煞风景的，也是没有面子的。

樱桃肉和烩鱼羹当为细菜，因为用料都极为讲究。樱桃肉原料为切丁的猪肉，加白果（银杏果）文火炖出。切丁的猪肉必须是带皮的五花肉，这样才能炖出胶质，有黏性。白果焯开，剥净去皮，之后同切成丁的五花肉同炖，加白糖和醋，小火慢慢煨出。

樱桃肉上桌,得用调羹(汤勺)吃。因为肉丁和白果都极细嫩。樱桃肉入口酸甜(加了许多糖),极香极鲜美。五花肉和白果都含有丰富的蛋白质,因此营养是极佳的。做樱桃肉的技巧在配料,配得好酸甜适当,配不好非酸即甜,入口腻人,口感顿失。

樱桃肉不可多吃,在我的印象中,樱桃肉也多吃不了,一人也就几小勺——唯此才能保住胃口。

现在的樱桃肉已不如过去。樱桃肉的原料要是乡下土黑猪的肉才好。可这样的黑猪现在到哪里去找?

烩鱼羹,把鲫鱼或者昂刺炖熟,俟冷透将肉剔出。这是一个相当费工夫的事。鱼肉要用手慢慢检看,将小刺盲刺都要剔尽,否则喝时卡嗓子。烩鱼羹的鱼必须是鲫鱼或昂刺(别的鱼烩出不好吃)。什么鲇鱼、青鲲、黑鱼,都不合适。之后将泡好的粉丝(必须是山芋粉丝)剪成米粒大小,与鱼肉、原质汤加酱油、醋同炖。出锅时撒上胡椒粉(要多撒,不厌其多),再撒上青蒜叶,细瓷大碗上桌。刚一上桌,香飘四溢,酸鲜之味,入鼻而来。烩鱼羹要趁热喝,入口鲜、微酸、青蒜香、胡椒粉的微呛,真是美妙无比。

烩鱼羹用料讲究,做工精细,虽是地方名菜,在我们县也不是所有家庭主妇都能做的。即使会做,口味也难调,不是咸了就是淡了,不是酸了就是辣了。个中学问,手重手轻,只有厨子自己明了,也是只可意会,不可言传的。我母亲的第一传人应是我的老婆，可我的老婆只领悟其奥妙之一二，不能掌握其精髓也。

我儿时吃的烩鱼羹、樱桃肉多矣！如今远离家乡，一年中只有春节回去与父母同住几日。母亲七十有一，垂垂老矣！春节回家，室内室外，四壁阴冷潮湿，母亲勾着腰，忙里忙外，准备年夜饭。家里堂屋桌子上摆满了菜。我有时看着母亲在院子里佝偻着腰用冰冷的自来水洗涮，半天手托着腰慢慢立起，心里一阵酸楚。我总是对母亲说，没有几个人，别弄那么多菜，而母亲并不理会。她也总是说，亲戚要上门的，菜多些防着万一到时吃竖起来（家乡方言，表示菜不够了）。我知道母亲一生勤劳，如果闲下来，反不舒服，更何况我也说不过她呀！

母亲烧菜的水平大不如从前。但母亲自己并不觉得，她常常说，我哪一样拿不起来？可以讲，嘴一张、手一双。可母亲有时做的菜，不是忘了加糖就是忘了添醋，要么就是加重了，等端上桌来，她自己亲口一尝，笑了："啊呀，忘了加醋了！"或者说："糖放了两次，重了。"

烩鱼羹和樱桃肉当然是吃得到的，那是她的看家菜。可有时总觉得味道有些不对，不再是我童年印象里的烩鱼羹、樱桃肉了。不知是我多年来在外浪荡，口味败了，还是母亲老了。倒是我的豆蔻女儿，不知轻重，有时小声说，奶奶擤完鼻子擦在护袖上，又不洗手就来端菜，我都不敢吃奶奶做的菜了！有时当着她奶奶的面说："奶奶，你做的菜没有过去好吃了！"

她奶奶总是笑笑，并不置一言。那是她孙女说她，我们若说，可不饶我们了。

过年与吃

几场寒流一来,树上叶子便落得差不多了。寒来千树薄,秋尽一身轻。出门脸上多了凉意,人们便穿上了毛衣。再来一两次寒流,冬天就真正到了。天空开始焐雪,如鲁迅所说,旧历年的年底毕竟最像年底,这时便是快过春节了。

我的记忆中过年就是吃。在县里的时候,毕竟还是乡镇,家里关系到我的第一件事便是蒸包子。包子要到专门的地方去蒸,母亲还要洗刷蒸煮,于是端着馅子去排队的任务便落在我头上。这可不是一个轻松的事,要用极大的耐性在那里等。因为蒸一家的包子需并不短时间,春节前的那几天,饭店是通宵蒸的。运气好的,上半夜能出来;运气差的,下半夜一两点是正常的。我从下午开始,便在那热腾腾的雾气中等待,人们忙碌着,那一笼笼暄软的热包子，倒在一个过渡的平铺着红草的帘子上凉着。我隔一会儿便要看看自己家装馅子的脸盆，蒸完了一家便将自己的脸盆往前挪一下，以免别人插了队。

快到晚上九十点，终于到我家的了。第一笼出来，倒在帘子上。那一刻我便感到自己十分富有。吃是可以随便吃了，要拣那皮子透明、渗出了油的热的吃。我妈妈是很会做菜的，因此包子的馅子也十分好，有肉馅和豆沙馅两种。味道也调得比别人家的好。我吃了两个热热的肉馅的，便停下不动。等好几笼之后，豆沙的出来，静下心来享受那流了满嘴的香喷喷的滋味。那种赤红色的豆泥，糯极了，香极了，甜极了。我很喜悦，真想围着街道一颠一颠跑两圈，之后猛摇自己想象中的尾巴。我想对于童年，没有什么能比吃给一个孩子留下更美好的记忆了。这一顿自由的吃之后，拎回家的包子吃起来便没有那么自由了。包子拿回了家便被母亲藏在了卧室床的蚊帐后边，一顿吃多少，都得由母亲做主。因为母亲要计算着去吃。这一百多个包子是要吃到正月十五的，还要待客，点了红点的甜馅的相对要少一些，因此还要扣着吃。厨房里飘出蒸咸货的气味，咸鸡、咸鸭、猪头、猪尾巴、排骨豆子。热气飘出厨房，弥漫在院子里。院子里的蜡梅花开了。院子一角，还种了许多乌菜，它们青油油的。热气混合了蜡梅的气味，压向院子铺着方砖的地面。我个子还矮，便在这热气中奔跑，仿佛在贴着地面飞翔。那是些典型的节日气味，一年真正才有一次。咸货蒸好了，母亲放在一个垫了乌菜的大篾篮子里。我开始围着篾篮转，趁娘不留神，拈排骨豆子里的排骨吃，撕咸鸡的胸脯肉，咬一截猪尾巴。打是少不了的，因为自己也有不留神的时候。因为吃挨打，对孩子来讲，再正常不过了。打，也是一种气氛，这也是过年的一部分。训斥孩子，大人毕竟最像大人了。有了爆竹的响声，东一个，西一个……那是孩子多的人家孩子淘气，先放着玩。三十的黄昏，年的气氛似乎更加紧张了。父亲开始贴门对，母亲扫地，还要敬先人。黄昏降临了，雾气（夜气）慢慢升起来。远远近近响起连贯的爆竹声，一个县城都在一片巨大的响声之中。父亲去关了院门，一家人都放松了下来。父亲坐下抽烟，母亲脸上有了笑容。除夕开始了。初一的早晨是在鞭炮声中醒来的。换上新衣，起来响响地叫一声："妈妈！爸爸！"摸摸新衣的口袋：十块钱！包在红纸里的十块钱！哈哈，压岁钱。孩子的脸上马上漾起无尽的快乐。早饭是我又一次年的记忆。初一的早晨吃元宵。母亲做的元宵又大皮又薄，有猪油馅的，芝麻馅的，特别香，也特别烫，要小口咬。吃下四五个，肚子便滚圆滚圆的了。接下来就是一个饕餮的日子。瓜子、花生、糖、大糕……一天下来，嘴是不停的。一日的三餐也可以敞开吃了。肉圆、豆腐圆、烩鱼羹、藕夹子、海带烧肉、樱桃肉、咸鸡、咸鸭、猪尾巴……一通胡吃海喝。打嗝已经有伤食味了，可是还是停不下来。天空开始飘雪。几个时辰，外面一片雪白。我们走出去，在雪地里，一群孩子你追我打，小手冻得通红！我们在风中成长，在雪地里呼吸着新鲜的空气，慢慢长大了……

童年的年已经远去。它酿成美好的记忆深埋在内心。现在的年就是责任。父母渐渐老去。老去的父母就是孩子。新年又至,快谋划谋划吧,给家乡的父母过个好年。

拌风菜

春节回乡,在岳母家吃饭。小姨子做了一道拌风菜,在满桌的鸡、鸭、鱼肉中,别具风味。我吃了几筷子,口中清香缭绕,一下子勾起我心底沉睡的记忆。这种记忆已睡得太久,仿佛只是一种似曾相识。我正想再吃一筷子,见盘子已经空了,最后的一点,已经在我舅们子(孩子的舅妈)的嘴里,我心中掠过一声轻轻的叹息。

不见风菜久矣!我几乎把它给遗忘了。

记得小时候,每到农历十月初,也就是在交大雪的日子,家里便开始腌菜。一次要腌上百十斤,送菜的一到家,家里便开始"打仗"。母亲指挥我们帮忙,不一会儿,院子里到处铺的是大白菜。这一大堆白菜,洗是一件头疼的事。母亲在院子里放下家里所有的盆，菜则泡在大洗澡盆里。我负责去井口挑水，挑完水要接着帮大家一起洗菜。我是最烦洗菜的。首先是多。这么一大堆菜要洗到猴年马月啊！再一个是冷。水已是刺骨的凉了，手一伸进去，冻得骨头生疼。我缩手缩脚，几乎是用手拈着菜叶。母亲一看就不顺眼，于是大声呵斥："放利索点！你这样拙手拙脚的，要洗到什么时候！"再看母亲，手在水中迅速地翻着，面前的围裙和脚上的胶鞋，已经湿透。手上的袖子挽到胳膊弯，手和手腕子都已是通红，仿佛有热气从那里冒出来。我没有法子，虽一肚子不满意，可只得咬牙坚持。直到把满院子洗得湿透，才将小山一样的一大堆菜洗完。这还没完，接下来是晾干，一大堆的白菜，或摊在地上，或挂在绳子上，晾干了水，干透，才能腌的。而腌菜则用大水缸，一层菜，一层盐，码得整整齐齐。腌菜要用大盐，一百斤白菜得用七八斤大盐。之后压上大石头，压得结结实实，这才算完事。

腌了菜之后才是风菜。将腌剩下的，旋去外皮只留下菜心，之后洗净，用绳子穿匀了，也是由我爬上梯子，挂到屋山头背阴的地方，晾起来。

风菜要晾一两个月，快到春节了，有时没有小菜，便拆下一两棵。泡开，洗净，用开水焯一下（不能时间长，否则太熟），捞起，拧干，用快刀切碎，拌上香油、酱油、醋，拌匀，就着粥吃，香，生脆，极爽口，真是十分美妙。

现在条件好了，拌风菜成了一道难得的小菜。配料也比过去讲究。将风菜泡开，洗净，切碎，拌上香干丁、荸荠丁、咸肉丁

(火腿尤佳)、虾米或花生米，团成宝塔形，再浇上酱油、醋和糖，之后推倒，拌匀。用之下酒，或早晚下粥，是难得的美味。在我的家乡，除了风菜，可以"风"的东西还有很多：风鸡、风鸭、风鹅、风鱼，猪肉、羊肉、兔子肉，都可以"风"。东西"风"了之后，去了水分，吃起来有一种特别的风味：酥、香，有嚼劲，无油腻感。我曾在湖北黄冈朋友家吃过一次风羊肉，大块的羊肉"风"了之后，带骨头大锅红烧。那羊肉一点不膻，特别酥，骨头缝里的肉又特别香。那是一顿记忆中难忘的晚餐。可是风菜，我在别的地方还没有见过，似乎为我家乡独有。也许我孤陋寡闻，但我去过许多地方，都没有吃到过风菜。在岳母家没吃尽兴，于是将剩下的十几棵统统用袋子装了带走。回到家里，我自己动手拌。闲情是有的，便试着各种方法去拌，有纯素拌的（只加一个荸荠），有荤拌的（多加火腿肉）。家人吃了之后，都认为素拌的好。吃风菜，吃的就是菜的本味，菜自身的清香，不要油腻，不要杂，这才是正宗。久违了，拌风菜！你让我想起家乡的冬天，想起在寒风中忙碌着的母亲的身影。

一张徽菜单

笔记本里夹着一份徽菜单,是几年前在绩溪吃的一顿午饭。菜单如下:

石耳石鸡、臭鳜鱼、毛豆腐、胡适一品锅、红烧石斑鱼、树叶豆腐、青椒米虾、红焖野猪肉、火腿焙笋。

主食有:双味蒸饺、挞粿和麻糍。

我之所以留下这份菜单,是想留住一份记忆。——这是一次让人愉快的、难忘的午餐。

在八大菜系中,现如今徽菜应该是最弱的。除食材难得之外,主要是徽菜重油重色,和现今以清淡为主的流行风尚相左。不过也不是完全式微,在北京就有好几家徽菜馆。我去过的徽州人家和皖南山水都不错。皖南山水还开了好几家分店呢!年前在北京,几个朋友在皖南山水中关村店小聚,点的菜都甚好。其中红烧土猪肉尤佳,肥而不腻,吃得大家满口流油,还一个劲叫好。

在绩溪的那顿午餐,在一个幽静的不出名的小馆子。馆子外两棵高大的香樟树遮住了堂内半屋子的夏日阳光,香樟树的气味充斥四周。这一顿午餐当然要比北京的好。撇开厨艺不说,主要是在食材的原产地。所有的烹饪秘诀,原材料的新鲜,当为第一要义。

就比如"黄山双石"吧。石耳与石鸡,两者清炒可以,清炖当然更佳。这都是难得的原料。石耳在悬崖石壁之上,采摘之难可想而知。石鸡在山涧小溪之中,都藏于阴暗幽静的地方。《舌尖上的中国》说石鸡与蛇共居,这我们在徽州早有所闻。事实如何,没有亲见,也只有姑且听之。但石鸡之难逮也可见一斑。每次在徽州,只要桌上有石耳炖石鸡,我都当仁不让,先弄一碗,瞅准机会,再来一碗。这样的美食是难得的。石鸡是蛙类,状如牛蛙,可比牛蛙小多了。其味与牛蛙也相去十万八千里。我在外地吃饭,也见有以牛蛙充石鸡的。这蒙外行可以,如我辈,只一眼即可辨出。牛蛙的腿要比石鸡粗多了。

问石耳炖石鸡什么味,两个词即可回答:清凉、鲜。

臭鳜鱼是徽州菜的代表了。取新鲜鳜鱼腌制而成,工序之复杂,不去赘述。在一些饭店,也有冒充臭鳜鱼的,以腐卤浇其上,肉质稀松,入口稀烂无味。辨别臭鳜鱼的真假,方法很简单:筷子一翻,攥出蒜瓣肉,肉色白里透红,肉质新鲜,入口有嚼劲，必定是臭鳜鱼之上品。

毛豆腐是徽菜的另一代表。可我一直喜欢不起来。不置喙。

胡适一品锅是大菜。有九层的，有六层的。主料是五花肉、蛋饺、熟火腿、鹌鹑蛋。辅料是香菇、冬笋、干豆角。胡适一品锅既是大菜又是细菜。几层料叠加，需文火炖出，颇费工夫。我曾在绩溪的紫园住过好几天，每顿必有此君，可仍十分喜欢。

红烧石斑鱼。除在绩溪之外，我在太平和徽州区（岩寺）都吃过。红烧石斑鱼，我以为，以我们单位的干校烧得最好。吃石斑鱼，要在水边，鱼要活，要新鲜。每次去我们干校，干校都会端上一盆红烧石斑鱼来。盆下点着酒精炉，热热地烧着。鱼只寸长，淹在红红的汤里咕嘟着。红烧石斑鱼没有辅料，只见鱼。吃一条，再吃一条，足矣！

树叶豆腐。徽州人吃树叶，历史很久。他们什么树叶都吃，花样很多。在徽州，我吃的多为橡籽豆腐和板籽豆腐。烧上一碗，乌黑的，但味道很好，滑，爽口。现在讲究绿色食品，这本来就是绿色的。

双味蒸饺。双味蒸饺有豆腐馅的和南瓜馅的，将豆腐或老南瓜和老黄瓜捣碎入馅。一拎起来，皮薄透明，入口真是清爽！包的都是素的，能不好吃？

挞粿是徽州的特产，主要在绩溪。挞粿的特色是馅，香椿、干萝卜丝、南瓜、新鲜茶叶，都可以入馅。这些用当地的材料做成的馅，特别香，也特别经饱。我的女儿在徽州读书四年，现在一提起挞粿，就流口水。

打麻糍什么地方都有。越打越有嚼劲。徽州的麻糍在糯米外面滚上芝麻,猛火大笼,蒸出一屋子香气。

青椒米虾、红焖野猪肉、火腿焙笋,也各有特色,不一一记。

说是一张徽菜单,却去议论了一通徽菜。因我对徽菜太偏爱,又多有了解,所以在此胡嚼。写诗有"出律不改",这里也任其跑题,由它去了。

鱼圆杂素汤和粉羹

我的家乡天长，虽属安徽，但在高邮湖西岸，与扬州地缘相亲，因此在生活习惯和饮食上更接近苏北地区。从菜肴上来看，应该是淮扬菜系。小时候在家乡，并没有觉得家乡菜有什么好吃。不过那时也没有的比。走出家乡几十年，一年才回去那么几回，年纪也渐渐老去，因此对家乡有了更多的认识，特别是对家乡的菜肴，有了更多的体味。

我的家乡是有几道名菜的。说名菜，也只是在当地有名。小邑名气不大，所以菜肴走得不远。我们引以为自豪的是这么几道：樱桃肉、烩鱼羹、秦栏老鹅和天长素鸡。

今年春节回乡，在小孩舅舅家吃饭，舅奶奶（孩子的舅妈）做了一桌子菜，其中有两道可圈可点，特地记下。

鱼圆杂素汤。主料有鱼圆、皮肚、粉皮、蛋皮、木耳，加少量莴苣和胡萝卜。这个菜主料是鱼圆，但配料配得很细。蛋皮要摊，还要切成三角状。木耳最好是东北黑木耳。粉皮以我县杨村镇的为佳。皮肚更不易得。外地人不一定知道皮肚为何物，简单说就是猪皮过油（油炸）之后晾干。我母亲一辈子烧菜都很好，年轻时还给人家"上锅"。她在桌上边吃边说："皮肚要在平时，到哪里去买呀！"说明平时是不多见的。

杂素汤上桌之后，还要撒上胡椒粉和青蒜叶。不厌其多。

这个菜的色彩很好看，红、绿、黑、黄、白。小孩舅妈说："放胡萝卜就是为了提色，这样也好看。"

看来人不仅要好吃的，也要好看的。

粉羹。这个菜的特点是几个"丁子"：粉丁子、慈姑丁子、蛋皮丁子和咸肉丁子。所谓"丁子"，就是切成很小的方块。以粉丁为主，不然怎么叫粉羹呢？

它的做法是：将油烧热，咸肉丁先炒，也可以说是咸肉丁先炸。咸肉在油里炸，把咸肉的香味炸出来（这很重要，主要是要肉香）。之后放水，再将粉丁子、慈姑丁子、蛋皮丁子倒入。放一点点盐（已有咸肉了），还可以放一点点的糖，其他什么都不要放。

粉羹，可以说是淮扬名菜，也是当地民间的一道名菜。在我们家乡，过去人家家里办事（红白事），办酒席，第一碗上的就是粉羹。

粉羹的特点是清爽，材料很丰富，看起来就比较有食欲。

吃粉羹要用勺子舀，这样才过瘾。

087

特色鱼圆

兴化采风,在沙沟古镇游玩,立于街头,吃了几枚油锅里现捞的鱼圆,鲜、嫩,极有弹性。不能忘也。

一行人都用一根竹棒,穿了鱼圆专心去吃,在街头行人看来,不无滑稽,但亦可说是一道风景。大家边吃边评头论足,说,做鱼圆之鱼,必须是青鱼。鱼肉新鲜,这是第一位的。当然,做功的精细也必不可少。首先是要刀工,将新鲜的鱼肉一层一层地片出,要均,要薄,这就颇要手段。之后慢慢剁碎,加少量蛋清——这加蛋清也全靠眼力。加少了,鱼圆发硬,加多了就散了——盐少许,用葱白水慢慢去兜,去捞。这兜功和捞功,是有讲究的。好的鱼圆,一定要"活"。下锅之后,在油锅里要膨胀,这样才有弹性。

泰兴作家庞有亮似乎颇有经验，他说："你看鱼圆都在跳。"他指着一盆现捞出的鱼圆。鱼肉跳，就表示新鲜，不跳，就"死"得了。他这番见地，让我大为惊奇。想想也是，活鱼，现杀，现剁，鱼的细胞都还"活"着呢！肉在跳，也是在理的。

我说："还要加少许淀粉勾一下吧？"

"不行，一勾就死了。用蛋清才行。"

我吃了几枚，细心体味，还真是那么回事，仿佛鱼肉真在嘴里跳着。

多年前，我也曾在明光的女山湖吃过一次鱼圆，那次在船上。将一只小船开到湖心，上一条已在湖心停了的大船。进了船舱坐下，也是现打鱼虾现加工。河水现煮河鱼，河水现焯河虾。也是兜了鱼圆的，记忆中其味也甚美。

在沙沟，还喝了一碗青菜汤。是主人怂恿一定要喝一碗。之后介绍，这是鸡毛菜（意为很嫩），是过去没有改良的菜籽种的。

我喝了一碗，非常清爽，嚼那菜梗，一点渣滓也没有。

是不是什么东西都是改良的好呢？不见得。

这没有改良的鸡毛菜，现在就很难见到了。

在旧县镇的一顿午餐

太和县的旧县镇,原为太和县城旧址。宋大德年间县城迁至二十里外的细阳,此处便成为一集镇,名曰"旧县镇"。太和历史文化悠久,担当得起"太和"之名。前时出差至太和,至旧县镇正是午时,于是便下车吃饭,在一家清真板面馆吃了一顿午餐,心有所感,便要记下来。

菜单如下:

羊蝎子(羊龙骨)、卤羊蹄、牛胸骨、蒸羊肉、蒸山药、炒豆饼、拌凉皮(面皮)、蒸菜、粉汤羊肉。最后一道板面。

说吃板面,不仅仅是吃一碗面条,主要还是吃羊龙骨,羊的脊梁骨也,因脊梁骨一节一节,颇似蝎子,亦俗称羊蝎子。羊蝎子一大份上来,其实肉并不多,肉都在骨缝里。骨头缝里的肉要香一些，也更鲜美有味。大家一人一块，用手抓着，不但吃着香，闻起来也香。更何况骨缝里还有骨髓，那是人间至味。卤羊蹄和蒸羊肉的肉才多呢，吃两块羊蹄，已近半饱，再喝上一碗羊肉汤，也就可以离席了。卤羊蹄是香，而蒸羊肉则是鲜，肉嫩，则鲜美。炒豆饼主要是同青菜炒，豆饼以绿豆饼为妙；而拌面皮关键是芝麻酱、豆芽、青蒜和麻油（香油）。世间的事物，什么都已经搭配好了，就像梅花和漫天雪、长河配落日一样。中国的饮食也是如此，比如韭菜炒豆芽，必须是绿豆芽才行，而且韭菜是主，豆芽是配，绝不能颠倒了。阜阳人还有一好，就是蒸菜，根据季节不同，什么菜都是可以拿来蒸一蒸的。比如笤帚苗子、洋槐花都是可以蒸的，还有一种叫担面条（因叶子长似面条）的野菜，也可蒸了吃。蒸菜要裹上面粉，下锅蒸。蒸好凉透才可浇上蒜泥、撒上青蒜，蒜泥要不厌其多。

当然，板面还是要吃上一碗的。板面是真的要在板上摔的，这样才有那股劲。吃板面要用大的蓝花瓷碗，面条一指多宽，长可近尺。一海碗板面，若挑起来，也就四五根，因是高汤（羊肉汤），味道鲜美，面十分有嚼劲。配以青菜（菠菜也可）、木耳，绿的、黑的、白的，加上蓝花瓷碗，还是相当养眼的。可惜面是最后上的，已吃了十二分饱，再吃面，也就少了滋味。

顺便说一句，也是几年前，在阜阳喝过一次牛肉汤，汤至清，仿佛白水，可喝在口中，鲜极了，真是人间美味。至于宿州的𰻞汤之流，我也不恶，喝起来也呼呼两碗，心热肺热，一个上午肚子里实实在在，人活活泼泼的。不像我扬州附近的家乡，每天早上两碗稀粥,不到半晌腹中便闹起"饥荒",两眼发黑,心悸手潮,四肢绵软无力。太和属淮北平原,隶阜阳,近郑州。中原人的彪悍,由此也可见一斑。

碓米和腌菜

我小的时候，每年春节前，就是腊月里吧，都要被母亲逼着去一户人家"舂"一次米粉的。这里说"逼"，一点也不夸张。我是没有办法，不去不行。那时小，不听话就得挨揍。

我们那地方，一到春节，家家户户都要"舂粉子面"。"粉子面"就是米粉。舂粉子面要去一个专门的地方，其实就是一个私人性质的加工厂。我去的那家在公园门口的老街上，门朝北，一间土屋。门是有门窝子的那种老门，一推吱吱作响，进门一间空屋子，地上翻着白土，凹凸不平。沿西墙一溜，算是作坊。一根横木，被两根麻绳高高地吊在房梁上，脚下一个大石，右脚下便是"碓"——一根粗方木被支架着（三分之一处有个支点和木轴），正前方就是"臼"。粗木的顶头"榫"了一个竖桩。一个男人，就站在那块大石上，上身趴在绳子吊着的横木上，右脚一下一下踩那方木的一头，方木撅起，脚一收，顶头的木橛便砸在那石臼里，臼里的糯米便被反复捣砸，最终变成米粉。

这是一项辛苦的工作，单调、乏味。舂粉子面不知为何总是在夜间进行，而且这个季节都是阴湿多雨，小雨不阴不阳、不紧不慢、淅淅沥沥，能连着下好几天，把个地上和空中弄得黏黏糊糊，人的身上都透出凉气。这个时候，井水都能浸得骨头缝疼，而我的母亲，不畏辛苦，量出几十斤糯米，在一个大木盆里淘洗，弄得满院子泼的都是水。之后把淘好的糯米放在那里"酥"，要"酥"一夜带大半天，才能"酥"好。后面就是我的事了，母亲责令我拎着到那个人家排队，之后慢慢等到我家舂的时候，一直要到舂好，装在一个预先准备好的面袋子里，再扛回家，才算完事。

那一间碎砖的老屋里布满了烟味，男人们轮流去"舂"，有的干脆打个赤膊，他们边干活边说些无聊的笑话，每人嘴里都叼着那劣质的烟草。烟草散发出呛人的气味，可是他们很快乐，又浑身充满了力气。一整夜除了不时的笑声，就是那有规律的、单调的"嗵""嗵""嗵"的声音。

我坐在边上。我才十一二岁，没有什么话可讲。我心里面盘算着我集的铜板、邮票和香烟壳的数量，回忆白天跟我打架的那些狗东西。烟味充斥了我的鼻孔、眼睛和脑袋，我晕晕乎乎，快下半夜1点了，我的眼皮子粘在了一起。我就见一只老牛向我走来，先打了一个"喷嚏"，之后就来舔我的脸，我一下子就被吓醒了,而那个满脸大胡子的汉子,正一边踩"碓",一边兴奋地向大家说着一头老牛成精的故事。

春好的粉子面晒两天就可以吃了。母亲一般会在早晨搓一回汤圆。新粉的汤圆多为实心的,每个汤圆都有乒乓球大小,洁白,糯软。我起床后,一掀开锅,一股热气涌了满脸,之后就见那白白胖胖的汤圆浮在汤里。我一碗盛上六个,每个用筷子夹成四块,一块一块地蘸着白糖吃。那个糯啊,那个甜啊,最后喝下那原汁原味的汤,不一会儿就肚大腰圆了。

大年初一早上,母亲开始包带馅的汤圆。馅有猪油和豆沙两种。豆沙是经过反复淘洗的,细腻无比,之后拌上猪油和白糖;而猪油馅的,干脆就是两块切成拇指大的生猪油。汤圆出锅后,饱满圆润,一个大碗才能装三个。我每每吃到这汤圆,就心花怒放,有一种难以言表的快乐和冲动。刚出锅的豆沙汤圆极烫,要小心,一口下去往往汤圆皮叮在嘴皮上,能把嘴皮烫破。就要小口咬,细心地对付它。这样三个大汤圆一吃,那才叫个过年。之前所有的辛苦都一扫而光了。

腌菜也是辛苦的事,因为这些事都得是入冬的季节去做。每到秋尽冬来,农村便会有人挑许多大白菜到城里来卖。母亲便要买上一担,这是每年必做的事,也是日常的工作。一个乡下人把一担大白菜挑进我家院子,家里马上就乱了套,一院子铺的都是菜。太阳好的话,晒上一天,将菜根上带的大泥块掼掉。下一步就是洗菜。这可不是一棵两棵,要腌上一大缸,这一担菜有上百斤。我的任务是到井上挑水,倒在一个大澡盆里,这时全家动员,开始洗菜。洗得满屋都是水,到处都是湿淋淋的,弄得连院子里的鸡都没地方待,缩头缩脑,探着爪子小心地走着。母亲穿着胶靴,忙前忙后,把洗好的菜晾在院子里早就拉好的绳子上,一院子的菜都滴着水。

洗菜真是痛苦。那个水冷哪!那个时候的水为什么那么冷?手伸进澡盆仿佛与伸进油锅是一个感觉,整个手都快要冻掉了。人人嘴里哈着白气,地上结着冰。我不知道为什么有这么坏的季节,又是在这样的季节里腌菜。而我母亲和姐姐,她们从不叫苦,把一双手洗得像刚出锅的大虾,还有说有笑地忙着。我则像个小偷,不断躲懒,可总是被母亲吆喝着挪东搬西的。

洗完晒完菜,天气似乎又好了。太阳出来了。这时刷干净家里的那口大缸,买回来好几斤粗盐。码一层菜,撒一层盐,码一层菜,撒一层盐,这样一层一层码好,满满一缸晒蔫掉了的大白菜就安安静静、整整齐齐地睡在缸里了,再实实地压上一块巨大的青石。一缸的翠和白,它们自己转化着,没有几个月,就是一缸的咸菜了。

安徽茶

我原来在县里生活。这个县虽辖于安徽,却四面被江苏环抱,离扬州市不过咫尺之遥。因此,我小时候也只知道"上有天堂,下有苏杭""自古扬州出美女""烟花三月下扬州"。后来到省城工作,有机会跑遍了全省的许多地方,渐渐地对安徽的人文山水有了感情,也发现了安徽许多山水之美。比如茶吧,安徽的茶一点不逊色于江浙的。说名气,杭州的龙井、苏州的碧螺春,似乎名头很大,但安徽的黄山毛峰、太平猴魁和六安瓜片,也不赖。连《红楼梦》里的富贵老太贾母,在妙玉的栊翠庵吃茶,还提到"我不吃六安茶"。

安徽确实是物产富饶。一个皖南山区,就已令人陶醉不已。皖南的茶,黄山的、池州的、宣城的,都甚好。原来我对太平猴魁情有独钟，后来喝到池州的一种野生茶，虽名气不大，但味淡而清，清而甜。每天早起泡上一杯，中午午睡起来，又泡一杯，是一件乐事。两盒茶我一人喝了半年，家里旁人不得染指。这倒不是我小气，而是他们不得要领，乱抓一气，泡上一壶，又不认真喝，平白糟蹋了好东西。

当然，在安徽，太平猴魁是不争的翘楚。它不仅是安徽名茶，也是中国的四大名茶之一。太平猴魁产于黄山太平县的猴坑，茶品质也为尖茶之魁首，"猴魁"也因此而名。黄山地区崇山连绵，森林覆盖率极高。民间有谚"八山一水半分田，半分道路和庄园"。气候条件得天独厚，单说一条，茶区的有雾天气一年中就有二百多天。太平猴魁已有一千多年历史，唐天宝年间，民间就有"建茶亭以利行人"的风俗。采茶更是讲究，有"朦胧雾中上山，雾退即收工"之说，制作工艺就有采摘、拣尖、摊放、杀青、整形、子烘、拖老烘、打足火八道工序。猴魁外形扁展挺直，苍绿匀称，两叶包一芽，叶脉绿中隐红，十分妖娆，也是茶中美人。泡出之后嫩绿清澈，茶色明亮，叶底成朵。太平猴魁特别经泡，有"八开"之说，俗语也说：头泡香高，二泡味浓，三泡四泡幽香犹在。所以太平猴魁能在一百年前就荣获巴拿马博览会金奖，成为国之礼茶，这是毫无疑问的茶中奇葩呀！

除太平猴魁，安徽的其他好茶也不下几十种，如桐城小花、六安瓜片、霍山黄芽、涌溪火青、泾县兰香、霄坑云雾、汤池春毫等等。泾县兰香产于皖南山区腹地泾县的汀溪镇，该茶据说与兰花混种，茶中有自然的兰花香气。霍山黄芽产于大别山，唐之后历代皆为贡茶，史载："霍山有黄芽焉，可煮而饮，久服得仙。"黄芽滋味鲜醇，浓厚回甘，三盏之后满口生津。六安瓜片产于皖西以齐山为核心的方圆几十公里的山中，层峦叠嶂，竹海成林，自然植被极为优越。在唐时就有"六安茶"之说，清则正式成为朝廷之贡品。六安茶能进贾府，也是其为贡品之缘故。

其实，最值得一说的是涌溪火青和霄坑云雾。涌溪火青产于泾县，形似珠粒，色如墨玉，然冲泡之后，汤色杏黄明净，入口芬芳持久。1979年邓小平来到泾县，喝了后说："此茶甚好，有黄山毛峰、西湖龙井之好。以后就喝此茶。"扬州八怪之一的汪士慎更是大加赞叹，咏诗曰："不知泾邑山之崖，春风苗此香灵芽。两茎细叶雀舌卷，蒸焙工夫应不浅。宣州诸茶此绝伦，芳馨那逊龙山春。"霄坑云雾我每年都会喝它两盒，因此对它极有感情。有一年春天去池州，一日无事，还专程去了霄坑。汽车七绕八弯，开了足足有三个小时，才到山的深处。可以说山好水好空气好，深山坳中特别安静，溪水潺潺，击石有声。我们在一户人家吃了一顿真正的农家饭，绿色的山里野菜，喝了一碗鸡汤。霄坑位于西麓圣地九华山境内，山高林茂，盛产好茶，尤以五队的霄坑茶为最妙。霄坑茶的最大特点是经泡绵厚，俗语讲：霄坑茶劲大。沏头遍时看似清淡，然至五六遍时，则满口生香，回味无穷。

至于岳西翠兰和汤池春毫，哪一个更好，也还真说不清楚。记得有一年，在庐江，与朋友到一家茶叶铺买了二斤散装的庐江小花，甚佳，回来自己喝光了。此汤池春毫，我想肯定是庐江小花的翻版罢了。喝茶，其实不一定要喝名茶，有时那山沟沟里的无名野茶，味道倒是更胜一筹。

辑 三

城市的气味

　　有昆虫的气味，有植物的气味。我的朋友说，人是靠气味来识别的。我不能确定，那么我们的眼睛是干什么的？我想：人是靠气味来识别的，可能主要还是指在恋人之间，在亲人之间，在朋友之间。

　　说世界是由气味组成的，也不为过。比如我生活的这座城市，我对它的气味就相当熟悉。这座城市，应该来说还是不错的，对于北方，它是南方了；而对于南方，它也不算太南方。我说它不错，主要指气候上。城市气候条件还是不错的。空气湿润，雨水充足，特别有利于植物的生长。城市的夏天，主要是香樟的气味。那种淡淡的气息，在夏日的午后，散发在空气中，有点清香，仿佛还有点清苦。在夏日的清风中，它们轻巧地游走。

它们悄声地说些小话，一副没骨的样子。我骑车上街转一圈，在那些小马路上，在遍植香樟的人行道上，那些气味就深入我的内心。我看到许多人行道上，落满了那种米粒似的淡黄色的花，树头上也是。香樟树枝叶密密织织，样子清秀圆润，有女子气。或许还是书香门第的女子，特别适宜这样一个小而温润的城市。

其实说一个城市只有一种气味是不准确的。比如我早晨在大蜀山，人一进那个林子，便仿佛跌进了娘的怀抱。那一份踏实和快乐，是无以言说的。我踏进那一片林子，第一口的呼吸几乎是吞咽，仿佛自己是一张巨大的口，又仿佛身上有无数只小口，那是一种忘情的呼吸。在半山的道上，我慢慢体会到植物的气息。那是一种多种植物混合的气息。还有一夜小雨后松软的泥土的气息。这种泥土的气息是不同于其他的。它是混合着无数生命的气息，带着小草的、野雏菊的、昆虫的，甚至是小动物的粪便的气息。我有时像贾宝玉看着女孩子发呆一样，也蹲下来看着那些长着无数杂草的泥土发呆。与大自然说话，你一蹲下来，就平等了。大自然是敏感而羞涩的，你态度亲切，它们就不发紧，像女孩子一样对你开放了，你就能听到它们的呼吸、它们的劳作、它们的生息和繁衍。比如这个经了一夜小雨的土地，那些杂杂的不知名的草上，还带着湿湿的潮气，那些开着小蝴蝶般大小的白色小花的野菊，高高兴兴地在晨风中摇着，像一个个头上扎着小花的天使，集体在跳一支《小天鹅》舞曲。草丛中可是乾坤大了：一只像蓑衣虫一样的黑褐色的虫子，有这么一拃长，身上有几十节，它先是不动，之后像列车到点了，便慢慢开动了起来。它开起来就是一列火车，身下几百只细细的脚一起划动起来，像列车的无数个车轮，滚滚地向前，一点也不别扭，拐弯、减速，在密密的林（其实是草丛）中穿梭。它那一颗小小的脑袋，结构极严密，比一列D字头的火车还要精致。在这列火车面前，那些蚂蚁就像一个个乘客，穿着深色西服，忙忙碌碌，为生计神色匆忙地奔波着。我痴想：如若把这些小蚂蚁装在这列火车的肚子里，一颗一颗的褐色小脑袋探出窗外，就是人类的一幅微缩景观；而那些在头顶上飞舞的，只有芝麻粒大小的昆虫，就俨然是在空中飞行的飞机了。这一个小小的世界，在这样一个早晨的气息中，在头顶上高大的灌木林中，构成了这个城市的另一种气息的源头。

董铺岛的气息又不同于这里了。那里更多的是水汽，还有鸟的气息。对鸟的气息的感受，多来源于鸟的粪便。那种白色的粪便，有点鱼的腥气，还有点青草气味，在林子中的小路上，在那些堆积的腐败的落叶上和头顶上的高大松柏针尖般的树枝上，都遍布着。水、鸟，真的是另一种气息。

一个城市的气味其实是多元的。我从宁国路上过，大龙虾的气味扑鼻而来，我会油然生出一种生之趣味。那种口福的气味，惹得味蕾像一个个活泼的小人，一下子全醒了，叽叽喳喳，你问我、我问你，怎么啦？怎么啦？于是你便想坐下，要上一杯冰啤酒，揎拳捋袖大干一番。我有时黄昏走进一条不知名的小巷，一阵油炸臭干子的气味忽然飘了过来。这时不由得心生欢喜，不知哪家买了一碗，回家下酒去了……深夜，路边的昏暗的灯光，热气蒸盈中是一副馄饨挑子的温暖的气味。

"馄饨嘞——来一碗热热的馄饨——"一声清脆的声音在这夜空中分外清晰,噔噔的足音逐渐走远。

是的,一个城市的气息,其实是一个城市的精气神。一个人喜欢另一个人的气息,想必是爱上了这一个人;一个人喜欢一个城市的气息,也一定是深爱着这座城市。

我家的金银花

金银花,亦称忍冬。忍冬科。多年生半常绿缠绕灌木。花初白后黄,黄白相映,故名金银花。花和茎可入药,主治温病发热等。

——《辞海》

我原来并不认识金银花。有一年到巢湖的磨山,抄近路从山间小道穿行。那小道罕有人迹,路面泥泞,杂草(树)丛生,需手脚并用劈开荆棘。在一处坡地,我见一藤状植物,纷纷披披,从斜坡上缠绕过来,开了满头满脸的花,一股清香幽幽地逼过来。同行的一位女伴忽然一声惊叫:"呀!金银花!"

我低头一看:"这就是金银花呀!"

真是不假呀！——一根藤条上，开满了那样的小花，金色的，银色的，真是名副其实！那筒状的小花，像一支支小喇叭，一对一对的，俏铮铮地开在枝头。真美！

夏天回老家，见我父母也在院里盆中种了几枝金银花，统共才一尺多长，被两根竹竿固定着，瘦弱不堪，我因认识了它，便同父亲要。父亲说："喜欢就带上吧！"

回家放在阳台上，也懒得去管它，碰上周日，闲着无事，有时在阳台上转转，也看看它。你还别说，这个家伙还挺"皮实"，我既不浇水，也不施肥，它还不偷懒，长得挺快。几个月下来，两根交叉的竹竿上，已被那缠绕的藤条和绿叶布满，有点茂盛的样子了。

一天打扫阳台，老婆说，干脆把它搬到楼下去，接着地气，长得可能还更快一点。楼下有一个荒废的花坛，里面疯长了许多野草，也有一些月季和菊花。于是我们把它抬下楼，扔在了杂草丛中。

放到野外去，也不去管它了。我有时出差，十天半月不在家，再忙起来，就把它忘了。楼下看自行车的张大爷，和我关系较好，他知道花是我的，也顺带给浇点水。这样从春到秋，转眼过去一两年。我偶尔路过，也看看它，长得大多了。叶片肥硕发亮，长得真好！

忽然一下心中十分喜欢它，也牵挂它了。自认识了金银花，我在许多地方见过它，有的好大一片，大得吓人！可在我心中的，还是我家的这盆金银花。那是真正我的花。我把它从小养到大，看着它从孱弱的、瘦小的一枝，到枝叶纷披，就像我的孩子。人，是个感情动物，和一块石头待长了还生情呢！何况这是一丛有生命的植物，它会呼吸，会开花，仿佛还会生气！

会生气?！可不！那天我出差几日，回到家来，到阳台上一看，嗬！金银花被"请"回家了！蓬蓬勃勃，真神气！披披挂挂，占了小半个阳台，真是绿得可以！老婆对我说，我看它长得好，把它搬回来了！根本弄不动，根子已长到地底下去了！我一气儿拔拔，张大爷和我两个人才抬回来！

我见它长得好，回来也罢，给我们制造一点氧气吧！开始几天，我没事就到它面前转转，真是长大了啊，叶片深绿肥大。一天早上，我忽然发现不对劲了！坏了！它的叶片开始发蔫了！我赶紧大叫：不好！不好！老婆！金银花不对劲了！

长这么大不容易，若死了就太可惜了。没有办法，我赶紧把它搬下楼去，它太大了，我抱着它时，身上披得都是！

原来搬走时的凹槽还在，里面湿湿的，泥土发黑。我又原封不动把它放到了凹槽里。

你别说，还真灵验！它一到那就神气巴旺了起来。没几天，叶片挺直了，泛出绿油油的光。一看，就知道它心情不错！你这个家伙！吓死人了！是在露天喝露水喝惯了，回家"水土不服"了吧？再过些日子，它的一根最长的藤条居然已攀到了一棵小松树上。藤干，也粗多了。

有时吃饭，和老婆说起它。

老婆说，地气很重要，它要接地气。

我说，是风中有精灵。风一吹，它就醒了。是的，汪曾祺的《葡萄月令》说，二月里要刮春风。风摆动树的枝条，树醒了。树枝软了，树绿了。

那天中午，它给我一个惊喜！有两朵花——只有两朵，仿佛骄傲似的支立在枝头。哈，你开花啦！怎么也不说声！就这么不声不响地开啦！

我对它说："宝贝，你开啦！"

赶紧回家报告老婆，没进门我就大声地说："告诉你一个好消息，你想不想知道？"

老婆实在是机灵的，她简直就是我肚里的蛔虫。她小声说："是金银花开了吧？"

"是呀！是呀！开了两朵，鼻子碰上去，蛮香的！——你下去看看？"

我一脸的得意：我说是风中有精灵吧？风一吹，它就开了。老婆说，不！是地下有精灵，百花仙子一声令下："开！"所有的花就开了！

这几天，我的金银花，花朵已开了满枝头。在这个五月，这个满世界鲜花盛开的五月，我的金银花也开了，和百花一起，开放在这个美丽的时光里。

一场有关钱的对话

在长春的一次培训，和一位杭州的朋友同住一室。几天下来，处得也有了一些感情。除工作外，也谈了许多个人的私事：孩子啊，房子啊，家庭啊。不知怎么话题转到了钱上。我对他说：我们这个年纪，玩也不想出去玩了，吃也吃不了多少。我觉得钱对我们没有什么用。我的意思是，我们拿的钱不少了，已很满足，真不是为钱发愁的年龄了。

而他不同意我的观点，立即反驳。他说："钱还是需要的。"

我的观点的支撑是：不久前，刚听了一位专家的讲座。那位专家说：现在的 80 后、90 后自己挣不了钱，可太会花钱了。而他们花的都是父母的钱。而他们的父母，都是困难时期过来的人。这些人，有了钱也不知怎么花，因为节省惯了。两天龙虾一吃，就想喝稀饭了。就没那个享受的福分。

我的这个观点，还是不能说服他。他还是对我强调："钱还是有用的。人，还是需要一些钱的。房子大一点，出门有个车，还是要方便得多。"

我在一家金融企业的经济部门工作，工资可以说也不算低。可我从少年起热爱文学，几十年下来，沉溺其中，乐此不疲。而我的同事，谈得多的，都是炒股啊，基金啊，投资啊，可我对这些毫无兴趣，可以说是一窍不通。就说股票吧，一分钱也没买过，别的更别提了！因此我对他说："不是说一点不要，而是差不多就行了。我们这个年纪，用不了多少钱的。"

他忽然一下站起来，显得有些激动。他用手指着我："噫！你这个人。没有钱还是不行的！你要是有个一两个亿，你说没用还差不多！一两百万还是要有的。有钱是可以买来尊严的，买来快乐的，甚至买来健康。"

他怕我插嘴，于是不间断地继续说："有钱可以旅游啊。旅游你可住好一点的酒店，也可以吃有营养一点、卫生一点的食物啊。住得好则睡得好，小酒店在马路边，又脏，你能舒服吗？睡得好心情就好，心情好才玩得舒心。玩得好心情也好，心情好也促进身体健康啊。你说有钱是不是能买来健康？你说钱有没有用？"

他这一说还真有点说服我了。他说得对：一两亿就没必要了！有一点钱还是需要的。

他继续不让插嘴，又接着说："再说远一点，人吃五谷杂粮，不可能不生病吧？你看看现在的医院，人能生得起病吗？六七十岁后，总是会有或大或小的一些毛病吧，你不能不去医院吧。住个院，有钱就可以住单间，没钱，对不起，四个人一间算不错的，还有六个人、八个人的，都是病人，事又多，碰手碰脚，晚上你睡了人家起来，人家睡了你又起来，方不方便？能花钱住上个双人间或单间，可以睡得好一点吧？对恢复也有益吧？单间有单独的卫生间，方便起来也方便。也有热水，身上痒了，可以洗个热水澡吧，既卫生，又促进血液循环，也有利于你的恢复和健康呀！"

他这一说，还真让我想起一件事。一个月前，母亲来电话，有气无力地命令说："我住院了，你们回来一下。"口气不容置疑。做儿子的，心中愧疚，没有不回去的道理。赶紧丢下手头事情，开车回家。到了县里，没有耽误，直奔母亲住的医院而去。上得六层肺科的住院部，靠楼梯口，一间病房门大敞着，里面病床上七八个人或躺或睡，找到最里头的一张床，母亲在床上靠着呢！母亲见了我们，脸上有了笑容，看出了开心的样子，叫我们坐。可六七张病床间，陪护的有十几个人，或坐或站，都横在竖在病床间，我们哪里有坐的地方？也只有侧着身，戳在那里，大声和母亲说话。母亲说："我多少天没洗澡了，身上痒得不能过。你们车在这儿，正好带我到浴室洗个澡。"

我们说："你还是忍忍吧。你是肺部感染，不能受凉。受凉就麻烦了。"

母亲说："我头也痒得不能过。不洗澡，洗个头也行。你们带我回家,我要洗个头。"

没办法,只得带母亲回来洗头。

这是让我心中十分不好受的一件事情。我们无能,没给母亲带来较好的生活。七十大几岁的老人,还忙着到浴室洗澡,而且在病中,也不能有条件洗个好一点的热水澡。

我将这个细节讲给了这位朋友听,算是我对他观点的补充和认同。

他听我这样一说,更来劲了,接连着对我说:"别的不说了。你说钱有没有用?你说钱有没有用?你说钱有没有用……"

这一下还真让我无话可说了。可我还是不能同意他的全部观点。我可以同意他的部分观点,百分之五十……百分之八十……百分之九十……唉!可是,总的来说,钱总不是万能的吧?!

雨·雪·雾

雨

我从四川的石渠到甘孜,在高高的盘山公路上看到下面一座城,就像坐在云头看人间。忽然天阴了下来,而且是在我们眼下,一座城不见了。我们的车盘旋而下,就向着那一团黑栽下去,果然有噼噼啪啪的雨点,之后就是一片迷蒙了。进城已是暴雨如注,一切都在雨中。停车落定,雨忽然停了。天一下子蓝得碧眼,感觉似乎很高,又似乎很低,仿佛伸手便可触到,可耳朵里一片轰鸣。我住的宾馆的窗户正对着大街。大街的中间有一条通天河,河里巨石嶙峋,刚刚的暴雨冲刷着巨石,急速地流下去。我走上街头,街面清洁。那些藏式的建筑,那彩色的雕刻窗户,像人间童话。街上行走着穿藏袍的男子,门口店面坐着戴藏式装饰的女人。

我仿佛在梦中。可空气中的细细雨丝,告诉我一切都是真实的。

我曾在一个叫水口的镇上生活过半年。单位分给我的房子,露出大片大片的天。我将床置于一安全处,每天看着星星睡觉。那时星星多,我看一会儿,就睡着了。

那时我才20岁,梦一样喜欢上文学,买了许多世界名著,每天诵读几十页,摇头晃脑,弄得一身浪漫气息,仿佛觉得自己的这一生不属于那个小镇。

有时下雨,房间里有十几处漏雨,我放上大大小小的盆钵,雨落在盆中有金属之音。我蜷于墙角一隅的床上,拥着一床棉被,大声念着《茶花女》,面色潮红,仿佛玛格丽特即将会爱上自己。空气中水分很足,似乎能拧出一把水,我身体湿润,脖颈蓬勃。

我少时在黄冈羁居过一年。那年夏天大水,一天一场暴雨。明明白云悠悠,看见从西天飘来一片巴掌大的乌云,慢慢移至头顶。先乱刮一片疾风,把树叶弄得哗哗作响,于是家家户户忙关窗户。紧接着是几颗大如黄豆的雨点在空中乱射,打得树叶稀稀拉拉地响。应该打个闪,于是一个大闪。过了半天,似憋住一般,才缓缓滚过一个闷雷。于是那雨便瓢泼一般倒下来,那稀稀拉拉的声音连成了一片。世界仿佛就在雨中了。

约莫半个时辰,雨便慢慢歇下。天于是很快放晴。空气仍有疏疏的毛雨,可太阳已经出来,触目一切都是崭新的,树叶子碧绿碧绿，直叫人怀疑刚才的雨是不是事实。可路边的积水，积水中的树叶、废纸，下水道的哗哗声，都在告诉人们刚才下了一场暴雨。

我在黄冈的生活贫困潦倒，无处不是压抑，有时无聊透顶，就望着这雨，从开始到结束。

我小的时候，喜欢钓鱼，经常到北乡一个紫竹园子去钓。那是一个不规则的池塘，沿着池塘周围，长满紫溜溜的紫竹。我有时钓着钓着，天开始下小毛毛雨。这样的雨看不见摸不着，可你人是湿的，鼻尖子也是湿的。紫竹在小雨中低垂着叶子，叶子翠中发紫，十分漂亮。池塘边上，有一个独庄子，三间草顶的房子，矮矮的，是我一个女同学的家。这个女同学叫迟月兰，长得单单薄薄，鼻头小巧。她有时会走过来，看我钓一会儿鱼。她先是一笑，之后就静静地站着。站了一会儿，她头发就湿湿的了。她鼻尖上还挂着一滴细雨。我见她鼻子十分漂亮，便停了下来，走过去，也不言语，在她面前站一会儿。这时候她会说：

"雨大了，还钓啊！"

我"嗯"了一声，可没"嗯"出来，仿佛嗓子里有东西，一副不自然的样子。迟月兰不说话，过一会儿对我说：

"你钓吧。回头到我家喝水。"她转身走了。

我没说话，依然站在那里望迟月兰走。迟月兰瘦长的样子，后面头发很黑。

我这样钓着就不专注，鱼竿头有几次都戳在水里。半天下来，一条鱼没钓到。倒是有鱼咬钩，可我不是提竿早了就是迟了。终于钓了一条,还是一条昂刺。昂刺"吱咕吱咕",嘴很硬,我下了半天,才将钩子从昂刺嘴里脱出来。

那个湿湿的天,可一会儿也停不下来。空气中似乎能拧出水来。你说下雨,它又没下,你说没下,一股细细的雨丝飘在空中。人似乎都湿了。那个草坯的房子,也在雨中湿湿的。

我也无心再钓,于是便收拾了东西,准备回去。我正要走,忽然看见迟月兰倚在门边。我走过去,对她说:

"你没事啊?"

"本来准备插秧的。"迟月兰说。

"今天鱼不好钓。应该好钓的,小小的雨。"

"……"

"你家塘里鱼多不多?"

"有鱼吧。有人来钓过……"

我又站一会儿,实在没说出一句话,于是便走了。

迟月兰说:

"走啦?"

我又"嗯"了一声,嗓子仿佛还是有东西卡着一般。那细细的小雨终于下下来了。我走进雨中,不一会儿,便走开了。回头望一眼,迟月兰倚在小雨中的门框上。我一回头,她转身扭头进了屋子。

那天晚上,我睡觉老睡不着,眼前老晃着那湿湿的、窄长的池塘和湿湿的迟月兰的影子……那湿湿的天……空气中似乎能拧出水来……

雪

我小的时候,很是孤独,于是经常就在小伙伴家玩。玩得多的,是一个叫冷小七子的家,他们一家对我很好,他还有妹妹,长得纤纤细细,一笑一嘴整齐的米牙,人很好看。我冬天多待在他家厨房里。厨房里暖和。他们一大家子人也在厨房里,有时打牌,有时也就闲谈,边闲谈边剥花生吃。吃了一地的花生壳——我在他家待那么久,很晚了,我该回去睡觉了。

一开门,一股寒风就袭进来,人就打个冷战。低头一看,呀!下雪了!雪把门槛都给盖住了!好大的雪。院子里雪白雪白的,天空中还在飘着,静静的,没有一点声音。我深深地吸了一口气,清清凉凉。刚才在暖暖的屋里还有些困,一下子就清醒了。

我一脚高一脚低地踩着那干净的雪回家。脚下咯吱咯吱地响,很好玩。我有点冷,有时也有点怕(因为是个很深的巷子),只我一个人。那个小巷子静极了。每家门槛都被雪白的雪覆盖了,有的门"搭扣"、把手上都是雪。整个小巷子都是雪白雪白的雪,和我来时不一样了。我回过身看看,在清冷的雪光下,后面只有一条我走过的雪痕子。

我悄悄地走到自家门口。门口的鸡窝也被大雪覆盖了。鸡听到响动,在鸡窝里"叽叽咕咕"的。我轻手轻脚地开了门,不开灯,摸黑钻到被窝里。被窝里刺骨地冷。我孤独地睡去。

有一年冬天，一场大雪之后，我到五姑姑家去。五姑姑家在北乡。我走到半路上，突然又下起了雪。我走着走着，雪越来越大。本来路就不熟，那样的村道都被雪覆盖了。我迷路了！那些路边的村庄，在新旧雪中，仿佛穿上崭新棉袄的乡下娃，都一个模样。我踩着小腿肚深雪，艰难地走着，几乎绝望了。路边的人家本来不多，门又都关得紧紧的。整个田野没有一个活物。我越走越紧张，心都要从胸口跳了出来。忽然在远远的地方，我见着一个火红的衣裳。我加快脚步想赶过去问路。快到跟前，见那红色的棉袄的胸口抱一大捧碧绿的水芹菜！一个女人，红衣，绿的植物，在一望无际的雪地里，简直就是一幅画！走近一看：姑姑！我的五姑姑！我大叫了一声：

"五姑！"

五姑回头一望，那个惊喜：

"你怎么来啦?！"抱着一胸的碧绿愣在那里。

我……我真想一头撞到五姑的怀里！

进了屋，五姑掸掉我满身满头的雪，从烧得红彤彤的锅膛里给我掏出一个滚热的红薯。我挓挲着手接住，烫得我颠来倒去地哈气。红薯香极了！

稍大一点年岁的时候，我有了忧伤，于是爱好上文学。那简直是痴迷极了。我们有了一个小圈子。有时几个文友彻夜长谈，多以西门小街钱家为据点。深夜我从西门小街回家，街上没有一个人，在小巷中，听到的只有自己的足音。冬天，有时下半夜一两点，一推门，嗬！外面又是一场好大的雪，把一个县城埋得严严实实。屋顶、草垛、门口斜放着的篮子，都被雪覆盖了。连墙边扔的一只烂皮鞋，里面都是满满当当的雪，仿佛是上苍偷偷给我们人类送来的礼品。我踩着崭新洁白的雪，足下吱吱有声，高一脚，低一脚，走在西门老街的深巷里，可是内心一点都不寂寞，有着无尽的温暖。一个晚上的长聊，仿佛自己又有所收获，内心自足而快乐，并不感到时令是如何地变换，岁月是如何地悄悄流走。觉得反正年轻呢，生命还长，总是有做不完的事，读不完的书。

我带着新雪一样的情怀，去做一个美丽的梦。

雾

雾真大。

这几天雾真大。

雾在城市的街道上低回，轻烟一样，只是湿湿的。城市的天空早早地就昏暗下来，街道上似乎也湿湿的。那些忙乱和焦躁的汽车，也早早地打开了车灯。它们甲壳虫一样地爬行；路边的行人，也在匆匆地走。那些男人、女人，他们脸上没有表情，在匆匆地赶路。年轻时尚的女人，斜挎着皮包，脚步匆匆——回家？约会？看电影？女人走过天桥，脚下很有力量。她们脸上的表情是自负的，是安静的，是甜蜜的。那些年轻的女孩，脸上的表情是单纯的，是和这个低回的浓雾的天不一样的。

我走过一家邮局，进书报亭浏览了一番报刊。各种书报林林总总，眼睛巡睃一番，并无所获。走过天桥，匆匆的行人紧张地在行走。我无所事事，拐进一家小书店。这是一家常来的书店。什么书放在什么位置，心里都清楚得很。增加了什么新书，我大抵会一眼发现，常会走过去翻一翻，又放下。买和不买都是一种习惯。进书店逛逛，是一种生活方式，与买书无关。我的消遣大抵与书籍有关。

黄昏完全降临。路灯昏黄无力。

街道上的汽车，已不似先前那么拥挤和焦虑，行人也少了许多。

我走出书店，本想去一家豆浆店，可走过一个面包房，我却拐了进去。因为一个女孩。这是一个梦一样的女孩。她有梦一样的眼睛，和梦一样的脸庞。她健康极了。她推门进去，面包房的门铃丁零零一阵脆响。面包房的灯光总是很美，那些面包在灯光下，发出诱人的色彩。荞麦面包、三明治、蛋挞、毛毛虫……面包居然叫毛毛虫。只是因为上面撒了许多肉松。

我绕着面包走一圈。选了几只面包，随性要了两只蛋挞。走向收银台。五块三毛一分。大概现在只有面包房还收分币，想必面包利润微薄。我找出了五块三毛钱，还在身上乱翻。那个女孩走了过来。她侧身挤到前面，一点不局促，反自自然然。她的脸像梦一样，她的眼睛蓝而健康。眼睛里有笑容！她见我在身上乱翻，说，我给你付一分钱，说着从钱夹里找出一分钱，给了收银员。我说，那怎么好意思？她一笑，那是怎样的笑！她说，没关系的。她说话时，眼睛里自自然然，我看了一下她的脸，真美！

青春的美，健康的美。梦一般的，梦一般的……

我一时脚下有点迟疑。走，还是不走？是个问题。

我被一种美凝固了，胶着了。我的心被梦所包围，这个世界真美好！

我走出面包房。一回头，那个女孩已坐了下来。她坐在绳索吊着的摇椅上。她看见了我。我朝她挥挥手。她笑。那样的笑！青春的、健康的笑！

隔着面包房透明的大玻璃。她在向我笑，梦一样的笑容。

洁净的面包房。面包在灯光下，发出诱人的色彩。

湿湿的雾，已贴着了城市街道的地面。雾，缠绵在脚面上。我踢雾而行，并不回头。

东园,或者清溪

我在泾县的月亮湾的一个叫东园的小村子住了一宿,那是怎样的山水,怎样的月夜啊。

我们一行斜披着夕阳进村,那是一场山雨后的夕阳,艳艳的,温暖的。

村口的索桥斜斜地过来,我们走在上面,像踩着云朵,又像荡着一个巨大的秋千。心马上就热腾腾的。索桥下的溪水发出巨响,浪花砸在凌厉的石上,一朵一朵白色的花怒放开来。三五个孩子光着身子在溪水中扑腾、扑腾,一阵一阵的笑声、嚷嚷声递上来。

过了索桥也就是村子了。一番古旧的样子。陈旧的白墙灰瓦的徽派建筑,马头墙,一户一户散散地落着,曲曲的石板路连接着,指引着,石门、石阶,门口零乱的什件——两根随随便便交叉的竹竿支撑的衣架,从袖管套进去的晾晒的衣物。门口的空坪,种着各色的菜蔬,蚕豆花、开着鲜红花朵的凤仙花、栀子花。野蒿草,狗尾巴草,开着各色小花的野菊。一户人家,老两口坐在门口吃晚饭,四只鸡、三只鸭围着他们。门大敞着,一副门对斑驳迷离:

油滴一点香
勺炒五味鲜

有狗跑来跑去,鸡即即足足地散步,猪摇着尾巴,一副老油条的样子。有一只大胖子母猪,散散地走着,不急不忙,哼唧唧,像村里的老干部。有一只顽皮的小狗,少年不知愁滋味,跟在后面不断地咬它爹的尾巴,老爷子不管不问。倏忽一下,可能是惹急了,也许是咬疼了,那老家伙忽然扭过身来,一下子与小家伙对视起来,小家伙也不示弱,摆了个 pose(造型),老家伙终于绷不住,笑了起来,又自管哼哼唧唧的,背着手散散地走着。

我们住在一个姓李的人家。大人叫什么,我们并不知道,倒是有个十四五岁的小妞,像一节一节生长着的芝麻,开着白色的喇叭一样的花,袅袅婷婷,她的名字叫李苗。和庄稼一样朴实。她穿着碎花的裙子、塑料的凉鞋,好奇地打量着我们,并不多言,一副安闲若定的样子。

溪水是让我们心惊肉跳的。那沿岸的树、岩，倒映在水里，不知是水的碧，还是树和岩的碧。水中各色游动的鱼，仿佛浮在空气中。我们汇入那一群嬉戏的孩子中。那碧的水，润润的，圆融的，冲刷着我们，耳边满是溪的声响；白的云朵，碧的树、草、山，映在眼里。这怎能是我们的山水，这应是王麓台的山水，八大山人的山水，和沈周、沈石田的山水。

暮色四围了过来，不知不觉地。山溪边的这一个小小的村寨沉寂了。一切都归于夜晚。鸡、猫、鸭子、清溪里的小鱼们，那远山的树，村寨边的芝麻，地里的苞谷，园里的茶，一切的一切，寂静，守恒，连溪滩边的各色卵石都不再言语，静默着。星星集合着，该它们出场了，一颗，一颗，跳着出来，不一会儿，布满了半个天空。月亮像个大家闺秀，从容地、款款地、羞羞地走了出来，斜挂于天穹。该是下弦月吧。冰洁，疏朗，沉静。她默默地把清辉洒下来，溪滩上像披上一层轻纱。

我们倦懒地睡在了那溪滩边乱叠的卵石上。那些有温度的滩石。真是静啊。溪水仿佛知道大地已经睡了，便比白天轻柔了许多，咕咕地流着。那远处山上的翠竹，摇动着柔曼的身子，在为溪水唱着催眠的歌曲。我们手枕在头下，眼睛里全是繁星，那一跳一闪的北斗七星，有一颗星子真是顽皮，一会儿躲到了天幕的后面，一会儿又探出头来，和我们捉起了迷藏。我们用眼睛和那些星星说话，用身体和大地说话，而那安静的溪水，则带着我们的灵魂远行。

那月亮轻移着，仿佛拉动着巨大的薄纱。

鸡们是山寨起得最早的。它们已用过早餐,那黑色的足上还带着露水。那一个花一样的母鸡,脚掌上还拖着青草。狗们也是山寨里起得最早的,它们已在那石板的村道上来来回回跑过几圈。有三五个还见面说了话,用鼻子互相抵一下,互致一下友好。那猫,那鸭子,那清溪里的鱼们,都起来了。那田里的庄稼,苞谷、芝麻、茶,那清溪中的竹筏,溪上的索桥,连溪滩上的石头都醒来了。村里的老人们也起来了。

李苗也起来了。她像那一节一节生长的芝麻,经过一夜,似乎又长高了。这个山村的少女,她梦一样的眼睛,清溪一般碧透的眼睛。她揉了揉,也醒了。

山寨都醒了。这个皖南普通得不能再普通的山寨,又开始了新的一天。

一切的一切都忙碌了起来。人们去溪边,去田边,去井边,开始了新一天的劳作。我们也将乘竹筏从月亮湾顺流而下,离开东园,告别这清溪。我们依然走过那铺着青石的村道。那些牲畜,鸡、鸭子、猫,依然在房屋边、青石道上、蚕豆花旁悠闲地漫步。那个大胖子似的母猪,依然闲散地走着,不急不忙,哼唧唧。而那个小家伙,那只顽皮的小狗,则拖着一副旧渔网,在那里使劲撕咬,一派天真烂漫。

我们走过一户斑驳着老墙的人家,一个老奶奶正陪着孙女做作业。那满头的银丝下的慈祥,那伏在竹床子上一笔一画写着的孙女,皆映在那古老的青石的石础之上。屋里的锅灶,挂着的篮、木制的水桶和缸,都静默着。那一户在门口吃晚饭的老夫妻,这时却在门前的空坪上结起了筏排。那四只鸡、三只鸭则各自忙着。那副斑驳迷离的对联却映在了崭新的日头下:

油滴一点香
勺炒五味鲜

这个叫东园的小小村寨,它只是无数皖南村寨中最最平凡的一个。它既没有胡适上庄家的"日暮起居方养寿,家多伦乐乃长祥"般的高远,也没有龙川胡家的"漫研竹露裁唐句,细嚼梅花读汉书"的雅致,但它的朴素、平实,还是深入了我们的心中。

不能忘记你,东园,或者那清溪。

浩浩渺渺的白洋淀

去了一趟白洋淀。没有想到，白洋淀竟如此之美。

孙犁的作品读了许多年。《荷花淀》和《芦花荡》写的都是发生在白洋淀的故事，写得是那么美，以至白洋淀在心里只是一个圣境，好像前世与它有过交融。前几年看报道，说白洋淀水很少，快干了。想想也是，中国很多湖泊的水都很少了。白洋淀在华北大平原，水少了，正常。

这次到河大（河北大学）做讲座，先坐车到沧州，之后当地朋友对我说，离白洋淀不远，在安新县，可以去看看，还是不错的。驱车两个小时，到了安新县，离城郊不远，就是白洋淀了。我第一眼见到这片大水，震惊了！嗬！这一片大水，这片一大淀子。白洋淀，谁说你干涸啦！没想到你竟是如此的一片大水。用浩浩渺渺，一点也不夸张！

从码头上船，到荷花大观园去看荷花和孙犁纪念馆。正是六月盛夏，坐在机帆船上，"突突突"地迎风而去，水面开阔，湖风拂面，心情大为舒畅。无尽的芦苇从眼前滑过，真可谓"青纱帐"！苇荡与苇荡之间，有条条壕沟伸向芦苇深处。据介绍，白洋淀有大小淀泊143个，纵横交错的沟壕有3000多条，芦苇荡12万亩，面积366平方公里。就这几个数字，就叫你晕菜。不是当地的船家，进入这片水面，肯定是会迷路的，无疑。难怪当年淀里会有一支神出鬼没的队伍，叫鬼子晕头转向。正如那首歌唱的："天当被，地当床，芦苇是屏障。"

我坐在船头，眼睛里全是水及水边的青绿。芦苇正是茂盛的季节，它们在风中轻轻摇曳，一副自在的样子。

有水鸟从芦苇丛中飞过。

船到荷花大观园，果然一池一池的荷花。只是时间略早了一点，荷花还没有完全盛开。只见那密密的荷田之间，一箭箭红荷跃出水面，像带羞的又有点自负的少女昂起的脸庞。垂柳在淀边的晚风中梳理着长长的枝条，有风从湖的四围吹来，放眼一望，仿佛在唐诗宋词之间。

孙犁与白洋淀仿佛血脉相连，在荷花墩建孙犁纪念馆极为相宜。我走过去，那是一座不大的歇山式建筑，里面所展为孙犁各个时期的图片和著作。这个叫孙犁的人，少年懂事好学，一生持之以恒，晚年执着清明。他自己经常写的一句话是"大道低回"。这个老人，他是自说自话。他确实可称得上是"大道低回"的。

游完往回走,船行在淀里已近黄昏,夕阳打在半边水里,橘色的水纹一波一波推向远方,天地仿佛霎时静了下来。燕子低飞,斜剪着水面,有水鸟在水面翻飞。

去到一个吃饭的饭馆,叫什么没记住,可是吃了一顿非常有特色的饭,甚美也。

这些美食都是与这个淀子有关的。先是茶,是荷叶茶。我喝了两杯,有微苦,似是十分清火的。饭菜并不复杂,甚至可以说十分简单:一素三荤(鱼)三主食,外加一个白洋淀双黄鸭蛋。一素是鲜荷叶嘴炒嫩藕茎,荷叶嘴青绿卷曲,嫩藕茎洁白细长,吃起来清脆爽口,当地朋友说,绝对是绿色食品,真正是就地取材。三荤是红烧嘎鱼、干熏土鲫鱼、干炖泥鳅。干炖泥鳅肥硕多肉,粗比黄鳝。我平时不大吃泥鳅,嫌其有一股土腥味。这里的泥鳅如此肥硕,实为少见。而且此种吃法也别致新鲜。我见当地朋友吃起来十分带劲,我试着吃了一根,肉多痛快,很有嚼劲。他们边吃边说,这很鲜美的,别处见不到,绝对美味。又说,白洋淀对其另有称呼,美其名曰"水中人参"。我钟情的倒是红烧嘎鱼。嘎鱼,即我家乡的昂刺,因拎起它它很不高兴,发出一种"昂刺昂刺"的声音,也即这里所说的"嘎嘎嘎"的声音,也挺形象。这种鱼肉质鲜嫩,而且少刺。不管在哪里,只要水质好,这种鱼都是十分好吃。这里的嘎鱼,一条有二三两,这在嘎鱼中算是大的。我不管不顾,拖了三条,吃得心情高涨。嘻嘻!"顿觉眼前生意满"啊!三主食是野鸭水饺、虾饼和黑鱼馅水饺。虾饼是玉米饼,可是加了白洋淀小米虾同贴,金黄的面饼中布满红色的小虾，真是别有特色，这样的玉米贴饼，到哪里能吃得到？可以说是人间至美。黑鱼馅的水饺更是别致，长这么大，用黑鱼做馅包水饺，对于我是闻所未闻。这要费多大的工夫：把鱼肉用快刀剔下（黑鱼只有一根主刺），之后用刀背剁，连鱼骨一起剁烂，直至成泥。鱼泥中有少许盲刺，将白萝卜切斜口，在鱼泥中搅捣，将盲刺戳到萝卜上，俟沾满盲刺，再削去一截萝卜，继续于鱼泥中细捣。直至用手在泥馅中捏，没有戳手的感觉才行。这样的水饺，得用一两碎银子换一个才使得！

这是一顿真正就地取材、靠水吃水的晚餐。真是一方水土养一方人啊。这样的饭菜，我是终生难忘的。

第二天因要离开这里，于是我早起，再到淀边走走。我叫了一辆"马自达"，说，到淀边码头上看看，来回，多少钱？那个车夫愣了一会儿，似下决心地说：十六块！

我没有还价，上了车。他很满意我这个人，又发狠似的说："不兴胡要的！该多少多少！"之后车便蹦蹦跶跶往淀边去，我坐在车上，使劲抓住把手，往两边看。

蹦跶二十来分钟，曲里拐弯，走过两边的许多卖旅游商品的店铺和鱼馆饭庄，我又见到了码头上昨天没有细看的三棵合欢树。这三棵树，长在这个地方，真是地方！它们也成了风景。

我下了车，让车老板稍等，便径直往码头反面的淀边跑去。这里几乎没有游人，有些住户，我走近栽着垂柳的淀边。淀里满是荷叶，荷花也正是开的时候。红荷白荷，铺满绿叶之间，一眼望不到边。水鸟，一种不大的水鸟（尾巴较短，一看就是水鸟），从我眼前很低地从容飞过，不急不忙，姿态优美。

我临风站了一会儿，望着这茫茫的荷、茫茫的水。我已有多久没有见过这么大的水？有多久没有见过这么多的荷？有多久没有一个人站在这清晨的泥土边？这是心灵得到自然的滋润的满足吗？

我走回到码头边，见那三棵合欢树长得高大蓬勃，繁花盛开，像戴满繁花的妖娆的使者。这是合欢最好的季节，那才是真正的繁花！

我回到了蹦蹦车上，几乎是一走一回头。

再见了，白洋淀！愿你世世代代如此美好。荷花、芦苇、大水，充满生机。

我和一些山的关系

我去过很多山。

咱安徽的黄山、九华山不说,北边去过华山、泰山,南边去过张家界、雁荡山,西北上过天山,在香港登过太平山,在湖北黄冈时,曾在大崎山住过一阵。

人和大自然有一种天然的亲近性。即使在我们这个城市,一头栽进大蜀山,心马上静了下来,脚步马上放慢了下来。其实又何止大山,即如一片树林,也能让人静下来,比如环城公园,比如稻香楼。其实并不仅仅是脚步慢下来,而且心也放慢下来了。

这是什么原因呢?

我一生中住过最长时间的,是湖北黄冈的大崎山,在山上整整待了半个月。日子应该在秋天,山下还穿单衣,我们在山上,晚上出门走走，必须加衣的。阴历的日子应该是八月初，白露的后几日，印象深的是仰头看月，那半轮明月亮得出奇，离头顶近得很，仿佛伸手即可够得。再就是晚上听那松涛，真是涛呀！一阵一阵，激荡在人的心上。夜静得不能再静，远处（又仿佛近处）那巨大的吼，包围着你，让你对大自然不得不敬畏。有一天深夜，我们几个坐在一块巨大的、突出凌空的山石上，久久不愿回去。天上的月亮非常明亮，四周仿若清晰，其实那清晰实在是假象。你真要细细去瞅，世界是一片混沌的。那是大自然的哲学，非得亲身体验才行。我们七八个男女，挤在一起，紧紧挨着，在那样的巨大的静中，纯洁无比，仿佛透明。那广阔的夜空，那静静的月，那近处的林，那远处的响与静，现在回忆起来，仿如幻觉，那种感觉，仿佛是自己身体抑或是生命的另一面。

在大崎山的日子，是我最郁闷的时光。我是带着巨大的心理负担上的山。我正被一件无聊的事所困扰。事如大蛇，啃噬着我的心。我在山上，时时忧愁着。特别是一静下来。那几个朋友小心呵护着我，使大蛇渐渐弃我而去。我之深记住这座山，得庆幸那忧伤。它使我知道，忧愁的时候在山上，是合适的。那静，那广阔和博大，是疗伤的最好良方。

我的家乡有一座琅琊山，因出过名篇《醉翁亭记》而闻名遐迩。我出门上学，来到山下的城，平生第一回玩山，就是上的琅琊山。十几岁的毛头小子，头脑中充满着幻想，世界仿佛永远是夏天般的强烈。我们一行十几人，早早出发，十几辆自行车，骑车去游琅琊山。早晨的山中，空气真是特别。一呼吸，就知道是山中的空气了。参天的古树，遮住了天空，起伏无尽。山道边的低矮杂树林、无数无名的野花，染着重重的露水。我们男生呼啸在前，女生叽叽喳喳在后。新同学之间充满了好奇与美感。女同学更是要小心呵护，男子汉们唯恐帮不上忙，那种热切和无尽的力，使幻想的青春在体内游走。我们一十分敏感，心便变得善良和轻盈，与这山水相洽，山水便留在心底。对女同学的审美，在这山水中得以滋养，那小兽一般在山中的活泼，使我们晓得女性是更接近自然的。我们的心，化成了一种飞翔的东西，仿佛能栖息林中。

这样的正好的年龄，与山水相遇，使我们知晓，青春岁月的时候，最好能与一些山水亲近。

黄山在我生命中，是一个巨大的影像。因生命中的因缘，我去过无数次黄山。可我只有在心中默念：这是山中的唯一，山中的唯一。对一个事物崇拜到极致，人便变得十分滑稽和幼稚。我从不敢将笔伸向黄山，仿佛自己渺小的生命不能与它相称。我有时在西海大峡谷，有时在排云亭，有时在玉屏峰，扶着一处峭岩，凭栏远眺，眼前或奇峰数点，脚下或万丈深渊，我都会产生一种奇怪的感觉：我是谁？我从哪里来？其实是人对造化之神奇之巧夺天工的一种无奈。相对于奇峰怪石，对山中的一些小事物，比如一只小松鼠、山道边无名杂树上结的一种无名小果子（它能红得那样正），以及那些默默无语的挑夫，我倒是感到更为亲切。与山之秀美相比，他们虽小，但同样神奇。我是深深地爱着他们的,一如爱着祖国,爱着祖国的大好河山。

当然,这则是我对山的另一番认识了。

长春小住

在长春生活了一个月,深深地被长春所感染。

长春直接、通晓,大大方方,痛痛快快,热热烈烈,拥抱着大自然和一切有生命的生灵。

每天都是蓝天白云。早晨3点多天即大亮,5点多给一个热烈的阳光。阳光是那么地多,多得人心中充满感激。我早晨一拉开窗帘,总是对新的一天说声谢谢。外面的空气是那么地透亮。小鸟的叫声也是透亮的,庭中的树和草也是透亮的。一个蓝天白云,忽然一个云朵,就是一场急雨,急雨是那么地痛快和干净利落。阳光中落着的雨也是透亮的。雨停了,又是一个蓝天白云。

净月潭公园的天又是另一番的蓝,那是映着草地、树木和湖面的蓝,那是有着青草的香味、花朵的香味和湖的腥味的蓝。我们来到公园中,那么多热爱美和生活的长春人,开着车、骑着车或步行园中。景色中,有人的身影更充满生之气息。草地上那些着婚纱的年轻女子和盛装的男孩,远远望去,是草地点缀着他们,还是他们点缀着草地?蓝天是给他们的,绿草也是给他们的。大自然在向他们祝福:孩子们,愿你们幸福、快乐、健康、自由。

又是一个早晨,拉开窗帘,一堆阳光涌进房间。外面亮极了。一个晴朗的、阳光充满世界的一天。

见到这样的天气,心里还是涌起一股莫名的激动。美丽的一天。感到生命的美好。一股感动涌上心头,一个善待我们的平静的、安全的世界。大自然多么善待我们。早安,今天的日子。早安,长春。

去了长春伪皇宫。

一直都是好天气,蓝天白云的,忽然来了一场雨,又给了一个蓝天白云。就见工作人员在扫伪皇宫院子里的积水,仿佛刚才的一幕只是幻觉。看了溥仪的居室。有卧室、客厅、餐厅、卫生间(溥仪每天坐马桶上看报纸)、佛堂,还有就是理发店和药铺。想想奇怪,我们老百姓,前面的几项都可以有,单单理发店不能弄一个,药铺也不好弄——你不能好好地请人给自己在家开个药店吧?

溥仪对面住着的是婉容。一个青春女子,因为出轨,关禁闭关了几年,不许出门。精神分裂了,还抽鸦片。

长春又是一场雨,雷声震耳。天依然很亮,雨很干净——长春黄昏6点钟的时光。

阳光反射在楼群上。安静的雨后的阳光普照的黄昏。

小道上丁香树的姿态优美，每片叶子都很安静。雨后的丁香十分知足。

黄昏7点钟的长春，夕阳依然映在眼前的楼群上，只是柔和多了。窗外仍然有人在散步。

夕阳暗下去许多。窗外是夏日的绿和黄。

晚7点半的长春，黄昏终于降临了。窗外暮色浓重。晚8点半，外面的楼群的灯光照入窗前。

早上5点半起床，打开窗帘，外面一颗好太阳，鸟雀依然欢快地叫着。今天的鸟雀还是昨天的鸟雀吗？一阵清凉的空气吹到脸上。

窗外蓝天白云，天空明亮、安静。心中宁静。

到南湖公园散步。这个市中心的公园十分美妙。园中柳树密布，长得极好。公园里热闹极了，歌声嘹亮，跳广场舞，踢毽子，快走，散步。公园像超市，人头攒动。

从公园返回，又遭遇一场暴雨。

暴雨后的天空，天边发蓝发亮，在头顶的天空，仍旧乌云密布。空气清凉，雨后的小鸟儿叫得更欢，飞得也轻盈优美。

过了一会儿，天空完全晴了，头顶的白云满满地布着，透过白云，是辽阔的、碧蓝的天。

到黄岗去

那天我们到黄岗已近中午。

我如一个访客,在黄岗侗寨的村子里转悠,一切生活的景象吸引着我。儿童,那么随意地在村子里玩耍,他们衣着是那么朴素,或者说破旧,但快乐写在他们的脸上,那么健康、那么自由,一点没有城里孩子的坏毛病。

人本来源于自然,只有大自然可以教育成长中的孩子,培养他们的创造力,而城市中的小孩便没有了上天赋予的快乐和自由。我之所以这么痴痴地看着他们,是欣赏他们的快乐、健康,欣赏他们的笑脸。

那些劳动的妇女,虽十分辛苦,物质条件又十分有限,甚至说是贫瘠的,可她们十分知足地忙碌着。劳动是她们身上最大的美。她们当然是爱美的。她们的衣服上绣着那么繁复的花,针脚那么复杂,色彩那么艳丽;她们的耳朵上,总是有各色耳坠,银的、翠的,十分沉重,有许多老年妇人,耳垂已被拽得老长老长。

每家的房子都敞着门,屋里除了农具,几乎没有别的物什,所以也不用锁门。他们的民风是淳朴的,也不用担心有贼人。

在一户人家门口,有老妇人在收拾从山上采下的什么东西,我走过去,问可有土布卖,半天,有几个妇女围拢过来。她们听不懂我说的话,一个出过门的老妇人翻译着,几个老妇人互相望望,听明白了,可不知怎么卖。过半天一个老妇人回去,拎一个鱼篓子过来,篓子里有三匹织好的土布。

我取出一匹,很重,问:"多少钱?"

老妇人互相望望,不知道如何要钱。我问了几遍,同行的一位女士也大声说:"说嘛!说出来,看我们能不能接受,价格可以商量嘛!"

妇女们又互相望望,她们的耳坠在脸颊边晃动着,都用手捂嘴笑。

半天,一个妇女说:"六百。"

同行女士暗示我别买,而我一心想买,便说:"五百吧?五百卖给我们吧?"

妇女们又互相望望,有点舍不得,说不卖。

我坚持说:"五百!五百卖给我吧?"说着到包里掏钱。

我迅速点上五百递上,那个背篓子来的妇女见了我点出的崭新的票子,犹豫着。我将一匹布放入包内,怕她们反悔似的将钱塞了过去。

之后说下一匹。我又从篓子里取出一匹，拣了一个稍粗的一捆，又说："五百。"

妇女们又互相望着，我取钱，又点出五张崭新的票子，那些妇女又是舍不得。我知道，这些布，是她们一寸一寸织出来的，中间要经过多少的劳动。每一匹布都像她们的一个孩子。我又直接为她们做了主，钱递上去，将一匹布交给同行的女士。

12点多了，我们背着布往回走，找地方吃饭去。走过刚才正建楼的那户人家，乡人们正聚在一起吃饭。我仍是那么好奇，走过去看他们吃什么。一个汉子站起来，大声对我说："一起吃！一起吃！不用客气！"说着他走过来。女伴赶紧后退，而我笑着站下。那汉子走过来，拉我坐。我对女伴说，在这吃吧？汉子又大声喊着，就有人站起来让座位，有人取板凳，人反身到后面的厨房去。

有人刚把我们捺坐下，那个到厨房里的人出来了，手里拿一个篮子，篮子里都是筷子。那个汉子又说："拿筷子！拿筷子！都是干净筷子！"

我们只得拿起筷子，真吃起来，才知道多么美啊！

之前我们看建新房子，这一群人都在楼上。这个木质的楼房已建到二层。这里建房，没有沙石和水泥，都是一根一根的木头扛上去，之后拼起来。用专业的话说，所有的构件都是先制作好，之后再卯榫对接，工地上十几个人，各自忙着，有肩上扛着大料上去的，就那么在梁上走来走去。一个构件上去，有人接了，走到梁的一头，麻利地将粗壮的木构对上，之后挥动木槌，或轻或重，将之捶实捶紧。那么多人在二层的梁上，非常有序。你看那样的建筑，就是美，就是艺术。

我喝着他们为我倒的米酒，吃着他们的菜。他们的饭放在一个大碗里，用手抓了，捏紧，同肉一起吃。邀我的那个汉子为我演示，我模仿着，之后他对我说：

"香不？"

我说香。是真香。他们吃的米真是好，那是他们自己种的，米黄而糯。

这个汉子的普通话讲得很好。他告诉我，他年轻时开卡车，去过不少地方，还在苏州打过工。难怪他普通话很好。他似是这一群人中的领头人。

我吃了血红、白煸、生肉、炒青辣和南瓜汤。血红是将精猪肉割下，直接放在猪的腹腔中搓揉，将生猪血浸入新鲜肉内，依他们说，这样会更有营养。我想，这是一定的，这种原始的吃法其实更加科学。

他们给我唱了好多次敬酒歌，我盛情难却，将碗里的酒喝了，不一会儿，便感到脸红心跳了。他们每唱完一段，就齐声高吼：

"嘿嘿嘿嘿……呵呵呵呵……喝干啦……"

我只得多喝一点，如是几次，我有点喝多了。

可我心中是多么甜蜜，我的心灵是多么快乐。

我不忘黄岗，这个黔东南的小小的寨子。那里的山水，那里的侗族兄弟。

辑四

专案
——乡村纪事之一

一个同事从县里来开会,因我们已多年没有联系,见到面自然格外亲切,聊起一些旧事也颇有趣。

我曾和这位姓毛的同事一起搞过三个月的专案,除中途他回家过一两天,三个月里我们同吃同住。我们搞专案的地方是一个叫雷官的镇子。镇子很小,很破烂,唯一的一条街道泥泞不堪。我们搞的案子是查一个叫陈有余的人挪用贷款的事。陈有余是雷官信用社的外勤人员,他也是当地人,春天耕牛、种子贷款时,一些熟悉的农民为了图省事,就把私章交给他,让他代办贷款,都是乡里乡亲的,大家信任他。没想到陈有余在私章上做手脚,立了别人的据,盖了别人的私章,却把贷款给自己用了。这样的事,不到还款期也发现不了。他用这些钱赌博,还养了一个"小奶奶"（情妇）。

查清这样的事情工作量很大，他办了几百张借据，除案子事发发现的那几张外，其余他经手办的借据，也不知有多少是冒名的。那时条件差，又没有多少电话机。为弄清他究竟办了多少假借据，我们只得带上借据，一户一户农民家去核实。

办专案的时候正是七八月的大夏天，白天我们顶着烈日一户一户人家核实，晚上回来一身臭汗。我那时也才20出头，小青年一个，精力是出奇地好。白天办完案，晚上我就躲在帐子里背诵郭沫若的诗，把《女神》抄在一个笔记本上，一心做着文学梦。

我们专案组一行四人，除我和老毛，还有老王、老冯，老王是组长，老冯是瘦高个弯腰的年近50的人。我们一日三餐都是在公社食堂搭的伙。也住在公社招待所里，四个人住一间房子。食堂的伙食千篇一律，有时我们四个人出份子，买一副鹅杂、两瓶啤酒，将屋里的四只小方凳搬到院子里拼在一起，再借两条长条凳，四个人便有滋有味地喝上一回。酒喝完了，天也黑了。院子里漆黑漆黑的，蚊子在耳边嗡嗡地飞着。抬头看天，有时满天星星，密密麻麻，银河看得一清二楚。大家坐在院子里，一边用扇子赶着蚊子，一边聊天。慢慢夜深了，有人打了个哈欠。困劲上来了，于是回到床上，一会儿便睡着了。

有两件事不得不说。这个信用社的主任姓潘，是位老同志。说是老同志，是因为他原是国民党部队的一个连长，是傅作义部队起义过来的。他转业后，就回到家乡的这个信用社当主任。老潘没文化，为人相当糟糕，生了七八个孩子，都是丫头片子，小七子小八子也还小，家里整天叽叽哇哇的。他的老婆皮肤非常白，长了一副刀把子脸，活像个地主婆。整个夏天，她就躺在自家堂屋的大吊扇下的躺椅上，跷着二郎腿，叼着香烟，嘴里喊着小七子、小八子别吵了！可小七子、小八子并不停下，依然在床上跳着闹着。

老潘孩子多，小七子、小八子虽拖着鼻涕，可大丫头、二丫头都十七八了，亭亭玉立，皮肤继承了她们的妈，而脸形继承了她们的爸，瘦长脸，大眼睛，活像现在的张柏芝或章子怡，整日唱着歌在家里进进出出，家里人不把她们当一回事，可是很吸引外面的人的眼球，比如就吸引我这个二十出头的小伙子的眼球。可我当年书呆子气十足，对潘家丫头的爱慕，也仅限于多看几眼，引而不发，因此没弄出故事来。

老潘家养了一头大黑猪，有二百多斤了。猪经常偷偷地自己跑出去玩。老潘满街找，找到了就用绳子套住往回拖。猪也是叫着闹着不肯回去，老潘就在小街上泥泞中趔趄着，与猪较劲。

信用社是一座老房子，是过去镇上大户人家的老宅。房子里黑咕隆咚，铺着旧式木地板，走在上面咚咚咚响。据讲地板下面有两只狐狸，我们只是听人说，信用社里可是有人见过。夏天的黄昏，信用社的会计小居就见到过两只火红的狐狸出来大摇大摆地从墙头上走过。狐狸见到小居并不害怕，非常从容。小居是个中专生，家是外县的，被分配在这里，娶了个镇上的姑娘，可多年没有孩子，夫妻经常打架。据说是小居不好，也不知是身体不好还是脑子不好。反正我们入住后小居就有了病，动不动就要把信用社的账本拿出来烧掉。每次都是老潘吼了几嗓子，小居才安静下来。有一次老潘把守金库用的枪掏了出来，吼道："你小子要再胡闹老子我毙了你！"老潘当国民党兵时的那个蛮劲又上来了。也有人说，原来小居是不烧账的，人长得清秀，一手好字，账也记得漂亮。就自打见着狐狸之后落下了这病。真如方言说的，真是撞见鬼了！

我们查账进行得非常艰难，两个月才核对出四五户人家，有的还互相抵赖，互不认账。他说是他用的，他说不知道，根本没借信用社的钱。我们核对到一户姓马的人家，借了四十元耕牛贷款。老马说根本没有这回事，说老陈同他讲借个私章用一下，就借了，哪知道他干了这种缺德的事情！我们找老陈核对，老陈一口咬定："贷款就是这个姓马的狗日的用的，我亲手交给他的。如今墙倒众人推，这个狗日的也想浑水摸鱼赖账。"

我们看老陈情绪激动，估计这笔贷款是真实的，因此我们问老陈敢不敢当面对证，以弄个水落石出。老陈信誓旦旦："敢！"于是我们一行人便赶往老马家的那个生产队。从镇上到老马家的那个队有十几里。我们下队都是两条腿走，来到队里已近晌午，找人打听，老马正在水田里侍弄着呢。我们喊老马上来一下，老马便从水田里赤脚拖着铁锹上来。还没有说几句，老马又激动了，拿着铁锹就来打老陈，老陈扭头就跑。

这是一个物质匮乏年代的夏天。这天天气特别地好，天非常地高，白云静静地停在天穹，天气炎热，一丝风也没有。大片大片的水田,远处的村庄被绿树包围着。一点声音都没有,忽然这两个人跑动起来,越跑越远,老陈虽然瘦瘦小小,可跑起来飞快,老马赶不上,就在后面骂:

"你这个王八羔子……绝八代子孙的……你平白无故地诬陷我……"声音非常清晰,一波一波扩散到远处的村庄上去。

守库
——乡村纪事之二

专案搞了半年，不了了之，之后我就被调到一个叫水口的信用社工作。水口是我们那县的南乡，顾名思义，是个水很多的地方。水口对我之印象，就是甲鱼。我们这个信用社，是个上头的联系点，地区的一些领导——也不是什么领导，也就是科长什么的，但那时的科长，对于我无疑已是很大的领导——隔三岔五就来检查或是收集资料，这时我们的信用社主任就请他去吃甲鱼，我因是单身汉，有时就被主任拽着陪客。虽吃不到老鳖盖子，但鳖肉总是能弄到几块的，虽说鳖肉并不好吃，但也是个待遇，因此我嘴上的油总是比别人多一些，也多了一些自豪感。今天中午我吃老鳖了，你吃了吗？

我们信用社大约有十个人，主任姓许，胖胖的，脑袋特别大特别圆，40多岁了，像个娃娃。还有两个女孩，是县里招工分过来的。高个子的姓张，我记得一笑牙龈就全看见了；另一个姑娘姓章，叫章蓓，我之所以至今还记得这名字，是因为这个"蓓"字我原来不认识，是通过"章蓓"认识这个字的。章蓓个子适中，长得好看。我好像特别喜欢看她，可是心虚得很，像是做贼。因此说是看，其实也就是一个感觉，看没看清楚，我自己也说不清楚——你也有过20岁左右的年纪，你难道没有同感吗？她俩一个做会计，一个做记账员。我到水口的时候，她们已经先到那里工作了，因此她们就显得比我活络一点，也只不过是人熟一些罢了。我去了之后搞稽核员，也就是例行地到下面信用站去查查账什么的。信用社房子紧张，我去了之后倒是给我分了间房子，可房顶上全是洞，光线纠缠着一大团一大团地射进来，根本不能住人，因此许主任说，你一个人，小青年，你就守库吧。一个月还有几块钱的补助费。

他一句话，我就睡到库房里去了，一睡就是半年。

我那时候已经有一整箱书了。说是整箱，是因为我把书放在一只从食品站要来的装鸡蛋的箱里，是一整箱。我就把书放在房里的一个淋不着雨的墙角，带几本常看的和一个笔记本到库房，从事简单的文学活动。

库房是这样的。一大间房子，隔成两半，里面加固了，就是金库，放两只保险柜，外面是沉重的大铁门，我睡在外间，一张床，一个床头柜。有一杆长枪，白天入库，放在金库里，晚上取出来，放在我的床头。其实我一枪没放过，也不会打枪，要是坏人来了，我真是死定了。不过那个时候坏人少，人们的警惕性也就差些。

我不下去查账，也没有多少事情，白天就看住小张、小章办业务。小章活泼些，说许多话，说的什么，我现在记不清了。小张老实些，可能是个子高的缘故，她在县里好像已谈了对象，每个星期天回去会男朋友。黄昏时银行要轧账，我有时就帮她们弄账，打打总账，或整理整理分户账。我给小张弄得多，给小章弄得少。其实我想跟小章弄，可是我不大敢看她，又如何去弄呢？小章可能也知道我不大敢看她，也不好意思多要我弄。有时我中午被主任弄去喝酒，虽吃了些老鳖，可酒有时喝大了，回来我就待在库房里睡觉（偶尔也吐一库房，把库房弄得气味难闻，小张、小章就不肯进去了）。许主任有时过来看看，摇摇他的大脑袋，走了。

小章可能就是这个时候对我印象不好的。原来虽然我不大敢看她，但我凭直觉，她对我印象是好的。否则我也不会不大敢看她，她如果大大咧咧什么都不在乎，我能如此吗？小章原来有点在乎，也是看我呆头呆脑的，会大声朗诵郭沫若的诗。后来我的一些举动更不堪了。许主任终于发现我的脑子有些"病"，小张、小章也就看我是滑稽的了。那一天逢集，我们信用社门口也聚集了不少人。对于一个小镇，逢集就如过年，热闹极了，卖什么的都有，卖老鼠药的，打把式卖艺的。我在门口看那打把式卖艺的，听口音极像我老家县里人。他玩的是硬气功，说没两下子其实还是有两下子的，打个赤膊，胸口拍得通红，先玩一气功，把一个乡下老汉后背弄得血红,之后开始卖药。咦!你别说,效果不错,买的人还挺多。中午散场,我好奇地走上去打听,果然是我老家的,还认识我的熟人,那个时候我没出过太远的门,这小镇离我老家实际上也就是百十公里,可我已激动得不行,有一种他乡遇故知的感觉。我不知脑子哪根神经出了问题,非要请他们吃饭不可,他们虽卖了一些钱,可打把式卖艺,毕竟是混穷的,也乐得高兴。我们一行人就下了饭店。镇上的事,不一会儿全镇的人都知道了,说银行(镇上人叫信用社一律为银行)的干部请混穷的打把式的人吃饭。我本来的意思是自己义气,请老家的人吃饭,可别人不这么理解:相互之间又不认识,身份(银行的人在镇上是很受人尊重的,算是有身份的人了)又不同,这吃的哪门子饭?有人对小章说,你们银行的那个谁在请一帮混穷的吃饭。听说小章理都没理那人,鼻子哼一下,扭头就走了。我们喝了几瓶啤酒(那时啤酒在镇上刚有的卖),我便红头涨脑地回到信用社。许主任刚好在,见到我就用一种奇怪的眼神看我,一句话没说,大头一摇,走了。出了门,我好像听到一句"脑子有病",可我没听清,但我的酒确乎已醒了一半,我知道自己图一时高兴,破费了银子不说,还被别人看成是怪异之人。

果然后来的情形有了些变化。先是许主任带我吃饭的次数减少了,比如原来一个月带我五次,现在好像只有两三次。之后是小章见到我开始大大咧咧什么都不在乎了,这起码说明我和小章之间的关系有些松动了。一个女孩子她要是喜欢上一个男人,她会在这个男人面前大大咧咧什么都不在乎吗?老鳖少吃两块我倒不在乎,不邀我去,我还少喝酒呢,可是小章对我"松动",我心里很是空空的,觉得一种"感觉"没有了。那种感觉很美好。我因此觉得少了什么东西,很是失落了一阵子。

晚上我睡在库房里,有时心里空空的,就有些想家了。又正值 20 岁左右的年纪,有时下雨,我抱着一把长枪,听外面的风声、雨声、秋虫的鸣叫声。如若是雷电交加的夏夜,我失眠的话,就大声诵读郭沫若的诗:

啊,我年轻的女郎!
我不辜负你的殷勤,
你也不要辜负了我的思量。
我为我心爱的人儿,
燃到了这般模样!

啊,我年轻的女郎!
你该知道了我的前身?
你该不嫌我黑奴鲁莽?
要我这黑奴的胸中,
才有火一样的心肠。
……

后来我知道,那种心里空空的感觉,是一种初恋的苗头。这是一种奇怪的感觉。

后来又发生一件事，证明我是彻底"脑子坏了"。那天逢大集，镇上人挤得水泄不通，我也喜好热闹，就蹲在信用社的大门外，边抽烟，边看热闹。也是到了黄昏，是小张、小章轧账的时候。我因小章已"大大咧咧"了，已很久没帮她们轧账了。无所事事，就到门口来看热闹。这时过来一个老年乞丐，大夏天的，穿着厚厚的黑棉袄，棉袄似乎已有一千多年没洗了，油得基本同抹布差不多，蓬头垢面，头发似乎也有一千多年没洗过。这个老乞丐虽然"一千多年没洗头"，可精神是出奇地好。他打着一副快板，边唱边乞讨。我给过他五分钱，他就边打快板边给我唱：

奴家今年才十六，
嫁个丈夫六十多。
六月给他掌扇子，
腊月给他焐被窝。
……

这个老乞丐肯定是乡下的，口音很重。他唱的许多话，我根本听不清楚。于是我又给了他五分钱，让他再给我唱。我好像见郭沫若说过，民间的文学对诗歌创作极有营养，我便想把老乞丐唱的都记下来。这才是"人民性"的，也更"文学"。于是我就用五分钱哄着他，让他一句一句给我唱，可在大门外，又不能掏出笔来记。我脑子又不是很好，于是我就偷偷跟他说，让他在我下班之后到我房间去唱,教我,我就请他吃晚饭。

终于下班了,我偷偷将他带到库房里,关上门,给他"团结"烟抽,让他给我一句一句讲,我便一句一句地记。

姐家门前一棵柳,
柳树底下扣条牛。
问姐为何对牛望,
"我小郎何时来牵牛"。

姐家屋后一棵槐,
槐树底下等郎来。
想问郎媒何时到,
见郎脸红口难开。
……

后来不知为何,许主任来了。他一头冲进库房,吓我一跳。我见到许主任的大脸已给气得彻底白了,他大脑门子上还有几颗汗珠。连汗珠都是白的,可见气得不轻。他抖着雪白的胖手,指着我:"你、你、你简直无法无天,你、你怎么能把这、这……样的人带到库房里来……我、我真想把你给、给开除了……"

我并不怕他。我知道他开除不了我,县里才能开除我呢,可我见把他气成那样,有些于心不忍。我赶紧打发了那个蓬头垢面的老乞丐,一言不发,表示了我的姿态。可我心里还有些不服,他一个乞丐，难道还会抢我们银行的金库？何况我们的金库又是那么牢固，我手里还有一杆长枪。最让我不服的是，他还说要开除我，我又没犯错误，只是爱好文学，把个乞丐带进了库房，学了几首莲花落，又错了多少呢？

可第二天全镇的人都知道了，知道我把一个乞丐带进了银行的金库。小张、小章见到我都用一种怪怪的眼神看着我，仿佛我是一个怪物。特别是小章的眼睛，看我时白的多黑的少，像一只死鱼的眼睛。从此我知道我全完了，一点戏也没有了。我走在小镇的街上，一街人指指戳戳，我甚至听到有人好像说："就这个人……他串通一个老乞丐……谋划……企图抢……金库……"

之后有半个多月，我不敢出信用社的大门，偶尔出去买包烟，见到夏日这个叫水口的小镇，明亮的街道，可在我眼里似乎就是黑色的，夏日里那一镇的昆虫的鸣叫，在我耳里，是嗡嗡的声音，几乎就是耳鸣了。

可后来我还是被调走了。这个许主任，向县里汇报，坚决不要我了，县里只得又把我调到一个叫半塔的镇，在那个镇的信用社里，我又当了个出纳员。

相亲

　　我跟着我的股长走进一户人家，我并不知道，那就是相亲对象的家。我之所以记得深刻，是因为那沁人肺腑的西瓜，夏日的、甜透了心的西瓜。

　　我的股长，是我见到最典型的内向的人。他一天不说几句话，说出来的也是秃头秃脑，像砍去了枝叶的秃树桩。比如那天上班，他和我面对面坐着。20世纪80年代县城的办公楼上，生锈的铁窗外，夏日树影婆娑。他抱住一本《大众电影》出神地看着。我已习惯于他的作风，我知道他可以看一个下午的这本杂志（上面有许多美女）。可是他忽然抬起头来，问：

　　"你谈对象了没有？"

　　"没有。"

"我给你介绍一个,要不要?"

"要。"

谈话到此为止。就这么简单。

我们这个股从事的是审计工作,就是查账。我们经常到镇上的单位查账,之后就在企业吃请。我也已经习惯于这种生活。

那是两天前的谈话,现在我们来到一个叫杨村的小镇,在一家银行查账。我们经常到四乡八镇的银行查账,查查贷款,核对账务。我们的工具就是算盘。我至今算盘打得飞快,就是那时打下的基础。那时有打算盘比赛,打得好的,可以双手同时进行,一本账打完,数字完全一样。我的股长算盘打得不错,可他上午打得飞快,下午就不行了。他喜欢喝酒,不是一般的喜欢,而是贪杯不已。他不但酒量大,而且喝酒快。人家同他客气,说,我敬你一杯。他则举起杯子,嘿嘿笑着说,我早就喝了了,你还敬我。你们这叫什么喝酒?他亮亮杯子,他的杯子是空的。

酒喝多了,他下午就迷糊。算盘打得好好的,他能睡着了,手举着,轻轻放在算盘珠上,头一点一点,种豆子似的,嘴里则鼾声如雷。你轻轻叫他,他哼一声,便接着打,一点不耽误。

我们在杨村银行轧完账,并不在银行吃请。股长说,走,吃饭去。我便跟在股长的后面,我已习惯了这样的变化。

我们走上炎热夏天的老街,那是石板的老街,石板滚烫。老街弯弯曲曲,显出苍老。可这样的苍老很是入眼,一排排的木板门,高高的石阶,屋顶小瓦上的苍耳,小街上的鸡、狗、打闹着的孩子。在小街南头坐东的一户人家,我们拍门进去了。

开门后一派人声，家里很热闹，人也多。进了门就是厨房，热气蒸腾。有个姑娘在锅后烧火，锅上刺刺啦啦。我们走过厨房，后面一连两进，有个窄长的院子。院子里有一口水井。

我也已习惯于这样的景致。在我们家乡的小镇上，家家便是如此。

进入顶后面的屋子，那是待客的堂屋。屋里也有人，便一个一个介绍。我一个少年，管不了许多，别人介绍过，我也不记得。我只跟在股长后面，吃饭。

这个夏天我记忆强烈，是因为堂屋里特别地阴凉。我们在事先准备了的脸盆里洗了脸，毛巾搭在脸盆边沿。这时西瓜来了，在堂屋的大桌上，咔咔地切了，那是刚刚从院子里井水中提上来的西瓜。西瓜是我县有名的乔田沙瓤西瓜。

那是甜到心尖的感觉。那是神仙会上的感觉。我今生今世没有吃过如此感觉的西瓜。西瓜透着井水的清冽，仿佛还腾腾地冒着井水中的凉气。那西瓜好像不是在嘴里，而是同身体中的每一根神经亲密接触。那清凉的感觉神秘地游走，抵达指尖、足尖，喊醒每一个细胞，那些被夏日的炎热催眠的小人儿，忽然被叫醒了似的，吵吵嚷嚷，你挨着我、我挨着你，怎么啦？怎么啦？怎么这么凉爽？他们互相询问着，一脸兴奋的样子。

我仿佛是个透明的器皿，被灌满了那鲜红的、透着山泉般清凉的汁液。

这是我的梦。是我少年乡村美妙的记忆。

午饭是热闹而丰盛的。20世纪80年代的鸡、鱼鲜美无比，蔬菜青翠滴绿。我的股长在别人的恭维声中,已喝到七八成了。他大声地笑着,说,你们这也叫喝酒?我已习惯于这样的场面。我只管吃我的,也不喝酒,用那些鲜美的东西装我的器皿。

这时有人叫我了。是我股长的女人,她之前已来了。她把我叫进堂屋西头的一间屋子,屋子里有一个姑娘。我忽然一下明白了,相亲开始了。

我一眼看去,就是刚才在锅后烧火的那个姑娘。刚才我并没有入神,只是把她当着一个姑娘。可现在相亲了,我忽然一下精力集中了起来,一下子觉得她亮堂了。我不用去仔细看,她就是一道光,一下子让我心慌意乱、不知所措了。我知道了,我被击中了。

爱情有时候就这么简单。相爱有什么复杂的!

股长老婆说了我的名字和她的名字就出去了。她边走边关上门,说,你们说说话,说说话。

我不记得从何说起了,也不知说了些什么。也许压根儿就没说上几句话。只是两个人那么坐着,可这样坐着也美妙极了!让时光通通都流走吧!我现在可以这样去描述她:她脸庞是简洁柔和的,一头的乌发惊人。小镇的宁静,造就了她的宁静;古老的小街,培育了她憧憬的心。20世纪80年代的小镇鲜美的鱼肉和青翠欲滴的菜蔬养育了她。她像那井中清冽的水,流动、柔滑,像小镇上的随便一棵树、一朵花,充满好奇,像老街上跑动的灵敏的小兽,健康、善良,毫无心机。

外面酒声喧哗。股长喝大了。他大着舌头说,你们这也叫喝酒？他拨开别人拦他酒盅的手，脸上一副不屑，喊，你们那也叫喝酒？

我坐在西厢房，听着外面的声音。我幸福着我的幸福。我相亲了。

这样的画面深入我心，我将它描述出来。那是我的梦，是我美妙的少年，夏日乡村的记忆。

幸福

一

我的老婆为一朵水仙开花而高兴。为用一盆水泡脚而满足。早晨起来，拉开窗帘，为外面一堆阳光而惊呼。她弄花盆里的花，发现一个小虫，便喊她女儿来看。她没有昂贵的化妆品，只是一些简单的女性护肤品。她不要汽车，说汽车不环保。她说，我要走路，走路舒服。

她每天上班下班，就是喊账太多。她是会计，单位里做不完的账，她一边抱怨，一边快乐地去做，之后就想象着：干几年不干了，到海边住着，出国旅行。

她每天看一点书，之后就陪女儿跳绳、踢毽子、玩呼啦圈，跳着笑着，双人跳、单人跳。她没有社会活动。很少出去吃饭。我曾看过一本书："说有的人总是忙啊。其实这忙，多为应酬。少与社会杂染，则清冽单纯。"有一回我从饭店带回龙虾煲粥，她吃了。那个星期六，我们去金旺角茶餐厅简餐。她坐下说，你那一天带回的粥，很好吃，就要那个。我女儿说，那是龙虾煲粥。龙虾几百块钱一斤，你吃得起吗？她说，噢。女儿说，你这死脑子！

老婆原来不会烧饭。她自己学着做，居然菜做得不错了。她从来不嫌烦。她现在做的干烧鱼头、干煸肉和烩鱼羹，都堪称一绝。她对小事很有兴趣，她总是说，什么东西都要去学。只要去学，肯定能做得最好。她考会计师，整天上班做账，下班烧饭，没有时间看书，她都是每晚在床上看一点。那天考完，回来直跺脚，考砸了考砸了，明年重考。分数出来那天，我让她打热线查询。她不肯，说肯定不行。结果试着去打，居然通过了，有一门只多1分。她兴奋得脸涨红，说，我真行耶！她平时很少打的，第二天上班，出门就拦了一辆的士，打到单位八块，她甩手给了十块钱，对司机说，不用找了。她中午说给我听，说，司机还说谢谢我，还是一脸的兴奋。

她没事喜欢睡觉，双休日能睡到中午。我有时走过去看看，见她脸睡得通红。睡足了，起来拉开窗帘，家里涌进一堆的阳光。她开始烧饭，唱着歌，一会儿，厨房里飘出香味。

二

我没事在街上乱走。见到一只京巴,蹲下来唤它过来,或者走上去,摸摸它的头。我走进书店,在一堆书前看来看去。心里痒痒,就花钱买了。

我喜欢沥青的路面,喜欢雪白的斑马线。我到香港,能从湾仔走到上环。喜欢那街道的整洁卫生。我对居住的城市不满意,可城市中的每一点变化都令我高兴。一幢楼刚建,工人们还在工地门口画施工概况,我凑过去,看看是多少层楼,何时竣工。报上说,哪条道路开始改造了,从砌禁行路标到通车,我有时间,都会去看看,问问工程进度,同工人聊聊天。神经起来,还同工人握手,说,同志辛苦了。工人则说,首长辛苦了。

我对女儿,有点小小的妄想。希望她考取大学。我们不看电视,家里挂了一块黑板,记些东西,如警句、名言、考试时间,像个单位。

我平静地对待每一天,手掌温暖。

三

何为幸福?幸福指数几何?乞丐得到一分钱是幸福,皇帝吃到一只烤红薯是幸福。娃娃对一朵花微笑是幸福,老人日头下枯坐是幸福。坐拥金山不一定幸福,失而复得才是幸福。妻妾成群不一定幸福，两情相悦才是幸福。围炉夜话是幸福，猜忌谗言不是幸福。油灯下给母亲梳头是幸福，姑争嫂斗不是幸福。读书是幸福，行走是幸福。贪敛不是幸福，抱怨不是幸福。幸福是鞋与脚，鞋的幸福是因为有一双温暖的脚，脚的幸福也只有鞋知道。我们不知道别人的幸福。我们见到的别人的所谓幸福，也只是我们的感觉罢了。幸福是脚气，痒在肉里，无可无不可，抓挠不得。

是啊，本来活着就是幸福。快乐地活着，更是幸福。知足常乐，是天大的幸福。幸福在你身边，幸福也在你手中。

油灯下

突然一下停了电,老婆找来一只旧碗,用油浸了一根破棉线,为我做了一只简易的油灯。我继续在灯下读书。读的是海伦·凯勒。"在所有的感官之中,我相信视觉定然是最使人快乐的。"这是《假如给我三天光明》中的最后一句。

在油灯下合上书。我望着眼前那昏黄跳动的火苗,忽然有了个奇怪的想法:油灯下是最适合读书的。希望今晚那叫电的东西不要再来。

小时候我在那个叫余庄的乡下,也才五六岁的样子。那是高邮湖畔的一个普通村庄。一个多雨的村庄。围在土墙下的蓑草像一条短裙,我家的那三间顶上盖了一半草一半瓦的土屋,像一个乡下的小姑娘,经常在雨中淋了个湿透。那"短裙"挡着风雨,以免将墙打湿。屋后的竹园也是湿透的,那碧绿的竹叶上雨珠滚动,轻轻一摇,湿了一身。黄昏临近,家里便点起油灯。那时油灯是家里的贵重财产,孩子打碎了灯罩,是要挨扫帚把子的。擦灯罩是父亲的专利。他把一张发黄的报纸(大队里订的《人民日报》)撕碎,揉软,伸出那粗而短的中指,探入罩里,一圈一圈地转。他小心呵护着,像个女人。这时是暴躁的父亲最为慈祥的时候。他往灯罩里不停地哈气,之后又一遍一遍地去擦拭。直到他伸进去的指头,仿佛透明,才轻轻捏住灯罩,扣上油灯。屋里忽然一下亮堂起来,仿佛谁拍了一下手。

我在父亲的昏黄油灯下认字。认"一去二三里,烟村四五家"。家里死人的时候,外面就要高高地挑上汽灯。潮湿的院子里人影晃动。乡下办丧事,其实是个小小的聚会。白天迎来送往,人声嘈杂。比如八十岁的老母死了,嫁在四乡八镇的女儿都赶了。远远地来了一个,没进门就号哭了起来,之后滚在地上。那些姑嫂劝着。先来的姊妹们陪着抹一会儿泪。死人的时候,也是姑嫂们最亲密的日子。大姊也六十上下,自己也老了,眼角烂得红红的。哭一会儿也该收场,再哭就没有意义。中国人对死是乐观的。乡下的人,并不惧怕死亡。于是七八个姊妹团团坐下,老得也大同小异,只有大姊和老妹有些微差别。像一个模子里脱出来的几个老人,她们小声说些母亲死前的事情。虽是姊妹,也是嫁得东一个西一个,各家有各家的事,也有自己的儿女,因此并不多见面,问问子女的情况,都说着孩子的乳名,一副温暖的样子。晚上了,点上油灯,睡在东屋或西屋铺了稻草的地上，七八个人三床大被，互相拥着，再小声说话。堂屋里架着棺材，母亲躺在里面，小声说话，不能吵着亡人。

棺材前面的油灯要长明着，不断会有人挑去烧焦了的灯芯，添一点油。

灯芯有时会噗的一声爆响。

我奶奶去世的时候，除有以上的情景，还在院子里搭了灵棚。我那七八个姑姑，脸都小得只有拳头大小，基本还是由皱纹组成。她们儿女满堂。大姑老得腰都弯到了地。她们的手因常年劳动已严重变形。我严厉的父亲，虽是家中的老小，因为当了干部，在姊妹中再也不是她们的小弟，已上升为权威的象征。弟弟并不能给她们财富，但弟弟的威望，成了她们在村庄中的支撑。我的一个老表，见人就问县里的情况，之后就说我舅舅最近很忙。那个丧事因为有县委书记的到来而振奋人心。所有的人脸上既庄严又兴奋。晚上在大门外还扎了"库"（一种用篾子和纸扎的类似房子的东西），烧"库"的时候，人们要从一堆燃着的稻草上跨过，我们小孩子，跨过来跨过去。因兴奋过了头，我匆忙中碰碎了一个灯罩，父亲咬牙过来揍我。父亲愤怒的样子，使我恐惧无比，也使我对乡下油灯下的日子，更加刻骨铭心。

我中学时爱上了文学，我曾把一张小学的旧课桌藏在蚊帐的后面，将一盏台灯用报纸糊了，做成油灯的样子，只让那昏黄如豆的光，印在书上。整个屋子是黑暗的。我的灵魂在那一束昏黄的灯光下舞蹈。可一旦光芒占有了整个屋子，那灵魂的精灵，便立即逃遁。从此我便知道，同灵魂说话，是要悄声说的。灵魂是轻巧的、没骨的。灵魂最适宜于油灯，适合于油灯下的宁静、幽闭和静谧。

　　感谢那个给我们带来了灯泡的人。可是从此静谧和漫长，不复存在了。现在我读书，有时便无奈地摘下眼镜，让脸几乎贴上了文字，迫使那一颗浮躁的灵魂静下来。从此我也知道，那些伟大文学，是属于油灯的，包括油灯下的李煜、油灯下的归有光。

少年与电影

我似乎很小就坐在电影院里了。在此之前,我在乡下,五六岁就在公场上的露天放映中见识了电影的神奇。我们是边打边跑,一群衣衫褴褛的孩子嗷嗷叫着,奔跑在成人的裤裆下和腿边。孩子们似乎更喜欢在反面看。反面的感觉似乎更加神奇。大风将银幕鼓起吹陷,那风中的人一会儿鼓凸一会儿扁陷。好人坏人在风中说着话,声音嗡嗡的。一般来说,好人坏人我们还是能看出来的,因为我们生产队也有几个坏人,和电影中的坏人一样,他们搞破坏,后来被人民群众识破。再说了,坏人都长得丑但穿得好,好人长得好但穿得孬。我们看得出来,即使好人穿得孬也比坏人精神,好人眉头高扬,眉毛又浓,像我们队里几个出身仇苦的壮汉。但偶尔也有坏人长得很好看的,这时候我们便糊涂了，这样的电影是比较高级的了。少。

生产队公场上的电影让我们记住了：

> 糖儿甜，糖儿香，
> 吃吃玩玩喜洋洋。
> 读书苦，读书忙，
> 读书有个啥用场？
> ……

一般来说坏人的话容易记得也容易学。

后来我坐在县城的电影院看电影了。我在电影院里看的第一部电影似乎是《地道战》，因为我在电影散场时已经睡着了，并不是电影不好看，而是9岁的我一天太忙碌了，以至于在电影散场时还没睡醒，人走光了还没睡醒。一直到不知几点，我的父亲无声地来到电影院，来到漆黑的几百个座位上只有我一个人的电影院，在一只工作人员的手电筒照亮我时，我才醒来。我的父亲像牵着一只丧家之犬般牵着我，走在县城的街道上，街道上人烟稀少，我们听着自己登登的足音。

县城是最适合少年生长的地方。它与乡村联系最为紧密，可以使少年认识土地和庄稼，又是城里，有水井、街道和电影院。我在我们县城的唯一一座电影院度过了大半个童年。刚开始我是拼命地挤夹在成人的腿裆里被裹挟进去，坐在过道的地上，一群孩子挤挤挨挨，把《地道战》《地雷战》《铁道游击队》《南征北战》看了无数遍。后来有了些力气，便和一群半大的孩子翻墙头从厕所溜进去，被攥的被打的被揪住的，也是有的，但我们记得的总是成功的喜悦。电影院对于我们就是"一个流动的圣节"，永远是美好的记忆。

我们县电影院的门前有一口古井，井口边还有一棵大树，好像是一棵很大的树。电影院的后面还有一个院子。院子里住着电影院的几户职工。我之所以要说起，是因为院子里的孩子想看电影就看电影，而且还可以带同学来看（下午先躲在人家里）。一个姓徐的大个子人家简直"腐败"透了，他家居然把后窗的钢条拿了，垫上台阶，俨然一个后门，看电影的人想什么时候进就什么时候进，想什么时候走就什么时候走。你要知道那不是什么人都可以走的啊！从那走的都是有关系的。我就见过县革委会副主任的大胖老婆和她的长着四环素牙的漂亮女儿（她是我的同学）从那里走过！

后来我也有了短暂的神气，我的一个钱阿姨从县旅社调到电影院工作了。她的工作就是卖电影票。每个夏天的上午，我都从钱阿姨家看到正在加盖戳子的许多粉红色的电影票。我的一些同学居然托我的关系买好座位的票了。我就像余华《兄弟》里的李光头吃了许多碗三鲜面一样吃了许多同学的伊拉克大枣（20世纪70年代有一种蜜枣就叫伊拉克蜜枣，那时我们并不知道有个叫伊拉克的国家），可这样的时期并不很长，现在想来漫长的童年其实并不漫长。

我们很快成高中生了，青春的信息代替了我们对电影的迷恋。

少年与功夫

我现在有时一下能蹦到桌上去，有时酒后突然一蹦，仿佛神经，吓人一跳，实乃与我少年时热爱运动有关也。

我少年时荒唐至极，整日在日头下的街巷和乡村的沟塘竹林游荡。除却钓鱼浮水，就是与一帮小伙伴杂耍练功。我们练的功有石担子（一种土杠铃）、石锁和哑铃。我那时也才十一二岁，个子又矬得很，可我死要面子，睡在板凳上，卧举可以举一百二十斤，挺举也有八九十斤。其实是把吃奶的劲都使了出来，也落下了一点病根——小肠气。我的邻居是一户姓许的人家，他家四个光头，没有女孩。老大长我几岁，老二跟我同学，我主要是跟老二玩。我们练功，主要是受老大影响。夏天的黄昏，老大穿一件汗褟子，胸肌和膀子上的肌肉动动的。那时我们每家都从邮电局的一口井里打水吃，一般人家都是用一根扁担挑着，而大许却是用两只膀子提着两只大铁筒，膀子上肌肉滚圆。他提着水，路也不好好走，而是肩膀两边一晃一摇，腿有点罗圈，真是酷极了。他在我们县的堂子巷一带，几乎是个名人了。一般孩子见到他都规规矩矩，有稍不懂事者，大许眼睛一瞪，便也立马老实起来。而我们却仗着大许的势，仿佛大许的功夫也在我们的身上。

有了大许的影响，我们在许老二的带动下，每天下午便集中练功。许家是安徽宿州来的，宿州靠在淮河的北面，说话有些侉，不知怎么的，来到扬州边的这个小县城定了居。那时我们并不知道宿州在哪里，只觉得是个非常遥远的地方。我们喜欢在他家练，还因为他家的面食非常好吃。他家多吃面食，尤以馍好吃，有时把馍放在煤球炉上烤焦，吃那焦皮，香脆无比，美不可言。许老二的妈妈长得周正白净，人又很安静慈爱，对我们小孩又多爱意。我们练功，她在一旁洗衣缝补（孩子多，衣服都是老大穿了老二穿），有时就在一边为我们烤馍。我们在她家有高大泡桐树的小院子里大喊大叫，弄得一身臭汗，她并不厌我们，而是为我们凉上白开水。

我们边喝着甘甜的凉白开，边嚼着烤馍的焦皮，一个夏天的黄昏就慢慢地过去了。

童年夏天的黄昏清丽而明净。几场秋雨之后，许家院子里的泡桐紫红色的喇叭状的大花落了一地，夏天过去了，秋风带来了寒意。许家的妈妈不断地扫着院子里的泡桐花。我们练功的次数慢慢少了，等来年的夏天再练。

一年后我家从堂子巷搬到西城的越河去住。再过几年，我也高中毕业了，招工分配到一个叫半塔的小镇上。虽工作了，可还是只十七八岁，一身的青春气息。我便在单位的院子里的一棵法国梧桐上拴上吊环，没事就在吊环上使蛮劲。下班后的黄昏，我便和一个姓陆的少年，来到镇中学的草地上，练习"鲤鱼打挺"。陆少年明显腹肌比我好，没有多久，他即能连续打上三四个，而我总是后腰着地，把后半个身子砸得生疼。可我毫不气馁，我们每天坚持去打，从不间断，终于我也能把"鲤鱼"给"打挺"了。

镇上的单位一般都有一个大院子。我工作的这家营业所，前面一座两层小楼，后面照例一个大院子。我们上班在小楼上，一个单位的人都住在后面小院子的平房里。我们的主任姓胡，是个部队转业的连长，他整日穿着一套旧军装，手背在身后，烟头叼在嘴上，一声不吭。而他的两个女儿却像两只麻雀，整日叽叽喳喳，又是唱歌，又是说话。大女儿胡丽英已在信用社工作。夏天穿着碎花的裙子，露着两条健壮修长的小腿，边唱歌边在院子里洗衣服。我们晚饭前，便在院子里那棵梧桐树下的吊环上显摆，每人穿一件紧身的汗衫，把胸肌尽量给显示出来，吸一口气，气沉丹田，一个打挺，便上得吊环，先是翻几个跟头，之后一个双腿上收，再倒翻过来。有时比赛引体向上，一气儿能做一百多个。特别是胡丽英参战后，为我们数数，我们更是亢奋无比，把一张小脸弄得涨红。有时胡主任恰好路过，也叼着烟头站下来看一会儿，他依旧一声不吭，默默站上一会儿，转身走了。可从他的眼睛里，却明显看出一团和善。

  过了一些时候，我的一位多事的女同事，说要给我介绍对象。我还一头雾水，她却说要把胡丽英介绍给我。我那时好出风头，在吊环上"出力"，也不知是哪来的冲动，我并不明白。经女同事一说，我似乎有那么一点朦胧的感觉，可我不想给别人说破，于是我一口回绝了那位女同事。可之后的事情就有些不妙，先是胡主任依然叼着烟头，一声不吭，可脸黑着。胡丽英不再小鸟般地唱歌了。她见到我总是脸一红，转身就没了。从此我便晓得事情有了微妙的变化，下班便不再在院子里的那棵大树下"显摆"，人也渐渐地沉闷了下来。心里空空落落，也不知少了些什么。于是便找来一些文学书读。有一本屠格涅夫的《父与子》我读了多遍，还在一个笔记本上抄了一大段。我觉得书中的那个忧郁的少年巴扎罗夫就是我。

  可我依然留恋那棵大树，及大树下的吊环。虽然白天我不再在那棵大树下"玩命"，可晚上，特别是有时夜深人静，我无法入眠，便悄悄来到大树下，一个人，凝望着那副吊环。有时神经似的蹿上去，一下一下，做引体向上，仿佛与谁人赌气，不间断地做下去，做下去……

  半年之后，单位给我一次机会，让我出去上学。从此我便和那棵大树，和大树下的吊环告别了。从此也与功夫告了别。

  如今我已四十多岁，一身肌肉松弛，可有时却突然一蹦蹦到桌上，比较神经。这都是少年时落下的"病根"。

少年与钓鱼

一口池塘。紫竹园。初春潇潇的、斜斜的小雨,或盛夏炽烈的毒日头下,或秋风扫净落叶的午后,一个少年,手里拿一支长长的鱼竿,在那口池塘边静静地站着,专注地、一动不动地站着。这是我童年的一幅画,它深藏在我的心里,它是我日后梦里的背景,是我乡村感情的底色。

我究竟缘何热爱上钓鱼,又是何时第一次钓鱼,我现在真的没有准确的记忆。我记忆中的第一回,是和一个叫小锅子的少年在机器沟的那回。我也才上小学三年级吧,是夏天。机器沟是县城北郊的一个排洪水渠,几天大雨,形成内涝,就将水翻过北塔河大堤排进北塔河里。平时机器沟的闸门总是关着的。排灌池里一潭死水,沿着排灌池是一条长长的水渠。水渠有二三米宽,沿岸栽的都是垂柳。站在垂柳的树荫下，蝉在头顶上鸣叫，仿佛那棵树在叫。两个少年静静地站在岸边，等待着。水渠里水总是清冽干净的，水也静静的，一波一波的，在夏日的小风下，有一丝一丝的水纹，鱼漂也随着那一丝一丝的水纹，一波一波。我们钓鱼总是用蚯蚓，这种肉红色的蚯蚓，在我们县城的阴沟边和一般的灰堆里，一锹挖下去，就是好几条。我们把蚯蚓放在掌心拍晕，小心地穿到鱼钩上，再啐上一口吐沫，轻轻地放入水中打好的"窝子"里，便有鱼们来轻轻地咬钩。鱼咬钩实在是美妙，鲫鱼的优雅，鲇鱼的鲁莽，黑鱼的率真，昂刺的娇憨，白条（当地叫白产）的直接，青鲲的干练，螃蟹的从容，老龟的耐心，罗汉狗子的顽皮……当然，这些鱼不都是在一个塘里。水渠里钓的多是鲫鱼，而一潭死水的排灌池，则多是鲇鱼们的天下。

　　我之所以如此深刻地记得这一回，是因为我差一点被淹死。我在水渠边的柳荫下，半天没等到鱼来咬钩，便有些心急，于是来到排灌池这边，想趁小锅子不在，弄他一条鲇鱼上来。可我放下钩子不一会儿，蚯蚓便给同样心急的鱼儿叼跑了。我想赶紧回去换蚯蚓，只顾心里着急，也不管脚下，一脚踩到渗水处的青苔，我一个趔趄，失去平衡，便一头栽到排灌池里。排灌池下面就是水泵，你想想，该有多深。我在水里扑腾一气，喝了许多水。也该我命大，一脚蹬到了一块尖石上，勉强仰起脖子能把嘴给露出水面，我的双手还得一划一划，以保持平衡，以免再滑下去。这样支撑了一会儿，幸亏小锅子也走过来，见我落入水中，赶紧将三截竿伸入水中。我摽住三截竿，双脚蹬在池边，攀上了岸。

攀上岸后,我并不后怕。我小时候胆量还是蛮大的。也许并非胆大,而是年幼无知。我所怕的是我裤头和汗衫上弄得都是青苔,回去之后必定挨打。于是我便把裤头和汗衫全脱下来,到水渠里漂洗干净,之后人躺在垂柳的树荫下,而把裤头、汗衫摊在太阳下面去晒。我吊儿郎当地躺在渠岸边的草地上,一边用柳条编织着柳帽,一边等衣裳晒干。

夏日的阳光炽烈而持久,不一会儿,我薄薄的小裤头便晒干了。我穿上有脆生生的阳光气息的裋裤,心情很好。

护城河也是我们常去的所在。

20世纪70年代的县城总是湿漉漉的。进城有一座木桥,桥上走着进城的人们。他们挑着鲜藕,挑着小猪(小猪嗷嗷地叫着),挑着从城里买的锅、芭蕉扇。进城卖竹子的男人,他们打着赤膊,身上的肉都是通红的,竹子的一头拖在地上,把桥面上刷出许多竖道道。城里逼仄的石板路,石板边上的阴沟里长着青草。那些低矮的灰色的房子,屋顶上的炊烟。追赶着、打闹着的孩子。

护城河的木桥下总是有孩子在钓鱼。他们或下到人们洗衣的水跳上,或爬到木桥的桥墩上,伸出鱼竿,在那里钓鲇鱼。古桥下的鲇鱼总是很多,不知何故,它们又大又肥,长着白胡子。它们咬钩非常直接而粗鲁,都是上去一口,拖着就跑。拉出水面它们就扭着身子,牙齿非常尖锐,落在地上必须两只手去捉(弄得一手的黏液)才能捉住。

我在护城河桥下钓的鲇鱼多矣。

有一年夏天，我们县里出了一件大事。县糖厂一个叫姚洪志的男人，因强奸厂里的一个女工遭到反抗，竟杀了这个女工。这个案子在全县四乡八镇引起了轰动。人们口口相传，把这个被杀的叶姓女工传成天仙一般的美女，而那个叫姚洪志的杀人犯，杀人的细节也被人添油加醋加以详尽的描述，一个县的人亢奋无比。枪毙姚洪志那天，县公安局在县中操场开万人大会。一时全县的人倾城出动，争相奔告。公判大会之后，立即执行。可枪毙现场一会儿有人说在东门二横山，一会儿有人说在西门红草湖，人们满街乱跑。

我和许小二子、小锅子和歪嘴在县中的操场等着。先是宣判一些坏分子和偷盗抢窃之流，最后宣判姚洪志，大喇叭里一声"立即执行"，之后就见有人开始奔跑。警报声不绝于耳，十几辆解放牌大卡车扬起满天的尘土呼啸而去，车上是荷枪实弹的解放军，气势相当浩大。

我们紧随着车队飞跑，一路上人山人海，我们并没有看到姚洪志的人影，只是远远见车的高处隐约有一根木牌晃来晃去。我们知道，那就是插在死刑犯脖子上的亡人牌，上面是杀人犯某某某，红字大叉叉。

果不其然，车开到了东门的二横山。我们抄小巷先赶到了现场。等车一到，我们又随着车队飞跑。到得刑场，那里也已是人山人海，一切是乱得不能再乱。待我们围过去，姚洪志已被跌跌撞撞地推到一个高坡上。我和小锅子拼命往人堆里挤。刚挤到就听砰的一声闷响,姚洪志已一头栽倒在那里,单见他穿着一套蓝褂裤,戴一顶蓝帽子,脚上是黑布鞋。帽子已歪到边上,一只鞋也蹬掉了。我好不容易挤到前面,却被后面的人一推,差点趴到犯人的身上。我就势一跳,从犯人身上跨了过去,那脚差一点踩到人身上。我吓得要死,赶紧挤了出去。

我受了如此的惊吓,一天人都晕得不行。下午我到护城河的桥下钓鱼,一个下午竟然一条鲇鱼也没能钓到,却无意中被一条白鳝咬了钩。那条有一尺多长的白鳝被我甩上岸时,白惨惨的颜色。我们那里的人那个时候是不吃白鳝的,人们都说白鳝是吃死人的。没有人敢吃这种吓人的东西。

到了暮色围拢了小城,河面上起了一层白雾,人们匆匆从桥上走过,我还是一条鲇鱼都没能钓到。

晚上睡觉,我眼前老晃着白天的情景。夜里做梦,竟梦见白鳝钻进我的被窝。我吓出一身冷汗,摸摸身下,湿了一片。

少年与洗澡

一个猛子扎下去，憋着气，我在水中迅速地拱动。我想把头抬出水面换气，完了，我的头顶在了一个东西上。坏了！我游到了木筏下面去了！

整个夏天，我们在白塔河游泳。当地人一律称洗澡。好了，整个夏天我们在白塔河洗澡。白塔河在县城的北门，是一条水面宽阔的大河。白塔河桥就是我当时见到过的最长的桥。后来我查《县志》，白塔河发源于邻县来安的长山头，流经汉北、和平、古庵、石街、孝庵，经县城，再入子胥、万寿、薛营、张庵，流入高邮湖。全长80多公里，沿途湾多滩大，洪水季节常暴发成灾。

在河里洗澡的是一个县城的孩子。小八子、冷小七子、小锅子、陈义富、许小二子和周保华是我的小伙伴。我们十一二岁，上初一或者初二，住在一个巷子里，堂子巷，因此我们一块洗澡。这年夏天，不知怎么从上游放来许多木筏，停在大桥东面的南岸靠县城的一边，我们就从木筏上下水。木筏用铁丝绞着，一排一排的，有十几米宽，我们赤脚走过木筏。木筏在水面上摇晃，一半经太阳暴晒发白开裂，一半在水中浸泡潮湿松软。木筏像地板一样洁净。我们喜欢从木筏上下水。水性好的，周保华、陈义富、冷小七子就从木筏上扎猛子，扎下去，游了很远。游得好的，一口气能游到对岸。之后再游回木筏，再扎下去。累了，就坐在木筏上，晃荡着腿，在水里搅，或者睡在木筏上，举眼眯缝着看炽烈的太阳。我是这一群中的"蚱鸡子"（方言，弱小的意思），像一只没发育完全的小鸭，摇摇摆摆跟在他们后面。我在水中只会一个狗爬式，不像他们踩水、自由式、仰泳，都会。我虽矮小，可我并不示弱，还很勇敢。我扎猛子同他们一样胆大，站在木筏上，一跃，扎入水中，之后在水中一拱一拱。我不知怎么拱反了，憋着气感到拱了很远，可是一抬头，坏了！我拱到木筏下面去了。

我虽十一二岁，可是我心里很清楚，完了！我头顶上是木筏，我出不来了。人的耳朵在水里是能听到的。这是我的经验。我听到小锅子和许小二子在水里打闹，骂声笑声夹着水声嗡嗡地传到我耳朵里。我的脸这时应该是憋得青紫的，我拼命在水中划拨，这种划拨其实是徒劳的，谁知道是不是向木筏更深处划去了。可是划拨是我的本能，我似乎很快就要同小锅子、许小二子们告别了。我很留恋他们。可他们此时并不知道我对他们的怀念。他们依然在水中打闹着嬉笑着,那个绰号叫"小老秃"的哥们儿即将与他们分别,而他们浑然不觉。麻木啊小锅子,麻木啊冷小七子……我走了我走了我走了……"哗啦"一声,我的头冲出水面,我似乎半个身子像鱼一样跃出水面,吓了小锅子和冷小七子一跳,他们停止打闹,转过来看着我。我跃出水面,似哽住一般,停顿了好一会儿,憋出一口浊水,才深深地吸了一口气。啊,啊,啊,我吸着空气了,我吸了一口夏日的、午后的、滚烫的、清新的空、空、空气。我肺子活跃了起来,我觉得自己憋得青紫的脸变得黑红了起来,我少年的眨动有神的眼睛又流光泛波起来。我活了,我活了。我跑上木筏,在木筏上飞奔,似要飞起来。我一个趔趄,跌翻在木筏上,膝盖立即一片青紫,可我并不害怕。它只使我停顿了下来。

我走回木筏靠水的一边,坐了下来。我出了一会儿神,小小年纪,我便想到:我可是死过一回的人了!可不一会儿,我又生龙活虎了起来。

奇人大冯

听说大冯现在养野鸭子，很是发了点小财。他的野鸭子不是圈养，是放养。野鸭子飞在天上，大冯一叫唤，野鸭子便乖乖地回来了。大冯真是奇人。

我和大冯认识是在二十年前，那时我们同在一所乡村中学代课。我代语文，他代体育。我因有了一间土房的单间，而大冯一个乡下来的代课的无处可住，我便邀他同住，于是我们成了朋友。

大冯那时喜欢打猎。他搬来之后，就把那支猎枪挂在对门的墙上，过一段时间取下擦拭擦拭。那时生活差，锅里没油水，于是我们就靠大冯这杆枪解决口福问题。有时打只兔子，有时打只野鸡，不行打两只麻雀也可下酒。大冯枪法之准，堪称奇迹。中国民间的"许海峰"真的很多的。我就亲眼见过大冯用一个小石子砸死一只小麻雀。没亲眼见到的人一定以为我在说梦话。我曾和另一位数学老师同大冯一道去打过野兔和野鸡。我们那个地方是丘陵,又靠近高邮湖,野货特别多。那是一个深秋的早晨,棉花已经成熟,山芋还没有起田。我们按照大冯的要求,从棉花棵子的两头往中间走,他叫"赶"。因为那时候的野鸡都躲在棉花棵子里找食。棉花枝枝攀攀,我们小心翼翼地往棉花田的中间蹚,刚接近中间,便有五六只野鸡扑扑扑地飞了起来。我第一次见到这么多的大鸟,激动坏了,赶紧催大冯"快打快打"。大冯举着猎枪,一副沉静的样子,说,不急,拣一只公的!这个时候还不赶紧打,还拣公拣母!真的说时迟,那时快,大冯从容举枪。只听砰的一声,果然一只大鸟斜刺着从空中叭地坠落。我赶紧沿着降落的方向追过去,一只鲜艳的大鸟便落在我的怀里。大鸟腹下有些血。它还活着。

从此,我知道了大冯的神奇。

大冯左太阳穴有一红记,人有异相。古书上说人有异相必有异禀。朱元璋五岳朝天,汉高祖刘邦股有七十二黑痣,樊哙能生吃一只整猪腿,燕人张翼德能睁着眼睛睡觉。大冯枪法之准可谓方圆百里无第二人耳!然高人也有失手之时。有一次同大冯去打野兔,在一个坝头,一只灰兔子被大冯发现,兔子也同时发现了大冯。仿佛兔子领教过大冯的厉害,拼了命地狂跑,大冯举枪紧随,那架势比活靶练习难得多。但见大冯精力高度集中,枪头紧紧随着灰兔的奔腾起落。果然到一平坦处,大冯砰地一枪,但兔子并未摔倒,仍在奔跑,大冯便紧随着说:"打到了,打到了!"

让我去撵。真如常语所说，别人指个兔子让你去撵。我便不顾一切，拼命撵上去，跑过大坝，跑过豆棵子，跑过山芋田……在我二十岁的记忆中，似乎要将我跑死。最后跑到高邮湖边，那受伤的野兔再也不跑了，蹲在一堆山芋根下，喘得惊心动魄，身体不停地上下起伏着，还瑟瑟发抖，灰色的眼睛里充满哀求。我一伸手时，一丝绝望滑过那灰色的眼睛。

我参加银行的工作之后，离开了乡村中学，与大冯的联系也最终中断。前几年我回乡办事，有一次特地抽空到乡镇去看他。近十年过去了，小镇依旧，那所乡村中学也依旧，只是多了一个围墙，院子里多了一排平房。我在别人的指点下，找到大冯的家。三间土房子，门口有许多鸡在觅食。有两个孩子在门口玩耍。大冯见到我，先是一愣，紧接着便认出我来，搓着两手吊着裤子在那傻乐。他依然很瘦，那耳前的红记似乎更红，瘦削的脸皮紧紧包裹着略高的颧骨，我掏出烟，递过去。他赶紧回屋，找了半天，并无香烟，回来还是接了我的烟，依然在嘿嘿地笑。我忍不住了，说："你使劲笑的啥？"隔了十多年，他显然已不适应我们同住一室的关系，仿佛我是何方人物："你来了，我高兴呢！"

之后闲聊，我问他这么多年是否民办转正式了。他苦笑着说："上面没人，又考不上，到哪里去转？"我问他一个月拿多少钱，他说一千多一点。我问："你两个孩子，老婆又没事可做，你怎么养活他们？"他说，幸亏有个手艺。哦，打猎。我问，现在还有东西可打？他笑笑说，现在砸鳖。我一时不明白，我只听说过钓鳖，没听说过砸鳖。他显然明白我的心思。说到他的特长,也触到了他的兴奋处,他索性回屋找出鳖枪来给我示范。他在十米外的地方放一物,人站得远远的,手拿着一个拴着长线的有四五只钩子的铁砣,站稳,屏气凝神,目视远方,手中铁砣轻轻一晃,一发力,"嗖——",铁砣直奔出去,又一提劲,便钓牢那物。示范完他说,秋天塘里的老鳖喜欢浮上水面晒太阳。哪个塘有鳖哪个塘无鳖,他看看水色,观观动静,便能知晓个七八分。他说好的时候一个月砸五六只鳖,但自己家里是无论如何舍不得吃的,便统统拿上县集市里去卖。一只鳖好几十,靠这也能补贴不少家用的。

那回之后又多年不见大冯,不久前一位老乡来,说到大冯现在富了,成为当地有名的养野鸭专业户。老乡说,大冯奇了,他养的野鸭子不仅会飞,还能听懂他说的话,飞得好好的,叫它下来它就下来。老乡还说,县报还登载了大冯养野鸭的事迹呢。其中说,有一回刮大风,大冯的野鸭子少了几只,家里人很着急。大冯说:"可能是风大野鸭顶着风回不来,我去找。"大冯便划一只小船往高邮湖的荡子找,边找边迎着风叫唤:"哟哦哟哦哟……"不一会儿,就听荡子里有老鸭的叫声:"呱呱呱……"他便将小船迎着声音轻轻划过去,乖乖,就见在一丛芦苇根下面,老鸭护住小鸭就跟大人护住小孩一样。

大冯又小声叫唤:"哟哟哟……"

老鸭点着头,轻声叫着:"呱呱呱,呱呱呱……"

"亲热得不得了。"大冯在报上说,"它们也晓得,得救了,老板来了。"

滁州记忆

1980年我考进银行时才十八岁,第二年春天我们就集中到滁州进行为期一百天的新学员培训。滁州,可以说是我生命中离开家的第一站,也是我有生以来去的心目中第一个大城市,有火车。

我们到滁州正是春天。滁州到处是春的气息,印象深的是南湖。下雨天,湖中心砸起无数丁字形的水泡,湖岸的垂柳新绿含烟,潮气十足,真个是烟雨迷蒙。

在滁州,每天听火车汽笛的声音。听着火车的嘶鸣,再能看到它喷出的白雾,我们相当兴奋,仿佛是《资本论》中"工业革命的景象"。这只是个比喻,就是繁荣的意思。火车拉着木材,拉着煤,停在滁州的市内中转的铁轨上。我们跨过铁轨,有时还得从两节车皮的缝隙爬过去，推自行车的将车倒下从接头处钻过去。这一切都得在煤屑飞舞、汽笛声声中去完成才有味道。我们的心相当年轻，我们对一切都充满好奇和好感。

也是与滁州有缘，两年后我又来到了滁州，开始了三年的电大生活。你可别小瞧了它，通过这三年的专业学习，我就从一个高中生，变成一个有专门知识的人了。

在滁州，我还认识了许多老师、文友。给我们上写作课的王许林老师，他是研究杜甫的专家，而他的身上，在我看来，更多的是李白的气息。他好酒，为人不修边幅，上课吟哦李杜的诗，如痴如醉，仿佛酒仙刘伶再世。文友之多就更无须多说。原来我在半塔古镇学习创作，基本上是孤军奋战。到了滁州，没想到有那么多的人喜欢文学，有诗人，有小说家。往来较多的，有写诗的杨卫东、顾玉龙和川河，写小说的李洪彬。有一个阶段，我们更是形影不离。记得川河那时已在冰箱厂工作，他在车站路上有一间几平方米的宿舍。房里有床一、电炉一，常常乱得像狗窝一样，在我们看来却十分温暖。他的宿舍永远只是象征性地锁一下，我们可以随时光顾，只要将锁轻轻一拔，门就自然开了。我们在里面或喝茶，或聊天，或睡觉。在当时，能有这样一个私密的空间，是十分珍贵的。川河就在这里写诗，诗歌发表了，居然引来了一个遥远的佳木斯姑娘。姑娘来到这几平方米的小屋，为川河洗衣做饭（劈柴喂马）、阅读诗歌，竟毫无怨言，反而欢天喜地。

高产散文诗作家顾玉龙，那时他的作品已满天飞，有时一天都会有几张稿费单。他家在肉联厂的院内，在肉联厂西北角的一片杂乱的平房里。我记得他家在房后的小院子中临时搭了个小厦子，他在屋中两墙之间斜拉了一根铁丝，写好作品就挂在铁丝上，随时吟诵修改。他家里的姊妹特别多，似乎有七八个，都才是半大的人。他的妈妈非常白，抽烟。家里的鸡、鸭和狗，都散养。我在他家吃过几次饭，每次吃饭，桌子下面的腿都特别多，而且白，晃眼得很，对我那样的一个年纪，简直是无情的摧残。鸡、鸭和狗，在桌下乱窜。家在肉联厂，近水楼台，便宜的猪肺猪肚不愁，于是桌上热气腾腾，香气四溢，引得狗吠鸡跳。姊妹们都吃得油光水亮，一个个已有了少女的模样，小脸通红，身子开始鼓鼓饱饱，而且一个个开始鸡争鸭斗，互不买账的样子，每人都有自己的一条心，有些过分地彰显少女时期的反叛和不羁。这样的一个家庭，不产生文学才怪呢！

  我对滁州夏日的记忆尤为强烈。夏日的毒日头下，有时为了买一本文学杂志，在中午十二点，踩着滚热烫人的大地、顶着炎烈的日头狂走，去一个叫邮局书报门市部的地方。书报门市部在一个十字路口，门朝东，有蛮高的台阶，它的斜对面就是滁州新华书店，再走过另一条街区，向北，走几百米的样子，就是滁州报社。这些，都是与我的写作有关的地方，也是一个少年向往和神圣的所在。我不记得有过多少回流连在那草绿色的门楣之下。一旦一本杂志通知我在某一期会有自己的文字，还没有到某月的月头，我就有意无意溜达到那里，探头张望，希望杂志能提早印出。可每每遇到这样的事情（其实不多），杂志总是迟迟不来，仿佛是有意和自己过不去，于是一颗心像在油锅中煎着，跑了不知几十趟白腿，却绝无厌烦。

待若某天，眼睛轻轻一瞄，忽然见新杂志悄然躺在了书架上，反一扫急切的心情，并不大声喧哗，仿若那样便会吓走它似的；又仿佛猎物已在手中，十分平静，轻轻走上去，对服务员说，把那本杂志拿给我看看。接过杂志，轻轻打开目录，见自己的名字静静地排在杂志的某一行，于是长长舒一口气——这一次终于还是逮住了：印在了上面，编辑你也永无反悔的余地了！先买上一本，直接就蹲在门市的某个地方——门口的台阶，或者路边的树下。管他人来人往，管他车水马龙，自己完全沉浸进去，读下去，直至读完，长舒一口气，仿佛一个饥汉终于吃饱，这时可以静一静了。于是折返门市，再要两本同期的杂志，满足地（是不是有点自负地？）扬长而去。

这样的事情在现在看来近乎痴狂，而在文学极为繁荣的20世纪80年代初，真是太平常不过。对于文学的心情，用恋爱比喻吧，却要比恋爱持久得多。

我的滁州生活，还在耳中灌满浓浓的、特殊的滁州口音。那是一种特别的地域口音，与我家乡天长相去甚远。我们县的口音，往往会被滁州人嘲笑，觉得不大气，有娘娘腔。滁州人总的来说，侉、直、干脆、心胸开阔、为人仗义。但也有缺陷：好冲动，也霸蛮，粗暴。记得有一年，大白天在街头上发生了一起凶杀案，原因说来可叹，就是几个城里少年，挑衅农村来卖西瓜的农民，农民反驳了几句，游荡的少年觉得在同伴面前失去了面子，竟然一怒之下用西瓜刀刺死了瓜农。事后在法庭上，论及作案动机，少年竟然说，我只是看他不顺眼，长得不顺眼，才杀了他。这是一个极端的案例。但在我二十三岁的记忆里，是难以抹去的。

滁州，这个让欧阳修留下《醉翁亭记》的古城，这个京沪线上煤屑飞舞已有百年历史的重要枢纽，这个有林木翳日的琅琊山下的小城，留下我太多的青春的影子。

秋天风中的母亲

仲秋天气好，又难得有一块整时间，于是便回老家县里，陪父母住几天。感觉中父母并没老去，其实父母已年迈。回去的另一个原因，是母亲感冒了，引起肺部炎症，只得住院了。母亲在电话中对我们说："你们直接到中医院，接我回去，我想要洗个澡。"

母亲总是用这种命令的口气同我说话，让我心中有小小的不快。可是母命不能违。咋办呢？自己的母亲嘛！

回到县里，已是下午。医院门口车流、人流如织。在混乱的人流中，我从车内一眼看见父亲。他刚从医院大门出来。父亲灰头土脸地走在人群中，手里拎着一只廉价的塑料茶杯，就仿佛刚从土里扒出来的一粒土豆。我大喊了几声，他依然在人群中盲目地走动，根本没有听到。最后我只得竭力高喊他的名字，他才扭过头来张望。

父亲并不惊奇，转身为我们领路，默默地走在前面。医院是乱得不能再乱，电梯、走廊，到处是人。上得医院的七楼，走进母亲的病房，母亲见我们回来，也不惊奇。这是一个七八个人住的大病房。病房里床上躺的和床边横竖站的，也都是人。我见母亲的床头已整理了一大堆东西（有两大包别人送来的低廉的营养品），我想大概是等我们的车来一道拉走的。母亲弯着腰，在床边走来走去，一会儿把床上的被子收到柜子里，一会儿又来整理一下要带回去的东西。她拄着一根棍子，以夸张的姿态，挪动在我们身边。我们刚进病房，仿若新媳妇进门，还摸不着头绪。我拉住母亲坐下，叫她别忙，有些东西不必带回去。母亲一下打开我的手，说，放在这儿哪放心啊。之后母亲要我们坐下。她说话了。

母亲像一位威严的老首长，她既不容争辩又慢条斯理地说："我对你们讲啊，你们这一次回来，不要与同学、朋友联系，哪儿也不准去。我这个腿哪，严重得很，走路已十分困难。想了多少办法，也没有疗效。听讲乡下有个老中医，治疗骨刺有一种小针刀的方法，别人去过，效果不错。你们带我去一趟，看看行不行？"

我们哪有说"不"的份儿，赶紧答应下来。一切按照母亲的要求去做是了。母亲交代清楚了，我们开始整理东西，先带她回家再说。

父亲不声不响，他只拎着自己塑料的茶杯，在前先走了。母亲并不说什么，弯下腰，一只手拎起两包东西，拿起棍子要走。我搀着母亲的另一只手，妻子跟在后面，要接婆婆的东西，婆婆一甩手，并不买账。

回到家里，母亲瘸着一条腿，拖过来拖过去——打水，捅开炉子，烧水，再打水——她要在院子中洗头。我家院子同中国县城普通人家的院子一样，铺了一部分水泥地，在墙边和屋檐下栽了花草，蜡梅、桂花、石榴、金银花，有些杂乱无章，可是却长得奇好。

烧水的炉子是那种老式的煤球炉。这种东西，现在不多见了，大概也只有少数人家在用。煤球炉有它的好处，火上来之后，还是很快的，不一会儿，一大钢精锅的水烧开了。母亲搬了个凳子，在门口坐下，之后就用棍子指挥，指来指去，叫我端水。

我用一只大盆，兑好温水，端到院子中心，开始为母亲洗头。

在秋风中，母亲的头发几乎掉光。我在自家的小院中给母亲洗头，在头顶心，白发夹裹着部分黑发纠缠在一起，可仔细用水冲洗，那些黑发则稀疏得历历可数。一个人，就这样老去。母亲也不能例外。记得小时候，母亲有时会对我们说，那时候，她还小，庄上人见到她，总是会说："胡家这二丫头！这一头头发！发根都是红的！"

可是这样的头发已让岁月从母亲头上捋去。我也不能清楚，岁月是如何将一个人变成了这样。记得母亲50多岁的时候,她上街买菜,别人好心地叫她老太太,她却恼火:"她家一家子才是老太太呢!"母亲回到家里,甩下菜篮,还愤愤不平地说。

可是之后不知是哪一天,母亲再也不与人争辩。不管别人怎么叫,她已无意去反驳,或者说,她已完全认可了。

我用毛巾将母亲的头发捋上去,母亲低着头,尽量贴近水盆。温水一遍一遍流过母亲的头皮。母亲一声不吭,她支持着,将头尽量低一些,好更接近水盆。

我还从来没给母亲洗过头。作为儿子,这也是第一次。我这么深切地看清了母亲的头发。成人后,也从来没和母亲这么亲近过。

洗完头,母亲坐在门口太阳下,用梳子轻轻地将头发梳开,她要让秋风和秋阳将稀疏的头发吹干。她穿着一件红外套,在那慢条斯理地梳着,我突发奇想,便回屋里取出相机,跑到院子中心就对着母亲"咔嚓咔嚓"几下。我的本意是抓拍神态更自然。可抓拍是需要机遇的,遇巧了才能在几十张里碰上一张满意的。可是没有想到,母亲对这种无准备的照相不感兴趣。她躲来躲去,用毛巾和梳子遮住脸,在那瞬间的变化中,母亲的形态上像个刘姥姥,而神态上却像个少女——恍惚中有了过去岁月的影子。

我们忍不住大笑。母亲自己也笑。妻子在厨房里,伸出头,几乎笑岔了气。

母亲一辈子勤劳，工作在一种艰苦的环境里。在那个物质匮乏的岁月里，母亲除了工作，必须对一个家庭负责。我曾听一位作家说过，他的母亲是记者，在家里十分强势。因为他的爸爸，实在是太无生活能力。一个家庭最终是会有一个人站出来负责的。当一个女人在生活中承担起主要责任，要对全家几口或十几口人的柴米油盐负责时，她便没有闲情去温柔和撒娇了。

母亲的一辈子中，大概也就是这个角色。可是现在母亲是彻底地老了，她虽然也会命令我们，可是最终一切是听我们的。譬如明天，我们要带她去看那位会"小针刀"的老中医。即使没有效果，也要带母亲去。聊胜于无，对母亲也是一个安慰。

关于老

我现在算中年吧,五十出头。可是各种毛病已经显现,先是颈椎,脖子疼,不舒服,头要转来转去。噢,颈椎出毛病了。再是夜里醒来一次,上厕所,之后半天才睡着,早晨起来头晕乎乎的。噢,前列腺也有问题。这就是中年了。说这番感慨,是因为近来事多,先是父亲在县里住院,后到省里住院,之后是岳母来看病。我给他们这折腾那折腾,心里的事多,就乱七八糟地想。人浮躁了,生发出一些人生感悟来。

真是浮躁,少有的浮躁,两个老人过来看病,你说我能不浮躁?他们没有办法,他们是一点办法也没有,人老了真是可怜。没生病时,他们的要求并不高,从不麻烦子女,在县城和镇子上安安静静地生活。岳父母在城镇上,原都是大户人家的后代。岳父家开药店,岳母家在县里有丝绸庄,乡下还有田,因此都受过比较好的教育。岳母上了财会学校,在新中国成立前那已是了不起的事情,可惜一辈子窝在小镇上,没有机会发展自己,结婚之后孩子又多,基本过起了妇道人家的生活。岳父高中毕业,可是他一辈子不安分,东跑西跑,没有创出自己的营生,加上那个年代,家庭成分高很难得到机会,这么七混八混,一辈子就混过去了。晚年赶上好时代,生活上还是无忧的。可是到了最后几年,日子也不好过,主要是身体差了,行动不便,这时子女就显得特别重要。岳父先是心肺病,撑了几年,还是走了。现在岳母也八十多,身体也大不如从前,今年也多与医院打交道,感到自己撑不住了。岳母来我们这里说:"不晓得什么鬼的,身体越来越弱了,担心挨不过今年。"

父亲在县里已住了很长时间,效果不好,才转到省里的大医院。在县里的时候,我回去看过他两次。在病床上,什么都不想吃。有一回竟说出这样的话:"不想吃呀!见到饭就恶心,想吐啊!"他的邻床一病友补充说:"你们根本没法感受我们的感受。"转到省里来,刚来时说:"你们不要送饭,跑来跑去的,麻烦。我也不想吃。就在医院里,弄病号饭马马虎虎随便吃吃算了。"住了一个星期,有些好转了。有一天我和妻子去探视,他对妻子说:"交给你一个任务,弄点肉,切成丁,同酱烧,装在瓶子里,带来我能吃两天。医院的菜,烧得简直没法吃。"这是父亲第一次很主动很强烈地要吃(这不是他的风格),第一次那么强烈地要吃肉。父亲说话时,我看他的嘴,在清瘦的脸上,他的嘴干得很。

我听了还有点不高兴,好像我们没有用心似的。我一时气愤,恨恨地对妻子说:"回家烧,烧个十斤肉,给他好好地吃。"我说气话,一个是我们没尽到心,最起码不够周到;再一个给父亲提出来,觉得自己脸上挂不住。反正是一时很不爽的。

他们稍好一点,只是身体还没有力气。有时就嘴馋,能吃得多样化一点,稍稍好一点点,就满足了。能吃点水果(他们平时几乎不吃水果),也要别人削好了切成片才好。自己特别特别弱的时候,什么也做不了(不能做)。人老了可真难,回想他们年轻的时候,又是什么样子?人老了真可怜。通过他们,我们也看到了老了之后的自己。——他们也就是我们的镜子。

岳母来,也说不好什么病。先是年前咳嗽,自己在镇上医院拿点药吃,不管用。拖了好几天,二儿子带她到县医院,住了,是肺炎,吊水吃药,住了两三天,回去,还是咳。过春节了,春节待在小屋子里,一个春节冷冷清清。前天来电话,要到省里来看。什么病呢?说咳好多了,只是没有劲,不想吃。她二儿子坐客车把她送来。岳母来了后,自己要求住院,要求看医生。看来还真是极少数老人,到老了,说我不看了。人啊,求生可能真的是第一要务。

要住院,住哪个科呢?是看呼吸内科,还是看神经内科?

我找我父亲的医生问。医生说,先看看神经内科。昨天下午去,那个叫余勇的医生,诊室里全是人,都是老人。那个乱啊。余医生倒是很有耐心,一个一个看,详细地问,还有耳石症的,或者忧郁症的。余医生总是问："你受过什么刺激没有？"谁能说自己受过刺激？于是子女说，她心思重，是受了刺激的。到我岳母，又问，刺激了没有？我说，她有什么刺激的？我岳母自己倒说了："就是啊，整天胡思乱想，睡不着觉。"她想什么？回来的路上我问她胡思乱想什么。岳母不想说，只支吾说，记不得了。我说，小女儿的事？儿子下岗的事？她还是说记不得了。她的女儿、我的妻子说，想自己，身体啊，病啊。我想，噢，是担心死。怕死啊，人都怕死啊。好的时候，有时说死了算了。真病了，就怕了，就怕死了。死真的来的时候，就怕死了。

岳母在我们家里住了好几天了，每天生活很有规律，饮食亦有条理，几天下来，好多了。她有时饭后叹息："今年太难了。过去病了，几天就好了。今年不一样，一个多月了，好不了。可是死又死不掉，多难熬。每天窝在家里，一下出不了门，一个说话的人都没有。"

"难熬呢。难熬了呢。"岳母坐在沙发上，托着脸，满头闪亮的银发，叹息着说。

「单调之极,但不讨厌」

黄永玉先生在《沿着塞纳河到翡冷翠》一书中说:"单调之极,但不讨厌。早晨很快到晚上,躺下一觉又到第二天。一晃半年就过去了。"老先生说得极是!

转眼一年又将过去。一年干了什么?一时还真说不清楚。静心想一想,也不是什么都没有,可印象深的也不多。

有这么几件可说一说:

一是看花。今年最美好的记忆就是看花了,这是一年中印象最深的。我上班也凑巧,正好要路过一个似花园的地方。此地在一高坡处,又临水,植物种类繁多,杂树生花,极其茂盛。于是,一年中都有看头。

深冬时是看蜡梅花。有两棵蜡梅花极大,开花无数。蜡黄的小骨朵儿结在硬干之上，小骨朵儿娇小灵透。古人真是行：暗香浮动。这是比喻蜡梅花的专用名词。蜡梅也是"百变王"，夏天从那儿过，见一树绿叶子，婆婆娑娑，不天天见到它的话，一个生人，谁知道它是啥？我有时贪心，见一株大枝上花开得正好，于是便折下它，回家插在一个釉色的大肚瓷瓶里，摆在桌上，时时一阵暗香。尤其是夜深人静，一不留神，一股暗香涌上鼻端。

梨花、桃花。一斜坡处，植了几株瘦小的梨树和桃树，枝条稀稀的。可你别看它们孱弱，开花是一样的。蜡梅之后，早春了，它们就登场，先是梨花的白，之后是桃花的红。弱弱地挂在枝头，特别是雨后（初春的小雨似乎是多一些，空气总是湿冷的），湿湿的样子，还真是挺怜人的。

桃花、梨花平常，对其就不太用心。因为几乎在同时，路左侧的一片日本早樱就要开花了。那真是花如锦的。一簇簇粉的和白的花，开满枝头。早樱姣美艳丽，是花中的美丽少女，自是万种风情的。它是不堪折摘的，摘下没一刻，就软塌下来，要凋谢的——美的，总是极易消失的。

梨、桃和樱，似乎前后并不差多少时候，花是相继谢幕的。樱也只半月左右。还有一种日本晚樱，要到四月，那时已到处是春天，花已完全开疯了，我曾专门写过《春》一文，这里就不说了。这之后天气就转暖了。人舒服极了。我曾写过一句诗：春天到了，人们脱下毛衣，笑着四处走动。

花园的深处有一株极大的海棠——垂丝海棠。弯曲的、细细的小枝上，挂满了粉红色的伞形小花，四五朵一丛，藏在深绿色的叶子中间。青年时读李清照的词:"试问卷帘人,却道海棠依旧。"不知海棠是啥样,唯觉海棠高贵、姣美。几年前在西安,是四月,在西安博物院,见到两株大海棠,繁花无数,极盛。我在花下照了一张相,至今不能忘也。

绣球。今年是我看绣球花最多的一年,看了许多品种的绣球花。靠近河的一边,一株一人多高的大绣球,开了几十个球,极大的一丛花,洁白中透出豆绿,真的让人怜爱,我天天从那儿过,天天看看它,花期极长。七月我在山东,在曲阜的孔庙里,见到十几朵红色的绣球,洋红色,极正,栽在花盆里。之后在浙江的雁荡山,我住在山脚下的一处宾馆,宾馆内也是景区,我出来散步,在一处太湖石旁,斜倚着好几株绣球。花有橘黄色、血清色和粉红色,真是混搭得妙,让人极为惊奇。

迎春、蔷薇、木槿、槐花、桐花、玉兰、丁香、枇杷、柿子花……不一而足,皆不记。

二是父亲的病。父亲春天生病,主要是肺的问题。刚开始我很积极,把他接到省城,联系了市内最好的医院,搞了将近一个月,效果不甚明显。我问护士:"吊了这么多水,为何炎症下不去?"护士说,年龄大了,肺基础太差——肺结核、肺气肿、肺大疱形成,所以炎症顽强呢!

回到老家,主要是静养。过了几个月平安的日子。到了夏天,果然出问题了,肺大疱炸了一个,这是险症,很危险的。赶紧送到县医院,切开一个口子,将肺中漏出的气引流,又躺在医院不能动弹,所幸大疱自行愈合。可没多久,又炸了一个,于是继续住进医院，办法只有一个：继续引流。病床边的一个透明的盒子，像开了锅，从早翻到晚，里面咕嘟咕嘟，气泡不断。我母亲坐在床边，每天就看着那个瓶子，希望奇迹出现。如果愈合不了，就要开刀去泡。果然有一天，瓶里的气泡没有了。我母亲说："真是神奇，说不翻就不翻了。"这次万幸的愈合，父亲很是高兴。

回到家里，自是一番庆祝，我也解脱了，从县里回到了省城。他们继续在老家过平静的生活。可没承想，仅仅过了一个星期，父亲出去稍走一走，一个肺泡炸了。立即送医院，开口引流，这一回没有那么幸运了。终于选了一家大医院，开了一刀。人是吃足了苦。

这一年中的父亲，生活几乎没有什么趣味。每天同疾病斗争，眼睛里对着的，不是打点滴的管子和瓶子，就是病房洁白的墙。要说有偶尔的一点开心，就是年轻漂亮的小护士同他开开玩笑："老爷子今天蛮精神的嘛！"父亲笑一笑，这大概是父亲少有的笑容了。

三是读书。生活再艰难，书还是要读的。我工作的单位，所谈的多为专业性极强的经济金融问题：经济资本、价值创造、企业债务融资、中期票据、短期票据、银票、企业债、第三方存管、买入返售、交易对手、资金池、收息率、付息率、备付金、财富中心、票据融资、票据贴现、利率敏感度、金融综合服务方案……而我所读的多为关乎心灵的文学书籍，是绕开理论和实证，用智性和趣味来表达的，是精神的放逐和灵魂的飞扬。

对了，还有一件高兴的事值得一说：十一月在上海，见到了黄永玉先生。老头儿很是神奇，精力饱满至极。这样的生命，真是"精神放逐和灵魂飞扬"呢！

医院即景

一

在省立医院门诊吊水,我选了一个对着马路的座位,这样可以于无聊中,看着玻璃窗外声色的世界。我这座位,因为不靠空调,一排只有我一人,我也落得清静。快中午时,一个女子进门来,坐在了我右手边隔四五个空位的地方。女子相貌一般,微胖,白白净净的双下巴。她坐下,脚上趿双拖鞋,脸斜对着门外,一直没有表情。近12点时,一个男人从玻璃窗外走廊上走来。男人是个胖子,白衬衫(是单位发的那种)塞在裤子里,可是已有大半出溜到裤子外面,显眼的是身后挂一大串钥匙(真是大大的一串!像个修锁的!),钥匙边上还别着一块大玉。他满头是汗,手里一把扇子。

他走进门,径直走到这个微胖的女人身边。他叽咕了一句,大约是医院拿药的人下班了,拿不到药了。女的一下就火了,操一口我熟悉的滁州口音:"叫你快一点,快一点!你磨磨蹭蹭,不知道你能干什么,知道你什么都不能干,你大概就是这个样子……"

男的还叽咕:"我以为医院中午不下班……"

女的不容他分说:"你以为……你以为都像你百货大楼……中午都不下班?!"

噢,这个男人的服装是百货大楼的,他挂这么多钥匙干什么?是百货大楼的保管员?

男的被怆得无话可说。

之后就沉默,两个人一个斜坐着,一个站着,就这么戳在那儿。

……

"我到对面药店,看能不能买到?……"

"你这是妄话!医院会用药店的药?你也不想一想,一点脑子没有!"

之后又是没话。

坐了有半个多小时,女的忽然一把抓过男的手里的处方,站起来就往外走。走出门了,又忽然回头:"我的包啊!"她是指放在位置上的包,让男的看住。男的一声不吭,站在那里,一动不动。

这个窝囊的男人，被老婆呵斥了半天，一声不吭。可能是因为自己犯了错误，也可能他本来窝囊，已被老婆熊习惯了。

过了一会儿，他还是坐了下来。坐在老婆的包边上，并用手整了一下老婆的包。他的脸上还满是汗，他忍不住，用扇子不住地扇着。

过一会儿，女的趿着拖鞋从我的玻璃窗外走了回来，手里一甩一甩拿着药单，进门二话不说，又一屁股坐下。男的挪了挪，又站了起来。

之后他们就这样耗着，谁也不说话。男的尽管出汗，女的一脸的不快，坐在那里，毫无表情，白白的下巴耷着，让人心中生厌。

我颇替这个男人抱不平：夫妻谁没有一个错？你这个女的，熊男人那么气急败坏，也不照顾一下男人的情面。我知道你身体不舒服心情不好，但说过了不就算了，如此这般让男人下不了台阶，也能忍心？

你这个男人也是！你把这么多钥匙挂在身上干什么？一大串钥匙中还夹着折叠剪刀和折叠小刀，乱七八糟的一大嘟噜！除了钥匙，裤腰上还别一块大玉——你这个窝囊样子（还有点蠢），一看就不是块什么好玉！

二

第二天去吊水，我依然坐在对着马路的窗前的位置。昨天那一对夫妻坐的地方,换上了一对带孩子的年轻夫妇。这一对也有趣。我吊上水坐下时,他们已为孩子吊好,男的坐着,女的站着,在那里看着孩子吊。说有趣,是因为这一次是男的一声不吭,女的温和平静。那个小女孩五六岁,正是天真烂漫的时候。女孩儿的妈妈长得挺漂亮的,瘦高挑身材,穿着也挺时尚。她几乎不与她的丈夫说话,我见她对她的丈夫说了句什么,丈夫似没有听到,她于是也不再讲了。她的丈夫,穿着短裤,斜躺在昨天那个女人坐的位置上,手里攥着手机,一言不吭。他剃了一个像电视剧《蜗居》里海藻的男友小贝的发型,长得也有点像,只是黑了点。裸露在外的腿上全是毛。他从头到尾,一直铁青着脸,一声不吭,不知是跟谁赌气。

他的女儿一副机灵的样子,头不住地动来动去,眼睛也水光流动。她不会儿转过头来,笑着叫:"老爸老爸!"可是她的老爸还是一声不吭。女儿见他不理,也觉无趣,就去玩她妈妈的手机。

女孩儿玩一会儿,就缠着她妈妈:"妈妈,妈妈,你说我为什么玩不到40(估计是手机里的游戏的积分)?"她的妈妈说:"不是你玩得好不好的问题,而是你不应该玩游戏。现在不是你玩游戏的时候,你说对不对?"

这一番话,说得让人还挺舒服。这倒是一个挺知性的女人。不知道这个像"小贝"一样的帅哥,对这么好的妻子为什么不理不睬?

三

医院里面,总是一个让人心绪不太平静的地方。中国的医院人太多,手续又繁多。一人生病,全家就乱了。所以人在医院总是比别的地方好赌气一些。

当然,也不全然是煞风景的事,也有开心的。第一天我还遇见一对小夫妻,带着一个周岁大的孩子吊水。女的抱着孩子来回逛,一会儿说这,一会儿说那。她抱着孩子走到我的窗口来,指着外面的汽车,对孩子说:"看,那是什么?大嘟嘟,小嘟嘟……"那个男的、她的丈夫则用一根叉衣竿,高高地支着吊瓶,紧紧地跟在后面。男的瘦高个,穿一件白底粉红条的短袖衬衫,下面一条牛仔裤,只是裤腰上别一个十分破旧的手机套,里面的手机一直没见它响过。

他们夫妻俩也说话。我听那女的对丈夫说,你别跟我妈论理,她的思维已成定式。她已那么大年纪,她接触的也就巴掌大一块地方,人也就那几个人,村里年轻人都出去打工了,剩下的尽是些老弱病残,他们谈的也就是张家二闺女出嫁有多少彩礼,李家的媳妇对婆婆多么孝顺……现在孩子小,她给我们弄几年,城里找个人多不容易?你跟我过日子,我有什么会及时跟你讲的。

男的跟在后面,高高地举着叉衣竿,十分安静,很乖的样子。

我觉得这个女的还真不简单。

四

　　还有一对夫妇，带着一个婴儿来吊水。奇怪的是，孩子一直由男的抱着。这个男的，穿件大裤衩，个子不高，长着一个黑黑的肥脸，很壮，像个做体力活的。他轻轻地捧住这个"小不点"，这么一点大的孩子，没带过的还真带不好，因为太娇嫩了，没抓没挠的。这个壮男人还挺有经验，左手轻轻地托住头，右手在怀里顺势托住孩子的腰。他就这样抱着孩子来回走。我见他有趣，就问，孩子多大了？

　　他说，两个月。

　　我说，这么大的孩子生病最不好搞。

　　他说，是的，有点拉肚子。

　　说完他一笑，很轻松，还有点甜蜜的样子。

　　他就这样抱着孩子，女的跑前跑后拿药。我想，吊水的时候，大约女的会抱了吧？母亲毕竟更细心一些。可是到水吊上，孩子还是抱在男的怀里。孩子因为疼痛，嘶声地哭，他抱在怀里，十分耐心，轻轻晃动，还不时抓起孩子的小手，放在自己嘴里，要么就抚摸抚摸孩子的小脚，充满了一种母性的爱。

　　后来还是护士走了过来，对他们说了什么。孩子的母亲接过孩子，之后掀起上衣，将自己的奶头放在了孩子的嘴里。真灵！一下子，孩子就安静了。

这时男子并不离开，他蹲在妻子的身边。忽然他裤兜里的手机响了，他拿着手机到门外去接。

他在门外大声说："我现在有事呢！我现在有事呢！"之后掏出一支烟，点了起来。他边吸边打电话。电话完了，他又抽了一会儿烟，才用劲吐了几口痰，把烟头往地上一扔，回来了。

回来他又蹲在了妻子的身边，用手摩挲着孩子的小脚。

这个小个子的壮男人，还真是十分可爱。尽管他后来随地吐痰，乱扔烟头，但我并不讨厌他。他有一颗缜密细致和柔软的心。

辑五

舌尖上的汪曾祺

小 引

汪曾祺先生去世后,他的作品被不断地编纂、出版,他的趣闻逸事为人们所津津乐道,他的逸文被研究者不断发现。可以说,经过这十多年来研究者、出版者和读者不断传播、研究和阅读,汪曾祺显然已成为现当代最重要的经典性作家之一,他活在了读者的心中,活在了人们的口中(舌尖上)——另一层意思,汪曾祺一生"好"吃,他喜欢吃、喜欢写吃、喜欢自己"捣鼓"吃,被人们誉为文坛"美食家"。《舌尖上的中国》热播后,网上有人留言:要是汪曾祺在世就好了,请他做此片的总顾问,那将再恰当不过;也有人直接称他为"吃货"——"吃货"现在已不是一个贬义词，许多人自称"吃货"，只不过汪曾祺是资深的"老吃货"罢了。

一

先引汪曾祺的一段文字：

> 抽烟的多，少，悠缓，猛烈；可以作为我的灵魂状态的纪录。在一个艺术品之前，我常是大口大口地抽，深深地吸进去，浓烟弥满全肺，然后吹灭烛火似的撮着嘴唇吹出来。夹着烟的手指这时也满带表情。抽烟的样子最足以显示体内潜微的变化，最是自己容易发觉的。

这段文字写于二十世纪四十年代，题目叫《艺术家》。这颇似汪先生的自画像，它其实是汪曾祺的人生状态，他一生确也可以用"艺术家"来概括。他把生活当艺术，钟情和痴迷于一切美的事物。他说自己是"一个中国式的抒情的人道主义者"。前几年，黄裳有一篇写汪曾祺的长文《也说曾祺》，此文开篇就说"曾祺的创作，不论采用何种形式，其终极精神所寄是'诗'"。这实在是很有见地，以前似乎还没有人这么干脆直白地说过。

记得十五年前，汪先生去世时，他的家人为每位来送行的人发了一份汪先生的手稿复印件，那篇文章的题目就叫《活着真好呀！》。他的家人是理解他的。他实在是热爱生活、热爱美的。他是作家中少有的特别热爱世俗生活的人。他热爱一切劳动以及劳动所创造的美，包括饮食、风俗和一切生活中的艺术。

黄裳说得没错，"他的一切，都是诗"。或者也可以说，他追求的一切，也是美。这结论，肯定也是没错的。汪先生曾在接受家乡电视台采访的一段视频中说："我就是要写，我一定要把它写得很美，很健康，很有诗意。"（《关于〈受戒〉》）这就是汪曾祺，在生活中他也是这个样子。对待生活他也是这样。朋友曾给我说过一个汪先生的趣事，说老头儿最后一次去云南，在昆明的那天，《大家》杂志的同事去看他，临别，他抓住作家海南的手久久不愿丢开。海南那么柔弱。柔弱就是一种美。老头儿这是对美的依恋呀！对人如此，对吃也是如此。所以他的关于吃，喜欢吃，喜欢写吃，其实也是美，是艺术之道。

作家墨白与汪曾祺接触并不多，可他曾写过一个汪曾祺的形象，我以为颇为神似。

1989年秋，汪曾祺和林斤澜一行到合肥参加《清明》笔会。会前，主办方安排作家游览合肥包河公园。临行前，汪先生手里拎着一个淡青色的布兜子。墨白问：汪老，准备买东西？汪先生说：预备。然后把布兜子装进半旧的夹克衫里，带子露在外边，一走一摆，有几丝灰发散落在他的额前，他就用他那长了老人斑的手拢一拢。

这个形象也大致是汪曾祺在蒲黄榆和虎坊桥晚年两个居所周边的菜场的形象。墨白写得很准确，这个老头儿就是这个样子。

汪曾祺自己也说过：一次到菜场买牛肉，见一个中年妇女排在他的前面。轮到她了,她问卖牛肉的:牛肉怎么做?老头儿很奇怪:不会做,怎么还买?于是毛遂自荐,给人家讲解了一通牛肉的做法,从清炖、红烧、咖喱牛肉,直讲到广东的蚝油炒牛肉,四川的水煮牛肉和干煸牛肉丝(见《吃食与文学》)。

汪先生对吃是饶有兴趣的。他生前编过的仅有的一本书《知味集》,就是关于吃。他亲自写了征稿小启,寄给朋友。给这本文集写稿的有王蒙、王世襄、车辐、邓友梅、苏叔阳、吴祖光、林斤澜、铁凝、舒婷和新凤霞等48位作家。这本《知味集》由中外文化出版公司于1990年出版,只印了3000册。老头儿的征稿小启,可真是下了功夫去写的:

> 浙中清馋,无过张岱,白下老饕,端让随园。中国是一个很讲究吃的国家,文人很多都爱吃,会吃,吃得很精;不但会吃,而且善于谈吃。……现在把谈吃的文章集中成一本,相当有趣。凡不厌精细的作家,盍兴乎来,八大菜系、四方小吃、生猛海鲜、新摘园蔬,暨酸豆汁、臭千张,皆可一谈。或小市烹鲜,欣逢多年之故友;佛院烧笋,偶得半日之清闲。婉转亲切,意不在吃,而与吃有关者,何妨一记?作家中不乏烹调高手,卷袖入厨,嗟咄立办;颜色饶有画意,滋味别出酸咸;黄州猪肉、宋嫂鱼羹,不能望其项背。凡有独得之秘者,倘能公之于世,传之久远则所望也。道路阻隔,无由面请,谨奉牍以闻,此启。

在征稿小启之后,又写了足足有两千字的一个后记,历数中国菜的渊源和历史,足见他对吃的兴趣。

二

夏丏尊曾写过一篇短文《谈吃》。夏先生在文中说,中国人是全世界最善吃的民族,除"两只脚的爹娘不吃,四只脚的眠床不吃",其余凡能吃的,五花八门,都想尽办法弄了吃。吃的范围之广,真令他国人为之吃惊。

《红楼梦》里关于吃的描写很多。第六十一回小丫头莲花儿到厨房对柳家的说司棋想吃一个炖鸡蛋,"炖得嫩嫩",遭到一顿抢白,又说了一车轱辘的话:"我劝你们,细米白饭,每日肥鸡大鸭子,将就些儿也罢了。吃腻了膈,天天又闹起故事来了。鸡蛋、豆腐,又是什么面筋、酱萝卜炸儿,敢自倒换胃口。"由此可看出,在曹雪芹时代,也已经挑着花样吃了。有说是中国人在宋朝时吃得是很简单的。看《水浒传》,那上面的人动不动就大碗喝酒、大块吃肉,并不精细。第三十一回《张都监血溅鸳鸯楼,武行者夜走蜈蚣岭》写到武松杀了蒋门神出走之后,来到一个村落小酒肆,要吃的也就是"鸡与肉",之前武松受了张都监的陷害,施恩父子也是只"煮了熟鹅"挂在"武松的行枷上"。汪曾祺关于宋朝人的吃喝是有考证的。他在给好友朱德熙的信中说:"中国人的大吃大喝,红扒白炖,我觉得是始于明朝,看宋朝人的食品,即皇上御宴,尽管音乐歌舞,排场很大,而供食则颇简单,也不过类似炒肝爆肚那样的小玩意。而明以前的人似乎还不忌生冷。食忌生冷,可能与明人的纵欲有关。"他自己还专门写了一篇考证文章《宋朝人的吃喝》,从顾闳中的《韩熙载夜宴图》、苏东坡的"黄州好猪肉",到《东京梦华录》《梦粱录》,对其中所列的肴馔进行细细考证。汪曾祺认为,"宋朝人的吃喝比较简单而清淡",还说宋朝的肴馔多是"快餐",是现成的。中国古代人流行吃羹,"三日入厨下,洗手作羹汤"。《水浒传》中林冲的徒弟说自己"安排得好菜蔬,端整得好汁水","汁水",也就是羹。同时他还考证,宋朝人就酒多用"鲜果"——梨、柿、炒栗子、蔗、柑等。

其实,汪曾祺谈吃年头颇早,他不仅仅是在晚年写出了一些谈吃的文章。翻开《汪曾祺全集·卷八》中有汪致朱德熙的书信十八通,从20世纪70年代一直到80年代末,所谈除民歌、昆虫、戏剧和语言学外,多为谈吃的文字。在70年代的一封信中,他教朱德熙做一种"金必度汤",原料无非是菜花、胡萝卜、马铃薯、鲜蘑和香肠等,可做工考究,菜花、胡萝卜、马铃薯、鲜蘑和香肠等全部要切成小丁,汤中居然还要倒上一瓶牛奶,起锅之后还要撒上胡椒末,汪称之为西菜,我看可谓"细菜"。

有一个时期,汪每天做饭,他自己说"近三个月来,我每天做一顿饭,手艺遂见长进"。他的那个著名的菜——塞馅回锅油条,可以说是汪曾祺自己发明的唯一的一道菜。1977年他在给朱德熙的信中说,"我最近发明了一种吃食",并详细列出此菜的做法:买油条两三根,劈开,切成一寸多长一段,于窟窿内塞入拌了剁碎的榨菜及葱丝的肉末，入油锅炸焦，极有味。汪自己形容为"嚼之声动十里人"。十年后的1987年，汪曾祺写《家常酒菜》时，在写了拌菠菜、拌萝卜丝、干丝、扦瓜皮、炒苞谷、松花蛋拌豆腐、芝麻酱拌腰片、拌里脊肉之后，正式将此菜列入，并说"这道菜是本人首创，为任何菜谱所不载。很多菜都是馋人瞎琢磨出来的"。

他的散文《宋朝人的吃喝》《葵》《薤》，在形成文章之前，都在给朱德熙的信中提起过。他在1973年写给朱德熙的一封信中还说："我很想退休之后，搞一本《中国烹饪史》，因为这实在很有意思，而我又还颇有点实践，但这只是一时浮想耳。"这些都告诉我们，汪曾祺关于吃喝的学问由来已久，不敢说伴随他一生，但也有相当可观的年头。

这里不妨宕开一笔。汪曾祺与朱德熙的友谊，可谓一段称奇的佳话。他们是西南联大的同学，用我们家乡的话说，"好得简直多一个头"。朱德熙的夫人何孔敬在《长相思》中说，她和朱德熙在昆明结婚，婚纱还是汪曾祺负责去租的：结婚的前一天，汪曾祺拎一个滚圆粉红的大盒子来，说，这是礼服，拿去试穿一下，看合适不合适。何孔敬喜欢白的，朱德熙为难："水红色是你母亲的意思。"汪曾祺在一旁说："不喜欢可以拿去换嘛！"结婚第二天他们小两口回门，一大早，汪曾祺又来了，跟着他们一道回门，下午三个人还看了一场电影。汪曾祺失恋，睡在房里两天两夜不起床，房东老伯一度怕他想不开。后来朱德熙来了，把一本物理书卖了，拉汪曾祺到小酒馆喝顿酒，没事了。朱德熙多次说过:"那个女人没眼力。"

汪曾祺晚年曾写过一篇《昆明的雨》,提到一件事:有一天在积雨稍住的早晨,他和朱德熙从联大新校舍到莲花池去,看了满池的清水和着比丘尼装的陈圆圆的石像,雨又下了起来。他们就到莲花池边的一条小街的小酒店,要了一碟猪头肉、半斤酒,坐下来,一直喝到午后。汪曾祺还记得酒店里有几只鸡,把脑袋反插在翅膀下面,一只脚着地,一动不动。酒店院子里有一架大木香花,数不清的半开的白花和饱胀的花骨朵,都被雨水淋得湿透。四十年后他还写了一首诗:"莲花池外少行人,野店苔痕一寸深。浊酒一杯天过午,木香花湿雨沉沉。"在昆明,汪曾祺9点之后还不见人,朱德熙知道他还未起床,便来找他。有一次,10点过了,还不见汪的人影,朱德熙便挟一本字典,来到46号宿舍。一看,果然,汪曾祺还高卧不起。朱德熙便说:"起来,吃早饭去!"于是两人便出门,将朱挟来的字典当掉,两人各吃了一碗一角三分钱的米线。

到了晚年,有一次汪曾祺从昆明回到北京,一下飞机就直奔朱德熙家,给朱德熙带来一包昆明的干巴菌。何孔敬捧着一大包干巴菌,说:"多不好意思。"汪却说:"我和德熙没有什么不好意思的。"1991年,朱德熙在美国斯坦福大学亚语系讲学,确诊为肺癌晚期,仅半年就去世了,汪曾祺非常伤心。有一天夜晚,汪曾祺在书房作画,忽然厉声痛哭。家人吓了一跳,赶紧过去劝他,就见汪满脸是泪,说:"我这辈子就这一个朋友啊!"桌上有一幅刚刚画好的画,被眼泪打得湿透,已看不出画的什么,只见画的右上角题了四个字："遥寄德熙。"此乃真痛也。

这一节确实是扯远了点。可这一种友谊，实为难得。用朱德熙夫人何孔敬在《长相思》前言中的话说，他们是"金石至交"。

三

著名散文理论家、苏州大学教授范培松曾给我说过一个笑话，此笑话是作家陆文夫在世时说的。陆文夫多次说："汪老头很抠。"陆文夫说，他们到北京开会，常要汪请客。汪总是说，没有买到活鱼，无法请。后来陆文夫他们摸准了汪曾祺的遁词，就说"不要活鱼"。可汪仍不肯请。看来汪老头不肯请，可能还"另有原因"。不过话说回来，还是俗语说得好，"好日子多重，厨子命穷"。汪肯定也有自己的难处。

"买不到活鱼。"现在说来已是雅谑。不过汪曾祺确实是将生活艺术化的少数作家之一。他的小女儿汪朝说过一件事。汪朝说，过去她的工厂的同事来，汪给人家开了门，朝里屋一声喊："汪朝，找你的！"之后就再也不露面了。她的同事说，你爸爸架子真大。汪朝警告老爷子，下次要同人家打招呼。后来她的同事又来了，汪老头不但打了招呼，还在厨房忙活了半天，结果端出一盘蜂蜜小萝卜来。萝卜削了皮，切成滚刀块，上面插了牙签。结果同事一个没吃。汪朝抱怨说，还不如削几个苹果，小萝卜也太不值钱了。老头还挺奇怪，不服气地说："苹果有什么意思？这个多雅。""这个多雅"就是汪曾祺对待生活的方式。

美籍华人作家聂华苓到北京访问，汪曾祺安排了家宴。汪自己在《自得其乐》里说："聂华苓和保罗·安格尔夫妇到北京，在宴请了几次后，不知谁突发奇想，让我在家里做几个菜招待他们。我做了几道菜，其中一道煮干丝，聂华苓吃得非常惬意，最后连一点汤都端起来喝掉了。"煮干丝是淮扬菜，不是什么稀罕菜，但汪是用干贝吊的汤。汪说"煮干丝不厌浓厚"，愈是高汤则愈妙。台湾女作家陈怡真到北京来，指名要汪先生给她做一回饭。汪给她做了几个菜，一个是干贝烧小萝卜。那几天正是北京小萝卜长得水最足最嫩的时候。汪说，这个菜连自己吃了都很诧异，味道鲜甜如此！他还给炒了一盘云南的干巴菌。陈怡真吃了，还剩下一点点，用一个塑料袋包起，带到宾馆去吃。

看看！这个汪老头真"并不是很抠"，其实是真要有机缘的。

汪老头在自己家吃得妙，吃得"雅"。在朋友家，他也是如此。可以说，是很"随意"。特别是在他自己认为的"可爱"的人家。但这种"随便"，让人很舒服。现在说起来，还特有风采，真成了"逸事"。

1987年，汪曾祺应安格尔和聂华苓之邀，到美国爱荷华参加"国际写作计划"。他经常到聂华苓家里吃饭。聂华苓家的酒和冰块放在什么地方，他都知道。有时去得早，聂在厨房里忙活，安格尔在书房，汪就自己倒一杯威士忌喝起来。汪后来在《遥寄爱荷华》中说："我一边喝着加了冰的威士忌，一边翻阅一大摞华文报纸，蛮惬意。"有一个著名的"桥段"，还是在朱德熙家里的。有一年，汪去看朱，朱不在，只有朱的儿子在家里捣鼓无线电。汪坐在客厅里等了半天，不见人回，忽然见客厅的酒柜里还有一瓶好酒，于是便叫朱的半大的儿子上街给他买两串铁麻雀。而汪则坐下来，打开酒，边喝边吃边等。直到将酒喝了半瓶，也不见朱回来，于是丢下半瓶酒和一串铁麻雀，对专心捣鼓无线电的朱的儿子大声说："这半瓶酒和一串麻雀是给你爸的——我走了哇！"抹抹嘴，走了。

这真有"访戴不见，兴尽而回"的意味，又颇能见出汪曾祺的真性情。

在美国，汪曾祺依然是不忘吃喝。看来吃喝实乃人生一等大事。他刚到美国不久，去逛超市，"发现商店里什么都有。蔬菜极新鲜。只是葱蒜皆缺辣味。肉类收拾得很干净，不贵。猪肉不香，鸡蛋炒着吃也不香。鸡据说怎么做也不好吃。我不信。我想做一次香酥鸡请留学生们尝尝"。又说："南朝鲜（韩国）人的铺子里什么佐料都有，生抽王、镇江醋、花椒、大料都有。甚至还有四川豆瓣酱和酱豆腐（都是台湾出的）。豆腐比国内的好，白、细、嫩而不碎。豆腐也是外国的好，真是怪事！"

住到五月花公寓的宿舍，也是先检查炊具。不够，又弄来一口小锅和一口较深的平底锅，这样他便"可以对付"了。

在美国，他做了好几次饭请留学生和其他国家的作家吃。他掌勺做了鱼香肉丝，做了炒荷兰豆、豆腐汤。平时在公寓生活，是他做菜，古华洗碗（他与古华住对门）。

在中秋节写回来的一封信中，他说："我请了几个作家吃饭。"菜无非是茶叶蛋、拌扁豆、豆腐干、土豆片、花生米。他还弄了一瓶泸州大曲、一瓶威士忌，全喝光了。在另一封信中，他说请了台湾作家吃饭，做了卤鸡蛋、拌芹菜、白菜丸子汤、水煮牛肉，"吃得他们赞不绝口"。汪自己得意地说："曹又方（台湾作家）抱了我一下，聂华苓说，'老中青三代女人都喜欢你'。"看看，老头儿得意的，看来管住了女人的嘴，也就得到了女人的心。

他对美国的菜也是评三说四，他说："我给留学生炒了个鱼香肉丝。美国的猪肉、鸡都便宜，但不香，蔬菜肥而味寡。大白菜煮不烂。鱼较贵。"

看看！简直就是一个跨国的厨子！这时的汪曾祺，也开始从中国吃到美国，吃向世界了。他的影响力，也从大陆走向台湾地区，乃至走向了华语世界的作家中。他的作品，在美国华文报纸刊登，他的书版权转授到台湾。他在台湾已经很有影响力了。

四

一本《五味：汪曾祺谈吃散文32篇》，尽显天下美味。慈姑、蒌蒿、荠菜、枸杞、马齿苋、苦瓜、葵、薤、萝卜、瓜、莴苣、蒜苗、花生、韭菜花、菠菜、苞谷、豌豆、蚕豆、眼子菜、抱娘蒿、江荠等等，都在汪先生笔下开花；鲥鱼、刀鱼、**鲖鱼**、黄河鲤鱼、鳜鱼、石斑、虎头鲨、昂刺鱼、凤尾鱼、鳝鱼、螺蛳、蚬子、砗儿、河豚也在先生的文字中游弋。为了写这篇长文，我又将《五味》找出重读，于是每晚便蜷于沙发，一篇一篇翻去,一字一字诵出声来,真真是美味无穷。

一本薄薄的小书,所谈皆为吃喝:炒米、焦屑、咸菜慈姑汤、端午的鸭蛋、拌菠菜、拌萝卜丝……可写得文采缤纷,饶有兴致。《昆明菜》一篇,说到昆明的炒鸡蛋:"炒鸡蛋天下皆有。昆明的炒鸡蛋特泡。一颠翻面,两颠出锅,动锅不动铲。趁热上桌,鲜亮喷香,逗人食欲。"真的把人的食欲给吊了起来。此文精彩处还多,我出声读一遍,你跟着我读:

  华山南路与武成路交界处从前有一家馆子叫"映时春",做油淋鸡极佳。大块鸡生炸,十二寸的大盘,高高地堆了一盘。蘸花椒盐吃。二十几岁的小伙子,七八个人,人得三五块,顷刻瓷盘见底矣。如此吃鸡,平生一快。

过瘾不?再引一段:

  昆明旧有卖燎鸡杂的,挎腰圆食盒,串街唤卖。鸡肫鸡肝皆用篾条穿成一串,如北京的糖葫芦。鸡肠子盘紧如素鸡,买时旋切片。耐嚼,极有味,而价甚廉,为佐茶下酒妙品。

是不是很好?可是汪老头后来还是忧心忡忡:估计昆明这样的小吃已经没有了。曾与"老昆明"谈起,全似孟元老《东京梦华录》中所载,不胜感叹。

《口味·耳音·兴趣》写到人的口味："有人不吃辣椒。我们到重庆体验生活。有几个女演员去吃汤圆，进门就嚷嚷：'不要辣椒！'卖汤圆的冷冷地说：'汤圆没有放辣椒的！'"写吃，其实是写人，口气中把人物都托出来了。

除昆明的吃食，对故乡的吃食汪先生写得更多。故乡是和童年联系在一起的，也是与食物联系在一起的。汪先生是十分热爱故乡的。他的作品，大部分写的是故乡。除写故乡的人和事外，多为故乡的风物和吃食。他在《故乡的食物》中极尽能事写故乡的那些吃食：故乡的"穿心红萝卜"，故乡的荠菜、马兰头，故乡的芫荽（香菜），故乡的虾子豆腐羹，故乡的炒米，故乡的咸菜慈姑汤……

他在散文中多次提到《板桥家书》："天寒冰冻时暮，穷亲戚朋友到门，先泡一大碗炒米送手中，佐以酱姜一小碟，最是暖老温贫之具。"他在《炒米和焦屑》一文中写道："入冬了，大概是过了冬至吧，有人背了一面大筛子，手持长柄的铁铲，大街小巷地走，这就是炒炒米的。有时带一个助手，多半是个半大孩子，是帮他烧火的。请到家里来，管一顿饭，给几个钱，炒一天。或二斗，或半石，像我们家人口多，一次得炒一石糯米。一炒炒米，就让人觉得，快要过年了。"

晚年的汪曾祺，对故乡是念念不忘的。是啊，朱自清也曾说过："儿时的记忆是最有味的。"青灯有味是儿时啊！

有一年初夏，我回老家天长（我的家在高邮湖西岸）办事，回北京时，从家里给汪先生带了二十几只"忘蛋"，就是汪先生在《鸡鸭名家》里写的"巧蛋""拙蛋"：孵小鸡孵不出来的蛋。不知什么道理，有些小鸡长不全，多半是长了一个头，下面还是一个蛋。有的甚至已长全了，只是没有"出"来。民间说，小孩子吃不得，吃了会念不好书，变笨，所以也叫"忘蛋"，反过来说是"巧蛋"——他非常高兴，因为他几十年没见到这样的东西了。只是"忘蛋"要会做才行。"忘蛋"剥开洗净，已变成小鸡出毛的，要煺绒毛，放咸肉片和大蒜叶红烧。

汪先生少年时在家乡是吃过"忘蛋"的。他自己说："很惭愧，我是吃过的，而且味道很不错。"我给他带的那二十几个"忘蛋"，不知汪先生吃了没有，吃后感觉如何，我忘了问他。倒是我一同给他带的一只风鹅，他念念不忘，说味道很好。风鹅各地都有，但我们家乡的风鹅，味道独特。每年都是我母亲在腊月里"风"。风鹅不用捋毛，只要掏洞去内脏，塞上盐和五香料，挂在背凉处。母亲"风"的风鹅咸淡适中，酥、香、入口绵柔，实在是佐粥的好菜。

我在北京工作的时候，去汪先生家，他总是会留饭的。有一年，大约是1991年，我同爱人一起到他家，他留我们吃饭，给我们凉拌了一盘海蜇皮，放了很多蒜花。至今我爱人还说，老头儿拌得真是好吃，又脆，又爽口，清淡不腻，实在好吃！

去年冬天，我回老家看望父母，特地开车沿高邮湖大埝绕了一圈。冬日的高邮湖冷清无比。湖边的芦苇直直地挺立着，连吹动它的风都没有。闪着白光的湖面，有船只泊在湖上。我总觉得船上的生活有些神秘，多少有些浪漫的想象。我看着冬日湖上的白色水光，充耳是鹅鸭的声音，有夫妇在湖边结网。在湖滨的一个朋友家吃饭，除吃到湖里的大白鲦鱼，朋友的妻子还从一个小玻璃瓶中掏出小半碗腌的小蒜。我白嘴尝了一口那久违了的家乡的小菜。仅一口，却一下子勾起了我儿时的记忆。我想，如若汪先生在世，我给先生捎上一瓶，先生定会非常高兴，说不定又会写出一篇《小蒜》，那本谈吃的 32 篇散文又会多出 1 篇来！

五

汪先生在《家常酒菜》中说：

> 家常酒菜，一要有点新意，二要省钱，三要省事。偶有客来，酒渴思饮。主人卷袖下厨，一面切葱蒜，调佐料，一面仍可陪客人聊天，显得从容不迫，若无其事，方有意思。如果主人手忙脚乱，客人坐立不安，这酒还喝个什么劲！

看过汪先生的一张照片，他穿着毛线背心，系着有图案的长围裙，站在一个案子前，案子上大大小小七八个碗盏里堆着各种原料和配料。汪先生手中端着一个瓷盘，神态自如、安闲若素，脸上带着微笑。这张照片是他和王世襄、范用在一次家庭聚会上拍的。记得范用写过，有一个时期，京中这几位"老饕"，隔一段时间，聚一下，每人自带一个菜的原料，到现场，自己动手，展示手艺。这张照片大约就是那个时期拍的。从照片看，汪先生正如他自己说的"从容不迫,若无其事"。

不过,汪先生能做、会做的,也只是"家常小菜",正如他多次谈到的煮干丝、麻婆豆腐和茶叶蛋。他的小女儿汪朝对我说过,别看老头子谈得头头是道,他自己会做的,也就是一些小菜,一些家常菜。那些鲍鱼、龙虾,一个是他吃的机会少,二个更没机会自己亲自弄,话说回来,他也未必看得上。汪朗也对我说过,老爷子会做的、做得好的,也就是那几道菜。

说到豆腐,汪先生在《旅食与文化》题记中说,一次到医院做检查,发现食道有点静脉曲张,医生嘱咐不能吃硬东西,连苹果都要搅成糜。这可怎么活呢?可是老头子还挺自信:幸好还有"世界第一"的豆腐,他说:"我还是能鼓捣出一桌豆腐席来的,不怕!"

这并非妄话,汪先生对豆腐确是颇有研究。他有一篇长文,专门写各地豆腐,有北京的老豆腐、湖南的水豆腐、干豆腐、豆腐干、千张(百叶)、豆腐皮(油皮、皮子)。吃法有香椿头拌豆腐、虎皮豆腐、家常豆腐、菌油豆腐、"文思和尚豆腐"、麻婆豆腐、昆明的小炒豆腐、高邮的汪豆腐、北京的豆腐脑、四川的豆花、扬州的大煮干丝、湖南的油炸臭豆腐干、杭州的炸响铃、安徽屯溪的霉豆腐……极尽自己之能事,把各地豆腐的做法和吃法介绍了个遍。汪老头以为香椿头拌豆腐是拌豆腐里的上上品,"一箸入口,三春不忘",麻婆豆腐和煮干丝是老头儿的拿手好戏,他说,"煮干丝成了我们家的保留节目"。干丝是淮扬名菜,大方豆腐干,快刀横劈为片,刀工好的师傅一块豆腐干能片十六片,再立刀切为细丝。这种豆腐干是特制的,极坚致,切丝不断,又绵软,易吸汤汁。煮干丝没有什么诀窍,什么鲜东西都可以往里搁,"我的煮干丝里下了干贝",上桌前要放细切的姜丝,要嫩姜。这已是很讲究了。

是的,豆腐是家常菜中的家常菜。梁实秋说,豆腐是中国食品中的瑰宝。连知堂老人都说"豆腐这东西实在是很好吃的"。知堂写过《豆腐》一文,他说,有一回家里在寺院做水陆道场,他去了几回,别的都忘了,只记得"有一天看和尚吃午饭,长板桌长板凳,排坐着许多和尚,合掌在念经,各人面前放着一大碗饭、一大碗萝卜炖豆腐,看上去觉得十分好吃"。但要把豆腐做好做绝做讲究,还是需要一些心思的。曾看过一篇写马叙伦的文章,马先生曾发明一种独家秘制菜"三白汤",即白菜、笋和豆腐。他曾在北京中央公园的长美轩写下"三白汤"的方子。他说,正宗的"三白汤"要杭州的笋、杭州雪菜和天竺豆腐,这个汤的汁水要二十多种配料,材料"可因时物增减,唯雪里蕻为要品"。此菜一时为北京餐馆中的名菜,和"赵先生肉""张先生豆腐"一道成为风雅的肴馔。

汪先生写《金冬心》,写扬州大盐商程雪门宴请新任盐务道铁大人铁保珊,特邀金冬心作陪。在文中汪曾祺写了请客的场面,列了很长的一个菜单:宁波瓦楞明蚶、兴化醉蛏鼻、阳澄湖醉蟹、新从江阴运到的河豚鱼;甲鱼只用裙边,鲥花鱼不用整条的,只取鳃下的两块蒜瓣肉,车虫螯只取两块瑶柱……这也只是汪先生的卖弄,正如黄裳所说的,是"才子文章","不过是以技巧胜"。这些菜若要叫汪先生做,他是做不出来的(用他自己的话说,是要"翻白眼"的)。也许,他根本不屑去做。

所以,汪曾祺的美食,也只是平民美食,是老百姓的家常美食。或者说,是文人的美食。汪曾祺自己也说:文人所做的菜,很难说有什么特点,但大都存本味去增饰,不勾浓芡,少用明油,比较清淡。学人做的菜该叫什么菜呢?叫作"学人菜",不大好听,我想为之拟一名目,曰"名士菜"。

汪先生的"菜",大约即可称为"名士菜"的。这也符合他的性情。这个结论,是可以下的。

六

汪曾祺先生去世十六年了。十六年来他的作品出版的数量惊人(据统计,有一百四五十种)。他自己做梦也不会想到,他有这么大的影响力,他在读者心中这么重。这真是这个老头子的一个意外收获。

汪先生去世前后,我在他送我的一本《汪曾祺散文选集》的扉页和衬页上记下了这么两段话。现我原原本本将这两段话抄在这里,作为此文的结束语——这些随手记的话里,可能有病句、不连贯。但是,是原始材料,为存其原味,不做修改。直录原文如下:

今天(注:1997年5月10日,在汪先生去世前一周)

同女儿到汪先生家。

先生属猴,他问女儿属什么。女儿说,属龙。我说女儿,她是叶公好龙。女儿说,属猴不好,不好听。我说,先生是叶公好"猴"。

我带了半斤安徽茶叶给先生,同时将一竹筒爱伲族米酒给先生。

中午,汪先生留饭。我说:"喝米酒吧。"

先生说:"不喝,留着。你喝五粮液,你自己喝。"

我同女儿吃了许多菜。

先生猛喝葡萄酒。

先生说,过几天去太湖、无锡、嘉兴,环太湖三县(市),参加一个笔会。

中午我不肯去吃饭,汪朗说:"就算我替老爷子请你。"一句话,我当时木了,没觉出有什么。现在回忆起来,这句话真令我心碎。老爷子是爱我们的,他很善良、很慈爱,他的心是很细很细的。

汪朗握着我的手,用力一甩,我感到汪朗对我的友好及同他爸的情分(他是说谢谢你们对老爷子的情分?谢谢你们给了老爷子不少的帮助?)。我们帮助了吗?总是他在帮助我们呀!

今天送完这个人。这个人真的作古了。他不是去出差,也不是我忙不去看他,而是我永远见不到他了。

他永远不可能再同我说话，请教他有关问题，听他说一些有趣的事。他也无法再来关心我们，他也无力关心我们了。我们有无成绩他都不会管我们了。他在世时我们不努力，他作了古，我们想到这些了。

今天张兆和也去了，多么小巧的一个女人啊！当年沈老先生可是用了全身的解数。王蒙去了。铁凝去了。范用去了。范用不断地流眼泪。那个长长的窄盒子，汪先生这么一个聪明的智者，就被装在这小小的窄盒子里，且还编上了号。我怎么也无感觉，还帮助抬了。那小盒子装的是谁呀？是先生你呀。

1997年5月28日晚记之（注：这是给汪先生八宝山送别后回家晚上的笔记）。

抄上这些吧，一并纪念这位可爱的老头儿。

汪曾祺为何如此迷人

二十年前，我们在县里学习文学创作，有一帮朋友，其中一位业余诗人，在酒桌上篡改了白居易的一首诗，说：座中读汪谁最痴？安徽天长小苏北。（原诗：座中泣下谁最多？江州司马青衫湿。）天长是我的家乡。那时我才20多岁。前不久回乡，几个老朋友一起吃饭，这位当年的业余诗人也参加了。几杯酒下肚，他又诗兴大发，把当年的"诗"又说了一遍：座中读汪谁最痴？安徽天长老苏北。只是改了一个字，将"小"字改成了"老"字。

这虽是笑话，却道出了我这些年都干了些啥。

为什么对汪曾祺如此深情，读了这么多年，还乐此不疲？我思考这个问题，大致有以下的思路和结论。

一

阅读汪曾祺，是一个逐步发现、不断惊喜的过程。说句实在话，原来喜欢汪曾祺时，也才20多岁，所见世面不大（不是说现在所见世面大了），而且呢，那个时候见到的汪曾祺的东西也不多，也就是两本小说选（《汪曾祺短篇小说选》《晚饭花集》），一本散文集（《蒲桥集》），一本文论集（《晚翠文谈》）。小说、散文、文论，都全了。当然，这也是汪曾祺最主要的作品。他生前时，他自己比较在乎的作品，也都在这几本书里了。

都说汪曾祺洒脱，比较淡泊，生活中也马虎。汪先生自己在《随遇而安》中说："我这人很糊涂，不记日记，许多事都记不准时间。"用他自己的话说"不在乎"。可是他还没有"潇洒"到对自己的东西一点不保留的份上。汪朗有一次对我说，虽然老头子"拉糊"，发表过了的作品到处塞，但也不是心中一点数没有。《晚饭花集》《蒲桥集》里面的作品，都是他自己亲手选的，基本上是他认定了的。

汪先生去世后，他的子女用《汪曾祺全集》的稿费印了一本非常精美的《汪曾祺书画集》（非卖品），让我们集中看到了汪曾祺书画方面的才华（原来都是零星看到的）。那些书画作品，特别那些画作上的题款，非常丰富。通过这些题款，你可以得到很多的学识，可以看出汪曾祺是一座"富矿"，他"肚子里东西很多"。《汪曾祺书画集》收集了汪曾祺从1982年以来,大大小小的书画作品122幅,其中书法作品较少,只有18幅。所涉花鸟鱼虫几十种,有兰草、蜡梅、秋菊、玉兰、丁香、杜鹃、桂花、绣球、杨梅、凌霄、海棠、芍药、紫藤、芙蓉、山丹丹、金银花、水仙、红叶、葫芦、葡萄、蓼花、芦穗、梨花、野果、枇杷、苦瓜、山药、西葫芦、冬苋菜、莲、藕、芋头、白萝卜、红萝卜、白菜、红辣椒、马蹄(荸荠)、竹、荷、鸟、松鼠、蜻蜓、猫头鹰、金鱼、小鸡、鳜鱼、鹅、蟹等,所题款皆好。比如"秋色无私到草花""月晓风清欲堕时""一年容易又秋风""孤雁头上戴霜来""雨打梨花深闭门""南人不解食蒜"等等。

二

汪曾祺早期逸文的发现。先是上海《文汇报·笔会》"版主编周毅在编选《一个甲子的风雨人情——笔会60年珍藏版》时,无意中发现了汪曾祺20世纪40年代发表在《文汇报》上的好几篇逸文,基本上都是写于"黄土坡"或者"白马庙",总之是写于昆明的吧。我们读那些逸文,发现汪曾祺青年时竟然写得那么好,一点也不"幼稚",充分解释了沈从文"为什么那么欣赏他、喜欢他",并且说出"汪曾祺写得比我好"的话来。

清华大学教授解志熙和他的学生裴春芳、东北师大的徐强,出于学术研究的需要,翻阅了民国时期的大量资料,又进一步发现了汪曾祺的大量早期逸文。分别是小说《河上》《驴》《除岁》《结婚》;散文《飞的》《昆明草木》《日记抄:蝴蝶》,诗歌《消息》《封泥》《二秋辑》《文明街》。分别发表在《经世日报》《文学杂志》《大公报》和昆明的《生活导报周刊》上,均为40年代作品。而且用了那么多的笔名,包括西门鱼、郎画廊、汪若园、方柏臣。

通过这些作品,你发现汪曾祺青年时候并不"懒",也不是整天"泡茶馆",还真写了不少东西,完全可以称得上是"青年作家"。汪先生自己说过,三四十年代写了一些东西,大多都散失了。他这样轻描淡写地说说,我们原以为不会很多,却是那么丰富!而且通过这些作品,你发现汪曾祺说过的话,都得到了印证,比如,"我年轻的时候倒是受到过意识流影响的"。逸文中的《谁是错的》《结婚》等,明显有意识流的痕迹。汪先生自己也说过:"我写得并不土气,相反我还受过西方意识流的影响。"

这个老头儿说话,是非常负责的。他说过的话,后来有许多都得到了验证。比如他说过,他曾代同学写过一篇读书报告,说李贺的诗是写在黑底上的,受到闻一多的表扬,说是"比汪曾祺写得还好"。汪先生轻描淡写地一说,并不引起人们的重视,而在汪先生去世后,这个同学竟然在一本旧书里找出这篇"作业"。这个人就是比汪曾祺低一级的同学杨毓珉,他使我们得以看到这篇在岁月底下沉睡了六十多年的汪曾祺的少作:《黑罂粟花——李贺歌诗编读后》:

下午6点钟,有些人心里是黄昏,有些人眼前是夕阳。
金霞,紫霭,珠灰色淹没远山近水,夜当真来了,夜是黑的。

有唐一代,是中国历史上最豪华的日子,每个人都年轻,充满生命力量,境遇又多优裕,所以他们做的事几乎是从前此后人所不能做的,从政府机构、社会秩序,直到瓷盘、漆盒,莫不表现其难能的健康美丽。当然最足以记录豪华的是诗。但是历史最严苛、一个最悲哀的称呼终于产生了——晚唐。于是我们可以看到暮色中的几个人像——幽暗的角落,苔先湿,草先冷,贾岛的敏感是无怪其然的;眼看光和热消逝了,竭力想找出另一种东西来照耀漫漫长夜的,是韩愈;沉湎于无限晚景,以山头胭脂作脸上胭脂的,是温飞卿、李商隐;而李长吉则守在窗前望着天,头晕了,脸苍白,眼睛里飞舞着各种幻想。

……

这篇读书报告,洋洋洒洒写了两千字!完全是一种别出心裁的写法!难怪闻一多会说出"写得比汪曾祺还好"!

三

山东画报社出版了《你好!汪曾祺》一书,收辑了包括黄裳、范用、宗璞、铁凝、贾平凹在内的海内外近 50 位作家回忆汪曾祺的各类文章,向我们呈现了一个具体而有趣的汪曾祺。当然,这本书的机缘主要是我。2007 年,汪先生逝世 10 周年,我给山东画报社打电话，提出能否收集散失在各报刊的各类回忆汪曾祺先生的文章，辑集成册出版的建议，他们很快就采纳了。我有此动议的基础是，山东画报社先后出版过汪先生的《人间草木》《文与画》《五味：汪曾祺谈吃散文32篇》《汪曾祺说戏》《汪曾祺谈师友》，这几本书的影响都极好，每册都印刷好几次。

《你好！汪曾祺》的出版，使我们有机会集中了解汪曾祺这个人。

之后是2008年由上海远东出版社出版的《永远的汪曾祺》，收集了新近的写汪曾祺的回忆文章77篇，更丰富了我们对汪曾祺的认识。加之高邮市文联编印的汪曾祺资料，也是好几大本。那么多人写了那么多关于汪曾祺的文章，谈汪的创作、交往、游历和趣闻等等。你会发现，汪曾祺原来还那么好玩，关于他的有趣的事情很多很多。总之，这个人非常丰富，真正是一座"矿"。

这里举几个例子：

1. 看苏叔阳写汪先生。苏叔阳说，一次他和汪老在大连开会。会上发言中，苏叔阳讲了"骈四俪六"的话，顺口将"骈"读成"并"，还将"掣肘"的"掣"读成"制"，当时会上谁也没有说什么。吃晚饭时汪先生悄悄塞给他一个条子，还嘱咐他"吃完了再看"。他偷偷溜进洗手间，展开一看，蓦地脸就红了，一股热血涌上心头。纸条上用秀丽的字写着"骈"不读"并"，读"片"，空一段，又写"掣"不读"制"，读"彻"。苏叔阳说他当时眼泪差一点流出来，心中那一份感激无以言说。回到餐桌，苏叔阳小声对汪先生说："谢谢！谢谢您！"汪先生用瘦长的手指戳戳他的脸,眼中是顽童般的笑。这就是汪先生,那样的目光和笑意,我是见过的。

2. 铁凝在《汪老教我正确写字》里写到,1992年汪先生到河北参加《长城》笔会,其间铁凝拿自己的新书送给汪老,汪老看了她在扉页上的签名,对她说:"铁凝,你这个'铁'的金字旁太潦草了,签名可以连笔,但不能连得不像个金字旁了,是不是?"铁凝后来说:"因为除了父母,还没有人能这样直率地指出我的毛病。"

——汪曾祺懂得尊重人,善解人意而又不失真诚。

汪曾祺与人见面打招呼的方式,也是"汪氏"式的。

1. 陈国凯曾说过,20世纪80年代,一次在湖南开会。去餐厅吃饭,一个老头子已在那里吃了,面前放着一杯酒。主会人员向他介绍汪曾祺。汪先生看着他,哈哈一笑:"哈,陈国凯,想不到你是这个鬼样子!"

陈国凯是第一次同汪曾祺见面,觉得这个人直言直语,没有虚词,实在可爱,也乐了:"你想我是什么样子?"

汪先生笑:"我原来以为你长得很高大。想不到你骨瘦如柴。"

这正如汪先生第一次见到铁凝,汪先生走到她的跟前,笑着,慢悠悠地说:"铁凝,你的脑门上怎么一点头发也没有呀!"铁凝后来说:"仿佛我是他久已认识的一个孩子。"

2. 高晓声1986年广州、香港之行和汪先生同住一室。汪先生随身带着白酒,随时去喝。1992年汪先生去南京,高晓声去看他。汪先生将他从头看到脚,找到老朋友似的指着高的皮鞋说:"你这双皮鞋穿不破哇?"鞋是那年高去香港时穿的那双,汪曾祺居然一眼认出来了。

3. 1991年4月,汪曾祺参加云南笔会,同行作家李迪戴个大墨镜,被高原太阳晒得够呛,一天下来,摘下眼镜,脸都花了,只有眼镜下面的一块是白的,其他地方都是红的。汪先生见了,说:"李迪,我给你八个大字:'有镜藏眼,无地容鼻。'"正如有一年夏天,我到山东长山岛出差,游了海水泳,回北京已好几天了。那天我去他家,进门没有一会儿,他站在我面前,端详着,之后用手在我脸上一刮:"是不是游了海水泳?"—— 真奇了怪了,他怎么看得出来?而且他用这种方式向你表达,让你的内心温暖无比。

四

江苏的金实秋先生编了一本《汪曾祺诗联品读》。金先生真是功莫大焉,那么有兴趣,不厌其烦,到处去找,收集了这么一个东西,把汪曾祺的点点滴滴(当然肯定还有遗失的)进行了梳理,编了厚厚的一本书。通过那些诗联,你发现汪先生是有"捷才"的。肚里有,反应又很快。真如黄庭坚(山谷)说秦少游的,"对客挥毫秦少游"的味道了。

这里也说几条有趣的:

1. 1989年汪曾祺给《工人日报》的一个全国工人作家班讲

课。让他讲的题目是《小小说的创作》，他对此没有多大兴趣，就给学员讲文学与绘画的关系。有一天，还带来自己的一幅"条幅"，是一枝花，朱砂花朵二三朵，墨叶二三片，一根墨线画到底，右题一行长条款：秋色无私到草花。有个河北籍的女学员嘴快，看了一眼就说："空了那么多，太浪费，画一大束就好了。"汪曾祺哈哈大笑，仿佛那个女生的话一点没有扫他的兴。有个男同学问："能不能给我？"老头儿抬头看看，问："处对象了吗？""谈了。""那好，就拿走吧，送给女朋友，这叫'折得花枝待美人'。"这就是汪曾祺，一个活灵活现的汪曾祺。

2. 20世纪80年代初，《钟山》举办太湖笔会，从苏州乘船到无锡，万顷碧波，大家忘乎所以。宗璞和几个女作家在船上各打着一把遮阳伞。船快到无锡，汪曾祺忽然给宗璞递过半张香烟盒纸，上面写了一首诗："壮游谁似冯宗璞，打伞遮阳过太湖。却看碧波千万顷，北归流入枕边书。"宗璞非常高兴，多少年都记得这首诗。

这样的游戏之作，是需要捷才的。可以说，汪曾祺是有才子气的。所以，后来才有人说，汪先生是"最后一个士大夫""中国当代最后一个文人"。这些说法，在汪曾祺身上都能得到印证，让你感到汪曾祺太可惜了，这么有才华的一个人，赶上这么一个时代，人生最好的年华（壮年），都在中国的各式运动中战战兢兢地度过了；同时又感到汪曾祺太幸运了，命运给了他最后的二十年，让他逐步重新找回了自信，越写越神（沈从文夫人张兆和说,曾祺笔下如有神,这样的作家越来越少了)——他晚年的作品《窥浴》《小姨娘》《水蛇腰》等,写性是写得很大胆的,而且很美(他自己在《受戒》《大淖记事》的创作谈中说过:"我就是要写得很美,很健康。"),使他得以完成了他人生的三分之二的作品。他近三百万字的作品,绝大部分是写于新时期。二十年,成就了汪曾祺,给了我们这样一个作家,让我们乐此不疲。

当然,汪曾祺还在被发现。北京十月文艺出版社编的四卷本《汪曾祺文集》,马上就要出来了。人民文学出版社的新版《汪曾祺全集》,也正在紧锣密鼓地编辑,里面都有一些新东西。这个老头儿,一波一波地,给你不断的惊喜。

我想,还会不断有一些新的发现。仿佛这个老头儿故意同大家开了个玩笑——他还在世界的某个角落坐着,不断地给我们"送小温"。

五

前几天,扬州又发现了汪曾祺的一篇很短的逸文《说"怪"》和两封信;又有人买走了汪曾祺1962年的《王昭君》剧本(北京京剧团钢板刻字油印本)。这些不断的惊喜,都深深地吸引着我们。

这里我把这篇五百字的短文《说"怪"》介绍一下。事情是这样的:1986年10月,汪和林斤澜等到南京参加《雨花》笔会。

那个笔会叶兆言也在，他刚刚大学毕业，叶兆言说自己还是个"生瓜蛋子"，他在会上主要搞会务。扬州的杜海，那时还是个文学青年，他得到汪在南京的信息，特地从扬州赶到南京去找汪老等人。结果，在玄武湖，还真给他找着了。之后汪一行又往扬州，住在小盘谷内，于是杜海就将自己的一篇名为《碧珍》的小说送给汪曾祺，请他指正。第二天上午，汪将此小说还给杜海。杜海正准备洗耳恭听，没想汪却笑了笑，没说一句话，却递上两页稿纸。这就是下面的这篇短文。你看看，什么叫才华？什么叫才子？

我写过一篇小说《金冬心》，对这位公认为扬州八怪里的一号人物颇有微词。我觉得这是一个装模作样，矫情欺世，似放达而实精明的人。这大概有一点受了周作人的影响。我认为他的清高实际上是卖给盐商的古彝器上的铜绿，这一点大概也不错。我不喜欢他的卢仝体的怪诗。但那篇《金冬心》只是小说，不是对金冬心的全面评价。我对金冬心的另一面是非常喜欢的。我对他的从"天发神忏碑"变出来的美术字势的四方的楷字和横宽竖细的漆书是很喜欢的。对他的"疏能走马，密不容针"的梅花，也是很喜欢的。我在故宫博物院见过他画的一个扇面，万顷荷花，只是用笔横点了数不清的绿色的点子，竖点了数不清的漆红的点子，荷叶荷花，皆不成形，而境界阔大，印象真切。我当时叹服："这真是一个绝顶聪明的人！"

我不想评定金冬心，只是想说说什么叫"怪"。很简单，怪就是充分表现个性，别出心裁，有独创性。

我希望扬州的写小说的同志能够继承八怪传统的这一方面，尽量和别人不一样。

扬州有一位大文体家，汪中。对汪容甫的文章，有不少人有极精到的见解。我很欣赏章太炎的评语，他说汪容甫的骈文"起止自在，无首尾呼应之式"（大意）。呼应，是小说的起码的要求。打破呼应，是更高的要求。小说不应有"式"——模式。

一九八六年十月二十八日 扬州

综上所述，汪曾祺是什么样的人？为何迷人？汪曾祺的一切，除小说、散文之外的一切，生活中的随手写的小纸片，朋友之间的谐谑的短诗，一个普通的留言，各式信件，包括美国家书，给黄裳、朱德熙等朋友的信，向家乡县委书记要房子的短笺（"曾祺老矣，犹冀有机会回去，写一点有关家乡的作品，希望能有一枝之栖。区区愿望，竟如此难偿乎？"几十个字，却很有趣，还不忘抒情一下。也可看出这个老头儿的天真和幼稚），等等，都具有文学价值——文字又好，又有生趣。

其实，汪曾祺的一生（主要是晚年），是把生活诗意化，把写作诗意化。正如他自己说的，他追求的是美，是和谐。黄裳也曾说："曾祺的创作，不论采用何种形式，其终极精神所寄的是'诗'。"这是很有见地的，不愧是从青年时代就与汪相交的老朋友。

　　这就是这么多年，我被这个老头子"牵着鼻子走"的原因。别看他只有两三百万字的作品，他实在是丰富、有趣，而有味道的。所以我们乐此不疲。

　　这也就是汪曾祺迷人的原因。

湖东汪曾祺

这个老人，是不随和的

今年春节，一个下午我特别无聊，于是就从湖西天长开车去湖东高邮。冬日的天空清冷寂寞，车子驶出县城，很快上了乡村道路，没有一刻钟，就完全行驶在高邮湖区低洼的水荡之中的土路上了。四周河汊交横，大片的芦苇高过人头，一丛一丛，像一束束箭矢。正如汪曾祺在《受戒》的结尾所说："紫灰色的芦穗，发着银光，软软的，滑溜溜的，像一串丝线。"

这样去高邮对于我已经不是第一次了。去了也只是在街上转一转，大运河边走走，或者，在文游台汪曾祺纪念馆的石阶上坐一坐。不会去麻烦任何一个人。麻烦了别人，自己也拘束受累。

其实我是没有什么别的事情的。

对湖东的汪曾祺也是有一个逐步认识的过程。从刚开始学习他的小说创作法，到后来迷恋他的人格和风采，到写出《忆·读汪曾祺》这样一本书，其实我至今并没真正读懂汪曾祺。

我是走了捷径的。从抄了他的《晚饭花集》，到上鲁迅文学院结识他，一切仿佛那么自然，又是那么顺风顺水。他对我和另外一个青年总是客客气气。他说过："你们两个人身上没有什么俗气。"这是对我们最高的评价了。我也曾经给过他两篇我写的小说，私下里想请他写几句话，也好抬高抬高自己，可是并未能如愿。那个事也就过去了。

提起这件事，是因为我刚听说了一件事。说有个文学青年在某个场合认识了汪先生，不久就到汪宅去拜访。这是一个痴迷得有点癫狂的青年。他为了能每日聆听教诲，索性就住到了汪宅。汪宅的居所并不大，于是他心甘情愿睡地下室，这样一住就是多日，每天大早就举着一把牙刷上楼敲门。有一次他还带来了儿子，老头儿还带着孩子上街去买了一只小乌龟。可是这个青年实在是没有才华，他的东西写得实在是不行。每次他带来稿子，都要叫老头儿看。老头儿拿着他的稿子，回头见他不在，就小声说："图穷匕首现。"

这个湖东的老人，他是善良而纯真的。他在《自报家门》中说："我父亲是个随便的人，比较有同情心，能平等待人。"这个老人，他也从他的父亲那儿学习了这些品格。他认为这个文学青年从事一种很艰苦的工作，挺不容易的。可他确实写得不好，每次带来的稿子都脏兮兮的。老头儿终于还是无法忍受，他用一种很"文学"的方式，下了逐客令——一天大早，青年又举着牙刷上楼敲门，老头儿打开门，堵在门口。一个门里，一个门外，老头儿开腔了：1. 你以后不要再来了，我很忙；2. 不允许你在外面说我是你的恩师，我没有你这个学生；3. 你今后也不要再寄稿子来给我看。

讲了三条，场面一定很尴尬。

我听到这个"故事"是感到惊悚的，也出了一身冷汗。十五年过去了，今天回忆起那时到这个老头儿家的那些快乐时光，更加庆幸自己的无知和年少时的无畏了。

这个老头儿是不随和的。我们多数时候，是误读了这位老人。以为他做做菜、画画画、喝喝酒，就好说话了。他是不随意附和别人的。他不会敷衍和应付。这从他的文学观就能看出。他在1986年为《自选集》写的自序中说："我是相信创作是有内部规律的。我们的评论界过去很不重视创作的内部规律，创作被看作是单纯的社会现象，其结果是导致创作缺乏个性。"其实，这个观点，不仅仅是他60岁后的认识，他27岁在上海写的《短篇小说的本质》，就庄严地宣布了"要在一样浩如烟海的短篇小说之中，为自己的篇什觅一个位置"。之后他的一生，都在追求"创作的个性"（所以这个文学青年，是无论如何不可能成为"汪曾祺的学生的"）。不久前扬州的杜海公布了汪曾祺一篇极短的逸文《说"怪"》，此篇也是他读了杜海给他看的习作之后写的读后感。他在文中希望家乡的文学青年，"要充分表现个性，别出心裁""能够继承扬州八怪的传统，尽量和别人不一样"。

我在今年春节到高邮转了一圈，回来思考思考，我得出了以上的结论。在高邮的文游台，我坐在青石台阶上，身下的青石透凉浸骨，它却对我的思索是有益的。是的，看看汪曾祺留下的文字吧：《受戒》《大淖记事》《异秉》《葡萄月令》，甚至《沙家浜》的剧本，无不"充满个性"。

汪先生研究的几个空白

汪曾祺是对故乡充满深情的一位作家，他笔下的作品，大部分是描写故乡的。可是有一个现象，学界一直没有注意过：汪曾祺19岁离乡，直到61岁才第一次回乡。他为什么四十多年不回故乡？是千山万水、旅途阻隔？不会吧，即使在20世纪六七十年代，京沪线还是相对方便的，到了南京，换乘长途车直达高邮，也不是太困难。是没时间？没旅费？都不像。而他却通过笔下的文字，一次次抵达（回到）故乡。故乡的风物、人情、吃食以及街衢巷里、三教九流，都在他的笔下得以复活。陆长庚（《鸡鸭名家》），王二（《异秉》），小英子、明子（《受戒》），王瘦吾、陶虎臣、靳彝甫（《岁寒三友》），巧云、十一子（《大淖记事》），王玉英（《晚饭花》），叶三、季匋民（《鉴赏家》），陈小手（《陈小手》），章叔芳（《小姨娘》），崔兰（《水蛇腰》）……我想，这些名字的背后都是有一个真实的高邮人存在的。或许他们已经故去，但他们是真实存在过的，并且是高邮人。汪曾祺是多么热爱他的故乡啊！他为高邮留下了那么多优美的文字。

汪曾祺四十年不回乡的问题我虽然始终没有搞懂，但从创作上来讲，这一种与故乡保持一定的隔膜，对创作是有益的。这使记忆中的故乡相对完整地保存，是会产生一种创作上叫作"离间"的效果的。但我想，汪曾祺绝不是为了保持这种"创作效果"而故意不回故乡，一定是另有隐情。他自己不说，别人也无从理解。但从汪曾祺研究上来说，这一段空白，是有意思的，是值得注意的。

在生活中，汪曾祺并不是一个特别善于表达的人。他的话并不多，有时喝了几杯酒，话稍多一点，但也不是很多。他也不是一个善于交际的人。他虽不如他的笔下的高北溟（他的小学和初中老师）那样"看起来是个冷面寡情的人"（其实不是这样，他只是把他的热情倾注在教学之中），但终归不是活跃的、喜于表达的那一类。

他把他的热情全部倾注到创作中去了。他年轻时就写得那么好。他早期一篇很长的散文《花园》，对研究汪曾祺，应该是很重要的作品。《花园》充分显示出汪曾祺的创作才能。他对事物的细部描写得那样丰沛、细微和准确。比如："一下雨，什么颜色都郁起来，屋顶，墙，壁上花纸的图案，甚至鸽子：铁青子，瓦灰，点子，霞白。宝石蓝的好处这时才显出来。于是我们，等斑鸠叫单声，在我们那个园里叫。等着一棵榆梅稍经一触，落下碎碎的瓣子，等着重新着色后的草。"足以证明汪曾祺早年才华的展露，也印证了汪曾祺自己所说："沈从文很欣赏我，我不但是他的入室弟子，可以说是得意高足。"(《自报家门》)汪先生的这句话并非空穴来风。

不久前，山西的李国涛先生给我寄来了汪曾祺1987年8月写给他的两封信。这是两封非常重要的信。其中一封信中写道："一个人不被人了解，未免寂寞。被人过于了解，则是可怕的事。我宁可对人躲得稍远一些。""让那些学我的人知道我是怎么回事，免得他们只是表面的模仿，'似我者死'——我很不愿意别人'学'我。一个人的气质是学不来的。""《职业》是我自己很喜欢的一篇。但读者多感觉不到这篇小说里的沉痛。"这对解开汪曾祺对自己作品的认识颇有帮助。汪曾祺曾在《晚饭花集》的自序中说过：我对自己的作品都还喜欢，无偏爱。别人若问我喜欢自己的哪篇作品，我也是笑而不答。而这一次，在给李国涛的信中，汪先生却着重说出"《职业》是我自己很喜欢的一篇"，可见他对《职业》的重视和偏爱。

今天的高邮，岁月的影子

1995年，长江文艺出版社给汪曾祺编了一本小说集《矮纸集》（1996年出版）。这部作品集应是汪曾祺作品的一个重要文本。它的编法是"以作品所写到的地方为背景"，进行分组，这个主意是汪曾祺自己拿的。编完，汪先生发现"写得最多的还是故乡高邮"。这个集子的后面附有一篇李国涛的跋《读〈矮纸集〉兼及汪曾祺文体描述》，这是汪曾祺研究上很重要的一篇评论，但多被忽略。我希望今后出汪曾祺作品集时能将这篇评论附上，这对理解汪曾祺是有益的。

这个春节的一个午后，高邮的街上相对显得寂寞冷清。路上行人并不多，特别是到了黄昏，店铺和人家几乎都关了门。我游荡在运河大堤上，运河的水面还是很广阔的。运河上现在建了一座很现代的桥，过了桥，到河的西岸，就是浩浩渺渺的高邮湖了。我将车直接从桥上开过去，停在湖边的一片空旷处。湖面上冷冷清清，水波涌动着，无边无际，让人心中生出一种空虚的感觉。一个老人弄了一只游艇，在兜揽游客，可是没有一个人。他对我说："兜个风吧？"我摇摇头。他见我没兴趣，便去忙自己的了。

我在湖边坐了一会儿，冰冷的风灌到胸口。我转身离去，当车驶过一处僻静的街巷时，一股青烟飘了过来。这个时候还有卖吃食的小摊呢，我循着青烟走了过去，空荡荡的街边只有这一个卖面饺馄饨的妇人。坐下，要了一碗虾子面，酱油很浓，我热热地吃下去，身上马上热了起来。

这样的行走虽然并不能回到汪曾祺时代的高邮，但多少还是能感受到半个世纪前旧高邮的气息的。小城虽变化很大，可生活在其中的人，还是高邮人。他们的口音、习性、饮食，甚至泼皮骂街，还是会带着岁月的影子。人的有些东西是很难改变的。正如汪曾祺在《钓人的孩子》中所说"每个人带着一生的历史，半月的哀乐，在街上走"。

高邮使汪曾祺从小受了美的教育。他在《自报家门》中说：

"我的写作跟我从小喜欢东看看西看看有关。这些店铺、这些手艺人使我深受感动,使我闻嗅到一种辛劳、笃实、轻甜、微苦的生活气息。"他同时说:"我的审美意识的形成,跟我从小看父亲作画有关。"这些童年印象,深深地注入汪曾祺的记忆,他一生中的很多篇文章便都是写这座封闭的、褪色的小城人事。

这个19岁从湖东高邮走出去的青年,正如他的老师沈从文所说:"凭着手中的一支笔,真的打下了一个天下。"

注:高邮湖西岸的安徽天长人,将湖对岸的高邮人称为湖东高邮人。

汪曾祺的绝笔

何镇邦对我讲,《铁凝印象》是汪曾祺的绝笔。

前几天,一个小型聚会上,汪先生的公子汪朗也在,何镇邦说,1997年5月8日早上9点多钟,汪曾祺给他家打电话:"文章写好了!你过来拿!"

这"文章"就是《铁凝印象》.为什么叫何镇邦去拿?因为这篇文章他是为何镇邦写的。1996年秋,何镇邦和山东《时代文学》议定在该刊上开设一个新栏目,由何镇邦主持,名曰《名家侧影》,每期由几位作家同时聊一位作家。专栏从1997年第一期开始,前面已经分别介绍过汪曾祺本人和林斤澜、艾煊等作家。当年的第四期拟发铁凝专栏,于是何镇邦就向汪老约稿,请汪老写一写铁凝。

汪老爽快答应。他对何镇邦说:"能写,马上投入!"何镇邦后来说,老头儿夜里4点多钟就起床写,一口气写到8点多钟,一气呵成。写完就叫何镇邦去取。

稿子写在三百字的稿纸上,共八页,有两千多字。我找出初发《铁凝印象》的已发黄了的十五年前的《北京晚报》(1997年6月16日),稿件最后的落款是"1997年5月8日凌晨"。《北京晚报》在编发此文时还加了一段编者按。按语写道:"5月16日,著名作家汪曾祺先生不幸去世。此篇是汪先生生前留下的最后一篇文章,是汪先生五十多年创作生涯戛然而止的句号。我们特此刊出,以示怀念。"

在汪先生逝世15周年的这个5月,我重读《铁凝印象》,心中涌起无限的感慨。

汪先生在文中说,铁凝的小说有"清新秀润"的特点。他写道:"河北省作家当得起'清新'二字的,我看只有两个人,一是孙犁,一是铁凝。"这个评价,是中肯的。

在《铁凝印象》中,汪先生还用了一大段篇幅描写铁凝,他说铁凝"有时表现出有点英格丽·褒曼的气质,天生的纯净和高雅",铁凝"不论什么时候都是精精神神、清清爽爽的,好像是刚刚洗了一个澡"。对铁凝的欣赏和怜爱之情溢于言表。汪先生在文章的最后写道:"我很希望能和铁凝相处一段时间,仔仔细细读一遍她的全部作品,好好地写一写她……"可是这个老头儿无论如何也没有想到,他的这个愿望太"奢侈"了,仅仅过了一个星期,这个老人就撒手人寰了。

其实，早在几年前，汪先生就评论过铁凝的短篇小说《孕妇和牛》，说那篇小说"俊得少有"，是很"糯"的一篇小说，或者说，细腻、柔软而有弹性。汪先生对铁凝的作品是熟悉的。

铁凝在后来的回忆文章中说过，她认识汪先生大约在1984年的第四次作代会上。她说，汪老"走到我的跟前，笑着，慢悠悠地说，'铁凝，你的脑门上怎么一点头发也没有呀'"。铁凝说"他打量着我的脑门，仿佛我是他久已认识的一个孩子"。这样的见面别有情致，这样的回忆同样充满了深情。

铁凝在这篇同样是发表于《北京晚报》上的文章中说："当我们今天思念这位老人时，是他那优美的人格魅力打动着我们。一个民族，一座城市，是不能没有如汪老这样的一些让我们亲敬交加的人呼吸其中的。"（《汪老教我正确写字》）这样的回忆也依然打动着我们。

关于汪老，铁凝先后写过三四篇怀念文章。她曾到京郊汪先生的墓地给汪老献花。铁凝后来深情地说，汪老的名字被标明的位置是"沟北二组"。以汪老的人生态度，他早就坦然领受了这个再平常不过的新身份。2010年的5月，铁凝又往高邮，凭吊汪先生纪念馆，参观汪曾祺故居，并在汪先生童年生活过的老街上徜徉……这些深情的文字和人生印迹，都见证着两代作家之间的珍贵友谊。

关于书画的遗作，一般认为，汪曾祺最后的书画作品是《喜迎香港回归》，一幅画面淋漓饱满、枝头着满盛花的紫荆花。其实，这个记忆是错误的，这里需要补正一下。汪先生的书画绝笔

265

在扬州高蓓女士手中，是一幅丁香花的国画和"细雨鱼儿出，微风燕子斜"的条幅。

1997年5月11日，高蓓以《扬州日报》记者的身份采访汪老。那天上午，高蓓还没到虎坊桥，汪先生就已穿着西服到楼下等候她——这是汪先生和师母对年轻人一贯的作风。之后接受家乡人的采访、拍照，忙乎了半天，中午还得留饭（尽管吃的是炸酱面）。如此种种，都在高蓓的《最后的采访》（《新闻出版报》1997年6月24日）中留下记忆。

2007年5月纪念汪曾祺逝世10周年暨第三届汪曾祺文学奖在高邮举行并颁奖，我和高蓓有幸名列获奖作者之中。在活动结束的第二天，与会者到扬州游玩，同游者有汪家三兄妹和作家凸凹。在瘦西湖的春祝寿楼，我们登台眺望，窗外是如画的风景。这时高蓓来了兴致，将特地从家里带来的汪先生的《丁香》取出展示给我们欣赏，我们大饱眼福。画面上的丁香四五枝，枝头浅紫、淡红的碎花布满枝叶间，左首题款"高蓓饰壁，汪曾祺丁丑五月"。右上角还有一枚闲章，不太清晰，好像不是"人书俱老"那枚。也不似"珠湖老人"。印太浅了，十分模糊，实在不能辨认真切。

不过这幅《丁香》让人眼热。这应该是汪先生画作中的佳品，画面蓬勃，色彩饱满。工笔处十分细致，看得出老头子是下了功夫的。

高蓓是有福的，在无意中得到汪先生书画作品的绝笔，内心的既疼又爱，从高蓓的回忆文章中可以看出。这幅作品，我想，高蓓也会十分珍爱的。

今年 5 月 16 日，汪先生离开我们整整 15 个年头了。这些年来，他的作品被一代一代的人阅读，很多人喜欢他的作品。近听人说到一个叫狄源沧的老先生（1926—2003），一位很有名的摄影家，他和女儿都十分喜欢汪曾祺。老先生在世时，曾写过一首诗："喝茶爱喝冻顶乌，看书只看汪曾祺。不是世间无佳品，稍逊一筹不过瘾。""冻顶乌"是一种台湾名茶。老先生话说得绝对了一点，但人生趣味可以理解。还有一位老兄，读了汪先生的作品，在豆瓣网上留言："吾爱汪夫子，书痴复情痴。吾爱汪夫子，儒雅天下知……"汪先生为什么这么迷人？真是值得好好研究研究。

汪曾祺 20 岁在昆明西南联大开始写作，一生颠沛，洒脱的性情不改。而这一文一书一画，却成了汪先生半个世纪最后的绝响，让人心中不甘。

汪曾祺在张家口

关于汪曾祺在张家口的文章不多，除汪先生自己的几篇——《葡萄月令》《随遇而安》《坝上》《寂寞与温暖》《沽源》外，几乎没有汪曾祺在张家口四年生活的研究资料。

前不久看到重庆的陈光愣写的一篇短文《昨天的故事》，虽不长，却让我大为惊奇，简直为我们复原了一段那时的生活，一个活生生的汪曾祺立于眼前。

文中最有趣的一个细节，禁不住让你开口去笑：1959 年，在农科所一次学习大会上，领导传达中央文件，提到毛主席提出不当国家主席，以便集中精力研究理论问题。传达完毕，汪忽然语出惊人，怀疑地说："毛主席是不是犯了错误？"弄得四座为之失色，不知如何往下接话。幸亏在边远的张家口沙岭子的农科所，人还比较纯朴，没人出来发难。所领导愣了一会儿，于是岔开话题，说"大家的思路统一到党的指示的思路上来"，敷衍了过去。

真不知道汪老头当时是怎么想的，怎么冒出这么一句奇怪的话来。也可能人在比较高压的政治环境下面，反会说出一些匪夷所思的话来。几天前，我见到汪朗，把上面的这个细节说给他听。汪朗笑说，老头儿政治上比较幼稚。这个细节真好，确实从一个侧面证实了汪的单纯。

写这个故事的陈光愣老人，1958年从北京农业大学毕业，被划为一般右派分子，分配到沙岭子农科所之后，与汪在一个政治学习小组，后期又与汪同宿舍，这个回忆是可靠的。这个细节也绝非空穴来风。看看汪被打成右派的依据便可知道，这句话和他早期鸣放时的话语，是何其相似。1957年鸣放时，汪在单位的黑板报上写了一段感想：

我们在这样的生活里过了几年，已经觉得凡事都是合理的，从来不许自己的思想跳出一定的圈子，因为知道那样就会是危险的。

他还给人事部门提意见，要求开放人事制度，吸收民主党派人士参加，说"人事部门几乎成了怨府"。

1958年鸣放，他写了小字报《惶惑》，说："我爱我的国家，并且也爱党，否则我就会坐到树下去抽烟，去看天上的云。"又说："我愿意是个疯子，可以不感觉自己的痛苦。"

看看,这些诗意的话,都挺飘逸呢。也只有"全是诗"(黄裳语)的汪曾祺能说得出来。

打成右派后,他回家同妻子说:"我现在认识到我有很深的反党情绪,虽然不说话,但有时还是要暴露出来。我现在只有两条路可走,一条是过社会主义的关,拥护党的领导,另一条就是自杀,没有第三条路。"他凄切地向妻子转说单位领导林山和他谈话的内容,忍不住哭了起来。

到张家口沙岭子的农科所,汪最初的劳动是淘大粪、起猪圈粪。陈光愣回忆:上面派他跟一个又高又瘦胡子拉碴的老头儿一起赶大粪车。每天往返于沙岭子和张家口之间,在城里大街小巷招摇过市,骡子拉着大粪车在公路上嘚嘚地走,汪总是坐在车架上,头戴着护耳的深色绒帽,双手操在棉衣袖筒里,一面听着骡蹄的叩击声,一面默默地眯起眼在想,一副老实巴交的农人的样子。

最锻炼人的当然是在寒冬刨冻粪了。室外零下几十摄氏度,人畜粪冻得硬如石头,得用钢钎、铁锹才能把粪弄进粪车。这样的劳动,汪也卖力干。汪自己在《随遇而安》中说"像起猪圈、刨冻粪这样的重活,真够一呛。我这才知道'劳动是沉重的负担'这句话的意义"。陈光愣在《昨天的故事》中关于汪的描述是这样的:每每干得满头大汗、浑身蒸气笼罩,背心汗渍了也不敢脱去棉袄,进入了中医所谓的"内热外寒"的状态。

在劳动之余的政治学习会上,汪畅谈劳动心得体会,说:"古人为了治病,臭粪尚可嘴尝。现在改造思想,闻一闻臭粪又何妨?"(这是陈光愣的记述)汪自己后来则平静地说:"只要我下一步不倒下来,死掉,我就得拼命地干。"

在劳动锻炼的后期,汪从繁重的体力劳动转到果园上班,活则相对比较轻松了。他的《果园杂记》《关于葡萄》《葡萄月令》就是在果园劳动的产物。他是喷波尔多液的能手。他自己说:"这是一个细活。要喷得很均匀,不多,也不少。喷多了,药水的水珠糊成一片,挂不住,流了;喷少了,不管用。树叶的正面、反面都要喷到。"说:"波尔多液颜色浅蓝如晴空,很好看。……喷波尔多液次数多了,我几件白衬衫都变成了浅蓝色。"最后汪说:"我觉得这活比较有诗意。"

还是归到诗上去。

在果园劳动之余,汪读了很多书。汪自己说:"我自成年后,读书读得最专心的,要算在沽源这一段时候。"陈光愣回忆说:"他的床头小桌上,堆满书籍,古籍为多。晚上,汪多数时间是坐在小桌前读书,读的多是《诗经》。汪有时说,如果能有那么一天的话,就去专门研究《诗经》。"汪先生在《随遇而安》中说:"带了在沙岭子新华书店买得的《癸巳类稿》《十驾斋养新录》和两册《容斋随笔》。"在《七里茶坊》中说:"带了两本四部丛刊本《分门集注杜工部诗》。"汪晚年写随笔,时有提到以上的书,我想多是在张家口读书时留下的印象。人在艰苦环境下读的书,更容易记住。

有意思的是,汪在张家口时,还到一个叫沽源的县画了一段时间马铃薯。汪说:"去时大约是深秋,待了一两个月,天冷了,才离开。"在沽源,他每天一早起来,就蹚着露水,掐两丛马铃薯的花,两把叶子,插在玻璃杯里,对着它一笔一笔地画,上午画花,下午画叶子。到马铃薯成熟时,就画薯块。画完了,就把薯块放到牛粪火里烤熟了,吃掉。他在《随遇而安》中骄傲地说:"像我一样吃过那么多品种的马铃薯的,全国盖无第二人。"而且他能分出土豆的品种名称:"男爵"最大,"紫土豆"味道最好,还有一种类似鸡蛋大小的,很甜,可当水果吃(这个老汪,真是个好吃精)。最近有人到沽源考察,还有一种叫"黑美人"的,是黑瓤的(土豆多为黄瓤、白瓤)。这一款,汪先生并没提到!

关于汪画马铃薯图谱,黄永玉后来在回忆中这样说:他下放到张家口的农业研究所,在那里好几年,差不多半个月他就来一封信,需要什么就要我帮忙买好寄去。他在那里画画,画马铃薯,要我寄纸和颜料。汪自己在《随遇而安》里也说:"我曾经给北京的朋友写过一首长诗,叙述我的生活。"全诗已忘,只记得两句:

坐对一丛花,
眸子炯如虎。

那一册《中国马铃薯图谱》丢失了太可惜。汪后来提到过多次,可他毫无惋惜之意。倒是他自得地说:"薯块更好画了,想画得不像都不大容易。"

近些年，有人到张家口寻访汪曾祺的足迹。多数人不记得当年的那个黑瘦的中年人了。去到旧地，见沽源的马铃薯研究站已物是人非，倒是有几排旧房子，门前一棵大榆树，屋后一块空地，说曾是储藏马铃薯的大窖。有一个叫赵喜珍的老人依稀记得：好像是有这么一个人，人瘦瘦的，性格温和。只待了几个月。冬天没有的画了，就走了。

汪先生在张家口待了四年，但这四年对汪意义非凡。他自己说："我和农民一道干活，一起吃住，晚上被窝挨被窝睡在一铺大炕上，我这才比较切近地观察农民，比较知道中国的农村，中国的农民是怎么一回事。"是的，汪小时候虽在高邮县城，可家里富裕，他没有真正接触农民、了解农民，在昆明、上海、北京，则更不可能。其实张家口是给汪补上了这一课，虽然是不得已的。

关于张家口，汪后来写了九个短篇小说，十三篇散文，有十多万文字，可以出一本《汪曾祺文学地理之张家口》，这也是汪的收获。汪后来写文章和接受采访时说："我三生有幸，当了一回右派，否则我这一生更平淡了。"虽是自嘲，但也是实情。

汪在生活中总是能看到美，不管在何种境遇下。他自己说："我认为生活是美的，生活中是有诗的。我愿意把它写下来，让我的读者，感到美，感到生活中的诗意。"关于张家口，也是一样的。他写了《萝卜》（其中一节专门写张家口的心里美萝卜）、《坝上》、《果园杂记》、《葡萄月令》、《寂寞与温暖》等名篇，都写得很美。比如在《坝上》中，他写到口蘑，写了多种口蘑的品种,并说他曾采到一个口蘑,晾干带回北京,做了一碗汤,一家人喝了,"都说鲜极了"。写到关外的百灵鸟,到北京得经过一段训练,否则有关外口音:"咦,鸟还有乡音呀!"这就是汪曾祺。当然,他的《葡萄月令》,更是文学名篇了。看来,一个热爱生活、热爱美、热爱文学的人,到哪里都能发现生活之中的美,生活之中的诗意。

"我最喜欢的是徐青藤"

一

在《老头儿汪曾祺：我们眼中的父亲》一书中，汪先生的大女儿汪明写了这么一节：

> 有一天很晚了，有人敲门，开门一看，两个小伙子。爸介绍说，一个是龙冬，一个是苏北。我夸张地看了一下客厅的挂钟：近十点半。爸一把将我扯到一边，悄声说，他们打了招呼要来，我答应的，只是稍微晚了一点儿。
>
> 三人进了书房，一聊就到了午夜。爸到楼道里朝楼下看看，说院子的铁栅栏门锁了，要不要请传达室的师傅开门？

两人笑笑说没关系，叫爸别担心。

爸站在楼道的窗前看他们下楼，身手敏捷地翻过铁门，一直到两条身影完全融入楼群的黑暗中。我多少有些不满地说，这两个人，简直没时间概念！爸朝我直翻白眼：怎么啦？挺好！

我后来回忆，似还可以补充一些细节：是1995年的一天吧，我和龙冬约好去看汪先生，黄昏时我们赶去时，汪先生出门了。我和龙冬便在和平门附近的一个小馆子边喝啤酒边等。两个穷困的文学青年，精神无聊和空虚。我家在南方小城，一人漂在北京，龙冬刚从西藏回来，工作毫无着落，于是拼命喝酒。两人喝了不下十瓶啤酒，之后又踉跄着来到福州会馆的汪先生家，先生还没回来。于是我俩着了魔似的（为什么要等汪先生回来？）又来到附近宣武区工人文化馆，在那里打台球。打到近10点半，我们又去到先生家。汪先生回来了，于是我和龙冬钻进汪先生的书房，胡吹乱侃到半夜才走。这一节被汪明写到书里。

我之所以扯出这一节，是因为在汪先生去世后有一次龙冬对我说："汪先生去世了，我们也应该长大了。"龙冬这番孩子气的话，却让我一时语塞了。想想也真是无趣，到了而立之年，在精神上还依附于一个人。可有什么办法呢？我们是应该长大了。

二

我第一次见到汪先生是1989年的春天，我那时正在鲁迅文学院进修。

那天也真是巧合，之前我并没得到汪先生来鲁院的信息。我的宿舍503室正好与五楼大教室是隔壁。上午9点多，我正在水房洗衣服，听到一阵嘈杂的脚步声，一群人走了过来，我回头一望，一眼便认出了汪先生。虽然我是第一次见到汪先生，可我太熟悉他的形象了，我一眼便断定，那个弯着腰走过去的老人就是汪先生。我赶紧丢下洗了一半的衣服，走了出去，那一群人已进了教室。

我等他们散了会，汪先生一出会议室，我便把他请进了我的房间。

"三个人一间，挺好！"汪先生环顾了一下房间，我给他递上烟，点上。

汪先生开口说："你们天长出了个状元叫戴兰芬。那个对子怎么讲的?"

"天长地久，代代兰芬。"

"本来状元是我们高邮的，叫史秋，戴兰芬是第九名。可慈禧点状元时，觉得这个史秋名字不好听，听上去像'死囚'。慈禧看到戴兰芬，天长地久，代代兰芬，就点了戴兰芬为状元。"

我说："是的，县志上有记载。"

就这么简单,我和汪先生结识了。

同汪先生相识多年,从来没敢在文字上向汪先生提过要求。1990年前后,山西大同有个叫曹乃谦的,写了一组短小说《到黑夜想你没办法》,恰汪先生在山西的一个座谈会上看到,汪先生大为赞赏,于是写了一篇热情的文字,将此稿推荐给《北京文学》发表,《小说选刊》当即转载,影响很大。

受此鼓舞,有一年的冬天,我将自己的两篇小说送给汪先生,想请他看看,得便就写几句评语。说句心里话,我并不完全是想借着汪先生的评价,来推介自己,而是有自己的秘密:能得到汪先生的一些文字,在日后的时间长河里,也是一番文学史上的佳话。

记得那时汪先生还没有搬到福州会馆,还在蒲黄榆9号楼十二层那狭窄的两小居里。家里小而乱。一间小小的客厅兼书房的明间,桌上沙发上乱堆着书。汪先生当时很是爽快,说,可以。当时师母施松卿也在边上,中午还留了饭,汪先生喝了两杯,我临走时,汪先生已有点犯迷糊,可他还是回过头来:"稿子呢?弄哪去了?这不能丢了。"汪先生看起来漫不经心,可骨子里,是认真负责的,绝不诳骗和糊弄年轻人。

过了一些日子,好像到了年底,有一天我去汪先生家。汪先生不说稿子的事,我也不问,依旧一番吃喝和闲话。快走时,我还是忍不住问了一句:"稿子你看了吗?"汪先生不说话,过了一会儿,说:"《小林》写了什么?要体现什么都不清楚。"之后就批评我,一是缺乏自信,二是太懒。汪先生说,沈从文刚到北京来时，连标点符号都不会用。他看了契诃夫的小说后说，这样的小说他也能写出来。做一个作家对自己的信心都没有，还能写出什么好东西来？笔头又不勤，两三年不写东西。三天不写手就会生的。汪先生说："老舍先生这一点做得最好，有写没写每天五百字。你们这么年轻，不下功夫？"

汪先生直愣着眼睛坐在那旧沙发上说，说得师母在边上直扯他的衣角。师母说："你没来，老汪就琢磨怎么说，我叫他说婉转点，看，又给年轻人说得没信心了。"

那天我被汪先生弄得一点情绪也没有。事后想想，汪先生对喜欢的年轻人，真是很严厉的。

三

汪先生在《闻一多先生上课》一文中说，闻先生点燃烟斗，打开笔记，开讲："痛饮酒，熟读《离骚》，乃可为名士。"我曾在一本书的后面记道：今天（1997年5月10日）到汪先生家去。汪先生留饭，他拿出一瓶五粮液给我："你自己喝。"他则倒了吉林产的一种葡萄酒。他站在那里，并不吃菜，或夹一点点就其味。他真的是"痛饮"。

汪先生喝酒是出了名的。关于他喝酒，趣闻逸事也很多。最有名的就是，晚年老太太管着他，不让他多喝酒，有时馋极了，借下楼遛个弯或买个馄饨、买个菜的机会，溜到小区的小卖部，打一碗酒，站在那，一口饮尽，抹抹嘴，走人。

1996年中国文联开会，汪先生住在京西宾馆，我和一帮朋友去看他。他房间门敞开着，人不在，房间大桌子上有笔迹和宣纸，茶几上有一瓶洋酒。过一会儿，汪先生醉醺醺地回来了，一看就喝多了。这样的会议，他被一群年轻人哄着，依他的性情，还不喝多了?!

　　汪先生见我们来，招呼我们坐，嘴里含含糊糊，话已说不清楚。可他还是指着那瓶洋酒，说，喝点酒喝点酒。见我们没动，他还几次要起来亲自为我们斟上，于是我们只有弄茶杯倒，边喝边聊了。

　　汪先生出生在水乡高邮，水的自由和柔性影响了他的性格。高邮历史上一直隶属扬州，扬州八怪：郑板桥、金冬心……他很小就接触这些名字。汪先生身上是有浪漫气质的，高晓声曾说，汪曾祺有名士之风，此言不虚。扬州八怪的那股飘逸劲，在汪先生身上有其影子。汪先生曾论过自己的画："我最喜欢的画家是徐青藤、陈白阳。我的画往好里说是有逸气，无常法。"

　　我收藏了一些汪先生的墨迹。有时我会取出来看看，那些墨迹是真实的，依然那么饱满，那么有生气，仿佛还在呼吸，仿佛还透出那个画画人的精气神。

　　一转眼，汪先生离开我们十个年头了。真的非常怀念他。

这个人让人念念不忘
——《汪曾祺早期逸文》前面的话

手里有一本《汪曾祺早期逸文》，是我自制的一个装订本。牛皮纸封面，目录、页码齐全，有模有样的。内中所收都是汪曾祺 20 世纪三四十年代的作品，包括诗歌、散文和小说，总共有二十来万字。我想，要让这些文字被更多的人读到，交给出版社编辑一本《汪曾祺逸文选》才好。我知道还有许多读者和我一样，喜欢这个可爱的老头儿；有些已经是 80 后、90 后，或者是 00 后了。这些迹象我们从微信和微博中就不难见出。

我知道，喜欢汪曾祺是一件快乐的事，甚至是一件"高雅"的事，因为读汪曾祺的人似乎都有那么点"文艺"的样子。

虽然我写过一些关于汪曾祺的文章，对汪曾祺可以说比较了解，对他的趣闻逸事也知道得不少，可近几天偶尔听朋友说他的一段故事,还是让我喜欢得不行。这个故事的亲历者是徽州人程鹰——

话说1991年,汪曾祺和林斤澜老哥儿俩受邀到徽州游玩。当天晚上,市里接待,颇隆重,汪显然不喜欢这样的热闹,席间逮到机会,便对市里陪同的领导说:"明天就让小程陪我们就行了。"领导见汪诚恳(从喝酒上也可看出),而且酒喝得不错,就应允了。

第二天一早,程鹰赶到宾馆,正好汪已经下楼,正准备去门口的小卖部买烟,程跟了过去。

汪走近柜台,从裤子口袋里抓出一把钱,数也不数,往柜台上一推,说:"买两包烟。"程鹰说,他记得非常清楚,是上海产的"双喜",红双喜牌。卖烟的从一把钱中挑选了一下,拿够烟钱,又把这一堆钱往回一推,汪看都没看,把这一堆钱又塞回口袋,之后把一包烟往程鹰面前一推:"你一包,我一包。"

晚上程鹰陪汪、林在新安江边的大排档吃龙虾。啤酒喝到一半,林忽然说:"小程,听说你一个小说要在《花城》发?"

程鹰说:"是的。"

林说:"《花城》不错。"停一会儿又说,"你再认真写一个,我给你在《北京文学》发头条。"

汪丢下酒杯,望着林:"你俗不俗?难道非要发头条?"

林用发亮的眼睛望着汪,笑了。

汪说:"我的小说就发不了头条,有时还是末条呢。"

老头儿来了兴致,又说了一通:"我的一个小说,转了七八家，都不能用，最后给到东北一个《海燕》，说能发，我写的是一个手艺人，里面有一句话，写手艺人'走进了他的工作'，编辑说不通，要给我改成'他走进了他的工作室'。那时候的手艺人，有什么工作室?"

汪说完，也用发亮的眼睛望着林和程，抿嘴笑。程鹰是在酒桌上说的这个故事。程鹰穿着白色亚麻的衣衫，人清瘦，有点仙风道骨的样子。故事说完，程鹰低声说："我喜欢这个老头儿。"

一个人让人喜欢，有时很难，有时也并不难。一个细节，一个眼神，或者一句话。

还有一件事也可以一说。有一个叫时风的人，给汪曾祺写信，想请汪先生给他画一幅猫，并随信寄了五十块钱。汪回信说：

时风先生：

来信收到。我不善画猫，且画猫为中堂者亦少见。拣近作梅花一幅以赠，这也算是小中堂了。

寄来的五十元敬还，另寄。我作字画从不收钱，尚祈见谅。

即候时安!

汪曾祺（11月5日）

这是我从网上搜来的汪的一封信，不知写于何年，时风也不知是何许人也。

还有一封信，和这封信内容一样，也是关于索画的事。是个叫麦风的沈阳人，1995年认识了汪，去过汪先生在蒲黄榆的家。初次见面不好开口，回到沈阳，他便给汪先生去了一封信，试探看能否购买一幅画。汪收到来信，即画了一幅花卉寄去，并附一信写道：

麦风同志：
　　索画之函今日才转到我手中，当即命笔。我作画不索酬，请勿寄钱来。
　　曾祺问候！

1995年10月14日麦风又一次去汪家，刚进门坐定，汪先生就拿一幅画放在他手中，说："早晨画了一幅画，送给你吧。"麦风欣喜异常，那是一幅荷花图，墨色的宽宽大大的荷叶，黄的花蕊和粉的花，墨色淋漓，临风自得。

以上的这些细节，都让我们心中温暖。我与汪先生生前有些交往，深切地感受过这种特殊的温暖。这种温暖非常奇怪，它不是一般的师生情、朋友情，这里面爱的成分很多，而且一言两语难尽。也许这只是老一辈人的风范，也许西南联大出来的人，都有点这个样子。谁晓得呢！

一个人总是让人念念不忘，我想从以上的描述中，也不难找出答案。

汪曾祺的「四时佳兴」（外一篇）

感谢天津百花文艺出版社的信任，委托我编辑这本汪曾祺先生的图文书。我很乐意做这么一件事，我以为这是对汪先生逝世二十周年最好的纪念。

这本集子里的100多幅书画作品，绝大部分选取自《汪曾祺书画集》(2000年印制，非卖品)，也有极少数的几幅，来自其他地方。书中所选文字，都摘自汪曾祺出版的书，以他生前出版的为主，主要来源为《汪曾祺短篇小说选》《晚饭花集》《蒲桥集》《晚翠文谈》《汪曾祺自选集》《当代散文大系·汪曾祺散文随笔选集》《老学闲抄》和《矮纸集》等，之所以这样考虑，主要是为了更忠实于先生最初版本的文字。

那么，选择配画文字的原则又是什么呢？

1. 尽量使图文呼应，形成一种对应关系。所选文字多少与图有某些联系，要么是他生活过的或去过的地方，日后既有用文字回忆的，又有用书画表达的，比如关于张家口，他画了野芍药，又写了散文《坝上》；他画了昆明的火炭梅，又在《昆明的雨》中写道："雨季的果子，是杨梅。卖杨梅的都是苗族女孩，戴一顶小花帽子，穿了扳尖的绣帮花的鞋，坐在人家阶石的一角，不时吆喝一声：'卖杨梅——'"等等。要么某一件事文章写过，后来画或书法中也有同样的表达。比如他画竹，题"胸无成竹"，而在散文中又谈到"郑板桥反对'胸有成竹'，说胸中之竹，已非眼中之竹，笔下之竹又非胸中之竹"（《创作的随意性》）。比如他晚年画李长吉，而大学时期在昆明他就写过"读书报告"《黑罂粟花：李贺歌诗编读后》等。好在汪先生每有书画，都是抒发自己的情怀（他几乎很少写"成句"）。诗，多为自己的诗；画，也多为他亲见的。这些内容，书中占多数。

2. 部分读者熟悉的篇章中的文字。比如《大淖记事》《受戒》《异秉》《陈小手》和《葡萄月令》等。摘录的部分是我以为比较精彩的段落，或者说是某篇中的"眼睛"。当然这也是见仁见智的事情。

3. 一些短文。汪先生有一些极短的文章，也就几百字，比如，《荷花》《下大雨》《题画二则》，对这样的文章，我就全文照搬了事。

4. 先生的旧体诗。

编这个集子让我颇费了一番踌躇，主要是在图文互见上费神费事。虽然我对汪先生的各类作品算是比较熟悉的,但真找起来,在他几百篇文章几百万字中去找,还是很费事的。有的似乎记得是在哪本哪篇中,真去找,又没有。反正自己肯定在哪看过,于是满书中去翻。汪先生虽然作品量不算大,但后来书的版本太多,版本之间又相互重复,因此查找起来就成难事。有时为某一句话,翻阅几个小时无果,只有放下。

因为对先生的作品极为喜欢,所以做这样的工作也不嫌累。晚上下班,别人匆匆走了,我则尽量留下,这时候我一个人,是最安静的时候。可是一旦进入工作状态,一不留神,就是几个小时,只恨时间太快,日子太短。有时周末,到办公室摊一个大摊子,整幢楼都是我的,真有"虽南面王亦不易矣"之感。——这时候你最好不要来请我吃饭。

因为是选取片段,因此就需要大量复印,还要使上剪刀和糨糊。对于剪下要用的,我妥善保管;而对于那些剩下的,我都舍不得丢掉。我把一个一个七零八落、剪得缺缺丫丫的纸片,又"规整"得方方正正,折好,有的揣在上衣口袋,有的揣在裤兜里,随处放一点(也是边角料利用,一笑),好随时取出一看。

关于书名,就拟定为《四时佳兴》。汪先生生前多次写过宋儒的这两句诗,也在自己的文章中引用过:

  万物静观皆自得,
  四时佳兴与人同。

287

"四时佳兴"这个题目，在汪先生与著名漫画家丁聪先生合作的《南方周末》专栏中也曾用过。当年题目也为先生所拟，并书以作为专栏的刊头。现直接移来，作为书名，我想是合先生心意的。

明年，就是汪先生离开我们整整二十年的日子。我想文艺界会有一些纪念活动的。我们读者也会以自己的方式，纪念这位可爱的老头。

认识先生时我才20多岁，如今我鬓角也已斑白。真是人生苦短。前不久微信上传一个段子。虽然段子是俗气的，但也不无道理。说是人生就只有"三晃"：一晃大了，二晃老了，三晃没了。我现如今已"晃"了"两晃"，噫嚱！——"譬如朝露"呀！说这个话，也只是感叹光阴易逝，并无悲苦之意。生活中还是快乐的时候多，比如读汪先生的书，就是一种甜美的快乐。正如著名摄影家狄源沧先生（1926—2003）所言：

喝茶爱喝洞顶乌，
看书只看汪曾祺。
不是世间无佳品，
稍逊一筹不过瘾。

"不过瘾"三个字，是我给添上去的。老先生写了"稍逊一筹"就没下文了，我给他敷衍了三个字，续貂耳。

是为后记。

2016 年 11 月 3 日

与中小学生谈汪曾祺

汪曾祺先生是一位创作风格十分独特的作家。

他 1920 年出生于江苏高邮，从小受到了良好的教育，十岁左右随祖父读《论语》、写大字，小学时从韦子廉先生读桐城派，临《多宝塔》和《张猛龙碑》（《自得其乐》），随高北溟先生读柳宗元、归有光（《寻根》），看他的画家父亲作画（《我的父亲》）。1939 年赴昆明，考入西南联大，师从朱自清、闻一多和沈从文诸先生，是沈从文先生的高足。年轻时读了不少翻译小说，受西方意识流影响，写一些自己不懂别人也看不懂的诗。新中国成立前曾从事过中学教员和博物馆员工作，1948 年出版第一本小说集《邂逅集》。新中国成立后，在赵树理和老舍先生手下当编辑，编过《说说唱唱》和《民间文学》。1958 年被打成右派，下放张家口沙岭子农业科学研究所劳动。1961 年写了小说《羊舍一夕》（又名《四个孩子和一个夜晚》），后由少年儿童出版社出版。1963 年后一直在北京京剧院当编剧，是现代京剧《沙家浜》的主要执笔人。他说："中国的说唱文学、民歌和民间故事、戏曲，对我的小说产生了不小的影响。"（《寻根》）

他的主要作品都是写在新时期以后，1980 年发表短篇小说

《受戒》《大淖记事》，在文坛引起巨大反响，之后一发而不可收，先后创作《异秉》《岁寒三友》《陈小手》《天鹅之死》等名篇，他的散文写作也成就显著，写了大量散文，有《葡萄月令》《跑警报》《泡茶馆》《多年父子成兄弟》《昆明的雨》等名篇。生前出版过《汪曾祺短篇小说选》《晚饭花集》《晚翠文谈》《蒲桥集》等小说散文集，被誉为"中国最后一个士大夫""中国当代最后一个文人"。

他的创作的主要特点，大致可概括为：

1. 他是一个中国式的抒情的人道主义者。1983年他在《我是一个中国人》一文中说："有人让我用一句话概括出我的思想，我想了想说，我大概是一个中国式的抒情的人道主义者。""我的气质，大概是一个通俗抒情诗人。"(《〈晚翠文谈〉自序》) 他从感情上接受儒家思想，是一种富于人情味的思想，他是一个乐观主义者。

2. 他是一个文体家。一个法国记者到他家采访，问汪先生在中国文学里位置。他想了想说："我大概是一个文体家。"(《认识到的和没有认识到的》) 他年轻的时候，想打破小说、散文和诗的界限，追求散文化的小说。"散文化小说的作者十分潜心语言。他们深知，除了语言，小说就不存在了。"(《小说的散文化》)

3. 他特别重视语言，视语言为内容。他说："我很重视语言，也许过分重视了。"(《自报家门》) "语言不仅是形式，也是内容。语言和内容（思想）是同时存在，不可剥离的。语言不只是载体,是本体。"甚至说:"写小说就是写语言。"(《思想·语言·结构》)他认为语言有四性:内容性(世界上没有没有思想的语言,也没有没有语言的思想)、文化性(语言后面都有文化的积淀。古人说"无一字无来历")、暗示性(要使语言有暗示性唯一的办法是少写。不写的,让读者去写)和流动性(语言是活的,滚动的。语言是树,是长出来的。一枝动,百枝摇)(见《思想·语言·结构》)。他学习语言的方式,是向古人学习、向民间学习、向群众学习。语言的标准只有一个:准确。

4. 他的作品充满趣味。他的散文《夏天》一开头就写道:"夏天的早晨真舒服。空气很凉爽,草上还挂着露水(蜘蛛网上也挂着露水),写一张大字,读古文一篇。夏天的早晨真舒服"。——多么朗朗上口呀!在《下大雨》中又写:"雨真大,下得屋顶上起了烟。大雨点滴在天井的积水里砸出一个一个丁字泡。我用两手捂着耳朵,又放开,听雨声:呜——哇,呜——哇。下大雨,我常这样听雨玩。"是不是很有趣?他对生活中的一切手艺和美都充满了热情,对戏剧、书画、诗赋、民间文学、美食和花草虫鱼都感兴趣(他写了那么多谈草木、谈美食的文章)。他曾在《〈旅食与文化〉题记》一文中说:"活着多好呀。我写这些文章的目的也就是使人觉得:活着多好呀!"

他谈到自己时说:"我的小说在中国文坛可视为'别裁伪体',年轻时'领异标新',中年时说过'凡是别人那样写过了,我就绝不再那样写'。现在我老了,我已无意把自己的作品区别于别人的作品。我的作品倘与别人有什么不同,只是因为我不会写别人那样的作品。"(《〈茱萸集〉题记》)他说过:"有年轻同志问我修养是怎么形成的。我告诉他:古今中外,乱七八糟。"(《小说创作随谈》)

　　文学评论家李建军曾这样概括:"汪曾祺淹通古今,知悉中外,出而能入,往而能返,最终还是将自己的精神之根,深深地扎在了中国传统文化和中国古典文学的土壤里,使自己成为一个纯粹意义上的中国作家。"

　　以上是我研读汪曾祺多年的一点体会,供同学们参考。

辑六

听沈从文说话

这个冬天老人来到我的家里，穿着宽宽大大的棉衣，坐在我家客厅的同样宽宽大大的藤沙发上，浓浓的夹杂四川口音的凤凰口音，黏黏滋滋，声音细细的、低低的。他絮絮叨叨，你必须用心去听。你听明白了，你感到天庭被一只上帝的手打开。那是集半个多世纪人生经验和创作经验的声音。你仿佛被谁推了一掌，茅塞顿开。

这个冬天因为这个声音，我温暖。我心温暖。其实我多么讨厌南方的冬天啊，万木凋零，到处死气沉沉。我所居住的这座南方城市极其平淡。一切都处于萧瑟之中，使我的身心皆活泼不得。我无意之中将老人请进客厅，那真是上天赐予的。

得到这份"巨匠之声"非常偶然。那天我在网上无意之中看到介绍这本由沈先生的助手王亚蓉编的《沈从文晚年口述》,知道书内还附有一张CD,是沈先生晚年几次谈话的录音。我简直惊奇不已。我无法想象沈先生是如何说话的。我只在汪曾祺先生的文章中知道沈先生"湘西口音很重",说话非常难懂。我急切地来到书店,在一个不显眼的角落得到这份意外的惊喜。

我欣喜的情形是难以想象的。我听到老人说话的一刹那感觉是神奇的。我并没感到意外。我感到无比亲切。他的浓重的乡音我还是听懂了一些。我非常喜欢那"轻轻地说话的语气",那真是无比天真的。

"一切都要经过训练……大家讲我有天生啊……绝对没有。我是相当蠢笨的一个人,我就是有耐烦,耐烦改……巴金什么的说我'最耐烦改了',因为我改来改去,改来改去我文字就通顺了……

"根据个人的浅薄经验来说呢,要是一个作家写到十本书以上,左右,他就统一上达到一个平衡,就站得住,而且在这个基础上他就可以发展……"

我读过沈从文的多少书?我读了多少遍沈从文?我曾将《边城》抄在一个笔记本上。《从文自传》《湘行散记》中的许多篇什也会不经意地浮上我的心头。《一个戴水獭皮帽子的朋友》《姓文的秘书》我读过无数遍。我曾在人民文学出版社出的《湘行散记》小册子的扉页上记道:"(1997年)5月15日我在去湘西吉首、永顺、保靖、凤凰的途中读过……在回北京的列车上,我又重读了一遍《老伴》,那个成衣铺卖绒线的十三岁的少女深深感动了我……"（这个少女后来就成了《边城》里翠翠的原型）我也曾请汪曾祺先生将"耐烦"两个字为我写过。记得当时汪先生还不太情愿……汪先生嘴里喷喷道："两个字……这、这怎么写……"还是先生的女儿汪朝在一旁瞎出主意："就两个字，你就给他写吧！"我还不知趣地说："这是沈先生……"汪先生瞪眉直眼的，那表情就似他画过的一幅画中的那个人，那类似八大山人的老和尚滑稽极了……他提着毛笔趔趄着，还是为我在宣纸上写下了"耐烦。凡事都要耐烦"几个字。

可是我究竟真正懂得多少沈从文的"耐烦"！这些悟透创作经验的妙论，我若是早在十年前知晓，又会是怎样的情景？

从个人的眼光来看，我已虚掷了太多的时光，在沉溺于人世纷繁中流逝了太多的生命。我听到这样的声音似乎稍稍迟了点。深秋季节，我曾将杨绛先生的《我们仨》读完。我在一篇读后感式的小文中述道："在浩如烟海的文字中，我怎就偏偏只喜欢这些'过时'人物的文字？孙犁、汪曾祺、沈从文……这都是'新潮们'不屑的人物啊！这些'过时'的人，他们都是一些能把话说清楚的人，他们总是用最简洁明白的文字，说平常的道理。"我深深知晓他们的价值，我也很愿意学习他们。而我由于疏懒，荒芜的心竟又对平常的日子说不出一个字来。是老舍先生说过吧："有的写没的写，每天都要写五百字。三天不写手就会生的。"汪先生也曾批评过我们"手太懒"。而浮躁的我们总是沉溺于声色红尘之中，甘不得寂寥。

沈先生说："我没有别的能力，我非要靠了这只手活下去，愿望尽管好像很伟大，工作能力很低。"他又说："是不是先做记者，把笔下弄活它。……短篇这个东西就像跳舞，它各种都要跳啊……它处理得好像是一切不离开人情吧。"

听到这样的声音，就仿佛看到遥远浩渺的天空里的一颗星星。不是很炫目，但是恒久地，就这样远远地、默默地发光。不炫耀、不卖弄、不造作。我想，凡具备大师情怀者，皆怀有这种谦逊的品质和透彻世事的眼光。

谈话中，沈先生有几次笑声，是很耐人寻味的。在这里我很愿意和读者共同分享。在湖南省博物馆的那次讲演中，沈先生说自己是一个很迷信文物的人。当他说到"我是1928年就混到大学教散文——那也是骗人了——教散文习作……"时，沈先生笑起来了，那笑声中有孩子般的纯真，非常稚气，一副很可爱的样子。而在《湘江文艺》座谈会上谈到扇子文化，沈先生说："马连良《空城计》拿的那个扇子太晚了。"他又孩童般地笑了，笑声柔柔的，亲切明澈，从笑声中似乎可以触摸到他对自己所从事的工作的热爱，感到他在他的领域里是巨大的、坚强的。而说到文学，沈先生说"我的书呢，（19）53年就烧掉了，烧到什么程度呢……"，这句话没有说完，突然噤住了，而改口说"我在文学方面是绝对没有发言权的，绝对没有"，从口吻中明显觉察到这个生命是受过挤压之后的样子，让人觉得这个生命在许多岁月里是很卑微的。听到这样的声音，稍微知晓一点沈从文生活情形的人，肯定会在震惊之余感到心酸的。最有意思的是，沈先生说"我是标点符号现在还不通顺，还要我的老伴来帮我改，哪个文法不对了,哪个文法又不对了",沈先生轻轻地笑了,仿佛谁轻轻地拍了一下手,整个会场都笑了起来,"因为我根本就不懂文法,我怎么对了?不能对的"。笑得非常滑稽可爱,让人感到这个人在生活中还暗藏着机智和小小的幽默。其实,从沈从文的许多作品中,是能看出这是一个很智慧很懂得幽默的人。(书内有一则王亚蓉与沈先生在火车上的对话,说到沈先生1969年冬被下放到湖北咸宁干校劳动的生活,沈先生说:"一个人就住在学校的一个大教室里。空得什么都没有,就是看到窗子上有几个大蜘蛛慢慢地长大了。这面窗子还可以每天看见一只大母羊,每天早晨还可以看见牛,那个大牛、小牛都庄严极了,那个地方的牛都大极了,花牛,美极了,一步一步带着小牛吃饭去。间或还能看见一些小女孩子梳着两个小辫辫,抬砖头捡树叶子。"这是多么干净准确的描述啊,这是通过一双智慧的眼睛观察到的生活场景。准确、生动、明净,气味、声音、色彩都在里面。读之无比感人!)而话锋一转,沈先生说"现在我们知道一个问题是这样的",又极其严肃认真地说"我的写作恐怕是受契诃夫、屠格涅夫的影响",他说"我总觉得写什么东西,把这个地方风景或者插进去写。人是在这里活动呢,效果就出来了"。同时,"文字还是要紧的","要能够驱遣文字",他说,"太方言化了不行,受不了,走不通"。他举例说"像我们凤凰那个'给个毛恰恰'",下面轰地笑了起来,沈先生自己也笑了,真的煞是可爱。

从个人的阅读经验来说,在这个冬日我听到这样的声音,我是温暖的。沈先生说到要多读书时,他说"其次还是要多读书,读书不必是受影响，是受启发"，这真是非常别致和新鲜的见解。之后沈先生说"要能够去跑，能够挨饿，能够不怕冷"。沈先生自己其实就是这样的一个人。这个"本钱就是小学毕业"的人，用自己手中的一支笔，真的打下了一个天下，并且佐证了自己所言。这真是一个绚烂的生命。

福山路3号

福山路3号是沈从文故居。

我上午就要离开青岛,我必须去一趟。于是我早晨6点多钟出门,打车来到小鱼山,寻找沈从文故居。那个出租车司机,只把我放在康有为故居,说,就在附近,不远。

我知道他不能准确地告诉,于是用这话来搪塞我,好在我时间还早,我也乐意在这僻静优雅的山腰闲逛。

这样的独处对于我是相当幸福的。来青岛两日了,被海鲜和无趣的旅游弄得苦不堪言。这种饕餮之美,使我的灵魂仿佛被掏空。我来觅沈从文故居,就是一种心灵的修补,逃避这种无奈的空虚。

洁净的沥青路面,坡坡地延伸,两旁欧式的老建筑,随处长着自由的花草树木，让你仿佛置身欧洲小城。那些早起的人，匆匆地催促孩子上学去。卖早点的摊子，也摆在了门口。我见一个年轻的女人走过，便上前问她，请问沈从文故居在哪？她默想一会，用手指了指，不确定地说，恐怕在上面吧。她不能确定，又摇摇头，说，不清楚。你再问问别人。

其实我的目光已停留在福山支路9号院里。那户人家别出心裁，在院子里种了一棵瓠子，枝蔓绿生生的，披挂下来，开着白色小花，真好看！那半大的小瓠子藏在绿茎叶中间，露出半张小脸，一副幸福的模样。它真的很幸福！小瓠子，你幸福吗？边上好大一棵无花果！真大，这棵无花果，你真棒！

我真的无意于她的抱歉。我对那年轻的女人说了声"谢谢"，便径直去了9号大院。我知道，它们是修补心灵的最好良方。别出声，让我同它们说会话。

何不做一回王子猷呢！乘兴而访，兴尽而归。同这些小小的生灵说会话，你的触须会是多么敏锐，你必须静下心来，小心呵护。它们虽是一个个小哑巴，可它们是多么有灵性，那小模样又是多么俊俏！

我又往前走，见到一个老人。我对他说，请问沈从文故居在哪？老人似乎耳背了，他说，什么丸？我大声对着他的耳朵说，沈从文！老人沉默了一会儿。他很想帮助我，可老人无奈地摇了摇头。

我是漫走的专家，我心下决定：再也不去问人，我一定能自己找到。在走过几条路——鱼山路、恒山路和芝罘路——之后，我终于见到福山路。我大步向上走去，拐过几个路口，我终于见到了那个门牌"福山路3号"和那块黑底金字铭牌"沈从文故居"。

一扇斑驳的铁门半掩着，半边有青藤纷披下来。迎门一堵石墙，石墙同样被青藤所伏。无人，院子里静静的。我的心一下子提了起来。我悄声说，沈先生，我来看你了！我一斜身，进门横着一溜石阶，我拾阶而上。

嘻，这就是一座花园。院子里树木扶疏，一棵大的紫薇开满了缎子一样粉红的碎花。可是并不热闹，似乎还有那么一点冷清。别急，让我静下来。一幢两层的老楼掩映在这些树木花草之中。我一层一层看过去：几棵椿树，几棵常青树，两棵柿子树，结着青疙瘩的青柿子，前院还有一处种了玉米，枝叶全枯，可仍立着。走过后院，一棵枫树倚着高坡，后院竟种了南瓜，南瓜藤铺张着，爬得到处都是，开着大大的黄花，结着大大的南瓜。登楼的石阶是弧形的，那石阶的扶手上，也摆了几盆花：一盆蟹爪兰，几盆雏菊，几盆苦瓜低垂着，有的已经腐烂，仍垂下那里，有一盆竟是辣椒，一头结了许多朝天椒！

这是一座花园吗？是一座破败的废园？它还是一畦菜园。它仿佛很有点人间烟火味，又似乎有那么一点典雅浪漫，可是显然很久没有人收拾它了，有那么一点荒凉。这是沈先生当年的模样吗？

小院静寂着，没有一个人。为什么一个人没有呢？可是我又多想没有一个人啊！千万不要有人进来，我可不是小偷！不信，我背一段《边城》给你听。你住在这里，你难道不知道翠翠吗？

别出声，让我坐下来，同沈先生说说话。

303

沈先生，我读过无数遍的《湘西》和《湘行散记》。有一本"开明文库"的《湘行散记》小册子，我一直随身带着，我在扉页上记了"河底各色圆如棋子的石头也感动我"。我还算"耐烦"吧？那个戴水獭皮帽子的"大爷"还好吗？我可是去过永顺、保靖、泸溪和凤凰……沅河的水和吊脚楼……翠翠是以你在崂山北九水见到的那个姑娘为原型的吗？

我自语了半天，没有听到一点声音。是我没有慧根吗？我侧耳去听，恍惚在那紫薇丛中，沈先生的圆圆脸庞一闪，他眯眯笑着。沈先生！我差点叫出声来！可那圆圆的脸庞只一闪，便不见了。

我又默坐了一会儿，站起身来，悄悄走上台阶门口，屋里有说话声音！还有倒水声！我赶紧后退了几步。

好了，沈先生，我得走了。这里是有人给你看房子的。你放心吧。

我走出了门，又回过头来，看了看那半掩着的斑驳的铁门。我又凑近去读那铭牌上的字：

沈从文（1902—1988），湖南凤凰人。现代作家。1931年在国立青岛大学任教。在青期间完成了《三个女性》《月下小景》等文学名著。

我走了几步，又蓦一回头，目光正好落在掩映在青藤下的蓝色门牌上：福山路3号。

与黄裳谈汪曾祺

我一直对汪曾祺1947至1948年在上海的一段岁月感到十分好奇和向往。那是一段神采飞扬的岁月，也是深埋在头脑中的永远抹不去的美好记忆。关于这段记忆，汪曾祺回忆得不多，倒是黄永玉不断地提起，黄裳也说过几次。

黄永玉在《太阳下的风景》中说：

> 朋友中，有一位是沈从文的学生，他边教书边写文章，文章又那么好，使我着迷到了极点。人也像他的文章那么洒脱，简直浑身的巧思。

看到这些，真是非常羡慕他们当年的友谊，那时他们都才20

几岁——黄永玉最小,23岁,汪曾祺27岁,黄裳28岁。都正是青春飞扬的岁月,精力又是那么好,内心又膨胀着对未来的无限想象,真是十分快活。

黄永玉在《黄裳浅识》中又曾写道:

> 我一直对朋友鼓吹三样事:汪曾祺的文章、陆志庠的画、凤凰的风景。

还要说什么呢?这就是一个人对另一个人的友谊,也是一个人对另一个人欣赏到极点、迷恋到极点的肺腑之言。

我忍不住想听听他们亲口所说,于是只得写信给黄裳,说出我对他们那段生活的迷恋,想请他谈谈那个年月的情形。传记作家李辉说,黄裳是个极其沉默的人,与他坐在一起,他能一直沉默,不说话,如"一段呆木头"。可对于写信,黄裳倒是有兴趣的。果真我信寄出去不久,来自上海陕西南路的回信就收到了。黄裳写道:

> 苏北先生:
> 　　惠函及大作《灵狐》、杂志一册俱收到,谢谢。
> 　　曾祺系旧友,去世后曾写数文念之,俱以《故人书简》为题,想都看到。1947—1948年沪上相逢,过从甚密,往事如尘,难以收拾。近黄永玉撰《黄裳浅识》长文,有所记录,亦因五十年长事,不无出入,亦殊无必要一一追忆矣。

曾祺"文革"中上天安门，时我在干校，因此得批斗之遭亦可记，八十年代（或九十年代）过北京，曾谋一晤，而以赴张家口演讲不果，得一信并一画，后又一次同游扬州、常州、无锡；访香港亦同游，但觉其喜作报告，我则视若畏途。琐聊供参阅，闻近来频有新书出现，因我不上书店，俱无所见，如蒙见示一二，幸甚。

匆祝撰安！

黄裳

2007.7.29

黄裳与汪曾祺相识是在巴金家里，这时汪似乎已到致远中学教书。1946年7月汪曾祺自昆明经越南、香港来到上海，已十分潦倒。在香港，为等船期，滞留了几天，这时他已近身无分文了。他寂寞得"连个说话的人都没有"（《芋头》），整天无所事事，在走廊上看水手、小商人、厨师打麻将。心情很不好，因为到上海，想谋一个职业，可是没有一点着落。他在自己所住的一家下等公寓的一片煤堆里，发现长出一棵碧绿肥厚的芋头，而"获得一点生活的勇气"，可见得他在羁旅之中寂寞的模样。

到上海，汪曾祺寄住在同学朱德熙母亲家里。老家高邮，正在战火之中，有家不能回。他本想在上海找一个能栖身的职业，可是一连几次碰了钉子。在情绪最坏时，甚至想到自杀。他把在上海的遭遇写信告诉沈从文，没想被沈从文大骂了一顿："为了一时困难,就这样哭哭啼啼的,甚至想到要自杀,真是没出息!你手里有一支笔,怕什么!"沈先生又让夫人张兆和从苏州写一封长信安慰汪曾祺,同时写信给李健吾,请他多多关照自己的这个学生。

李健吾对汪曾祺是有印象的。因为在昆明,沈先生就多次向他推荐过汪曾祺的小说。汪曾祺早期作品《小学校的钟声》《复仇》都是发表在他和郑振铎主办的《文艺复兴》杂志上。

汪曾祺找到李健吾,李健吾只好将他介绍到自己学生所办的一所私立中学——上海致远中学教书。这时正是1946年9月。

巴金的夫人萧珊毕业于西南联大,巴金又是沈从文的好朋友,于是汪曾祺在巴金家与黄裳相识了。同时相识的还有黄永玉。黄裳信中所言"1947—1948年沪上相逢,过从甚密",这从《故人书简·记汪曾祺》亦可得到印证:

> 认识曾祺,大约是在1947至1948年顷,在巴金家里。那里经常有萧珊西南联大的同学出入,这样就认识了,很快成了熟人。常在一起到小酒店去喝酒,到DD'S去吃咖啡,海阔天空地神聊。一起玩的还有黄永玉。

黄永玉在《黄裳浅识》一文中说,他曾"见过汪曾祺的父亲,金丝边眼镜笑眯眯的中年人",想必也是在上海的那个时期。那时黄永玉在闵行县立中学教书,每到星期六,"便搭公共汽车进城到致远中学找曾祺,再一起到中兴轮船公司找黄裳",于是

"星期六整个下午到晚上九十点钟,星期天的一整天"都混在一起。黄永玉笑谈:"那一年多时间,黄裳的日子就是这样让我们两个糟蹋掉了,还有那活生生的钱!"几十年后黄永玉回忆起来"几乎如老酒一般,那段日子真是越陈越香"。

关于上海的那段日子,汪曾祺没有专门著文去说,只都是零零散散地散落在小说、散文中,小说《星期天》专门写了在致远中学的生活,在《读廉价书》一文中,汪曾祺写道:"在上海,我短不了逛逛书店,有时是陪黄裳去,有时我自己去。"在《寻常茶话》中写到上海:"1946年冬,开明书店在绿杨村请客,饭后,我们到巴金先生家喝工夫茶。"这里的"我们",定会是黄裳和黄永玉等。

黄裳在信中说:"曾祺'文革'中上天安门,时我在干校,因此得批斗之遭亦可记。"这已经是1957年"反右"之后的事了。黄裳在《故人书简·记汪曾祺》中亦曾提及:"后来曾祺上天安门,那时我在干校里,却为此而挨了一顿批斗,警告不许翘尾巴。"现在读之不仅让人失笑,笑是觉得荒唐。可那时的黄裳,是无论如何也笑不出来的。

黄裳信中说,20世纪八九十年代,又"同游扬州、常州、无锡;访香港亦同游"。这时的汪曾祺已写出《受戒》《大淖记事》等小说,在文坛大红大紫,汪先生已经从"壳里"解放出来,心情大为舒畅。可以说,汪曾祺的天性得到伸张,他本来也就是这个样子——倜傥潇洒。应该说,比在上海的时候还要更好。大约可以和他刚到昆明的初期相仿耳!所以黄裳说"但觉其喜作报告,我则视若畏途"。黄裳天性是寡言的,正如黄永玉所说,"大庭广众下是个打坐的老僧"!

黄裳在信的最后说道,近闻汪曾祺频有新书出现,因我不上书店,俱无所见。于是我立即到书店,购了一套山东画报社出的《人间草木:汪曾祺谈草木鱼虫散文41篇》《汪曾祺文与画》《汪曾祺说戏》《五味:汪曾祺谈吃散文32篇》《汪曾祺谈师友》《你好,汪曾祺》给他寄去。不久我便收到黄裳的回信:

苏北先生:

　一下子收到好多本书,颇出意外。山东画报把曾祺细切零卖了,好在曾祺厚实,可以分排骨、后腿……零卖,而且"作料"加得不错,如《人间草木》。应该称赞是做了一件好事,我有曾祺的全集,但少翻动,不如这些"零售"本,方便且有趣。

　大作拜读,所着重指出处也看了。我没有什么别的意思,只是多年不见,怀念在上海的那些日子,曾祺在北京的朋友,我都不熟,想来他们之间,必无当年沪上三人同游飞扬跋扈之情,对他后来的发展,必有所碍。又曾见山东画报辑曾祺说戏一书,未收我与他有关王昭君辩难之文,可惜。

　纸短,匆匆道谢,即请撰安!

黄裳

2007.9.10

是的，汪曾祺当然"厚实"，黄裳同时也是十分欣赏汪曾祺的为人和为文。他在《故人书简·记汪曾祺》中说："他总是对那些生活琐事有浓厚兴趣，吃的、看的、玩的，巨细靡遗，都不放过。他的小说为什么使人想起《清明上河图》，道理就在此。"

在同辈作家中，王蒙、林斤澜、舒乙，都对汪曾祺的文字极为敬佩。邵燕祥曾说过："在他面前，我常常觉得，自己算不上一个真正的读书人。"作家李陀说，汪先生的文字，把白话"白"到家，然后又能把充满文人雅气的文言因素融化其中，使两者在强烈的张力中得以和谐。这大概只有汪曾祺能吧。沈从文研究者凌宇则说："读汪曾祺的小说，你会为他的文字的魔力所倾倒。句子短峭，很朴实，像在水里洗过，新鲜、纯净。'清水出芙蓉，天然去雕饰。'"是的，喜欢汪曾祺的人，在他的文字面前，就像在一泓清泉边，泉水静静地流淌着，随时掬饮一把，确有甘甜清冽之感。

汪曾祺的迷人之处，还在他具有非常的捷才。说他是"最后一个士大夫"也好，说他是"当代才子"也罢，他随手点染的那些诗句，如果有人辑集起来，编一本《汪曾祺诗草》，那亦是十分美妙的一本书。一次他随作家代表团到云南访问。高原的光照强烈，女作家李迪戴着墨镜。一天下来，回到住地，李迪摘下墨镜，镜片内的雪白，鼻子和脸却花了。汪先生一见直笑。他脱口说："李迪啊，为你写照八个大字，'有镜藏眼，无地容鼻'。"他与宗璞等作家游太湖，临下船，他塞给宗璞半张香烟纸，宗璞展开了看，是一首打油诗："壮游谁似冯宗璞，打伞遮阳过太湖。

311

却看碧波万千顷，北归流入枕边书。"汪曾祺还擅长题画诗，他的题诗大多自拟，不仅切合赠画者身份，而且才情兼备，佻达而有致。如果有人征集起来，亦可幸耳。

去年在汪曾祺逝世十周年座谈会上，林斤澜说："我生病在医院里，醒来，看见曾祺的人，他就不过来。我说：'你过来。你过来。'他就是不过来，他就在那里说。仿佛这个人就在那儿坐着呢！"

林先生说，一个叫美学效果，一个叫社会效果。这两个，汪曾祺都达到了。有些作品接近美学效果，有些作品接近社会效果。汪曾祺晚年写的《聊斋新义》，十几篇文章，我就想，年轻的同志要多琢磨琢磨，这里面有些名堂。汪曾祺的有些事情是要研究的。近读林斤澜发在《文汇报》上的《无巧不成书》，说到汪曾祺。林先生说汪曾祺"下笔如有神"，我"琢磨"神在高雅与通俗兼得。

何镇邦说得也十分有趣。他说，汪曾祺从来不把自己当成什么了不起的人物，一个完全的老百姓。——他到鲁迅文学院讲课，招待都是四特酒。四特酒本来不是什么好酒，可他认为是好酒。一个算命的曾对汪先生说："要是你戒了烟酒，你还能多活二十年。"汪先生回道："我不抽烟不喝酒，活着干吗呀！"

汪先生好酒是出了名的。住蒲黄榆，他有时还偷偷下楼打酒喝。退了休老太太管着他，一次他去打酒，小卖店少找了他五毛钱，老太太打楼下过，店主叫住老太太，给找回五毛钱。老太太回去一番好审："汪曾祺，你又打酒喝了？"开始汪先生还抵赖。

老太太说:"人家钱找在这,你还有什么好说的?"老头儿哑了。汪师母施松卿对老头儿一般有三种称呼:老头儿、曾祺和汪曾祺。老太太一叫"汪曾祺",坏了!肯定有事了!汪曾祺写《安乐居》,老太太发动全家批判他:你居然跑到小酒店喝酒了!——没有啊!——有小说为证!还抵赖!

这就是汪曾祺。

有的作家是"人一走,茶就凉",而汪曾祺的价值却越来越凸显,身后越来越热闹。十年来,以至形成一群"汪迷"。那天邵燕祥对我悄悄地说:"汪迷"的"格"比"张迷"要高。之后他又神秘地悄声说:这不能给"张迷"知道,否则非打死我不可!

是的,汪和张都是很世俗的作家,他们食人间烟火(有些作家似乎不食人间烟火),他们的笔下也更具人间烟火味。而汪曾祺似更"雅"一点,更书卷一点。(何镇邦说,他曾听汪曾祺骂过一次人。何镇邦说:"老头子骂人也很文雅。"事因是听说广东某个大左派要当某作协主席。汪先生在电话中说:"他要当主席,我退会!天安门自焚!")有人说汪曾祺是"三通":古代的与现代的,中国的与外国的,严肃的与民间的。而何镇邦说得简单:老头子一辈子写美文、做美食。汪先生的做菜原则是"粗菜细做",做菜很简单,跟他的小说一样。一次他买回一个大牛肚,便给林斤澜和何镇邦打电话:"我刚买了个大牛肚!"何镇邦不想去:"我到你那打的要几十块!"汪先生在电话中嚷嚷:"我这个爆肚不是想吃就能吃得着的!"结果何和林胃口大开:"又脆又

313

香!"多少年之后何镇邦回忆起来,依然如此快乐。

汪先生在晚年,对青年人特别友好、关心,为许多青年人的新书作序,多有褒奖和扶掖。他为年轻人写的文字,真是举轻若重、举重若轻。有时年轻人来访,他会主动问:"我给你画个画,好吗?"他并不觉得自己的画值钱。他曾经给一年轻朋友画了一幅画,被别人见到,要用五百块钱买去。汪先生知道后说:"你为什么不卖?我还可以给你画嘛!"赵大年说,有一个问题他始终搞不懂:汪曾祺为什么讨女孩子喜欢?参加笔会,一起游船,汪先生的船上都是女作家,而他们的船上清一色的老爷儿们。汪曾祺的文章,不受某些官员喜欢,但是女孩子都会喜欢。是啊,汪先生的文字是温暖的。爱人者人家也爱啊!一次在火车上,说起传世之作,赵大年说《受戒》可以传世。汪曾祺说:一个人写一辈子,能留下二十个字就不错了。赵大年说,不光女孩子喜欢汪曾祺,连我这个白发老头子也喜欢他。

汪先生去世后,他的子女在他的灵堂前摆放一壶酒、一包烟。

"这个灵堂,我赞成。"何镇邦如是说。

何镇邦是理解汪曾祺的。许多人理解汪曾祺。十多年过去了,汪曾祺的书都在书店里。

许多人在读他的书。黄裳说得很对,汪曾祺是"厚实"的,可以分"排骨、后腿……零卖"。而且"味道"不错,日久弥香。

黄裳在信中提到"所着重指出处也看了。我没有什么别的意思",指的是我在信中提到,"文革"后期,黄永玉在给黄裳的一封信中写道:"汪兄这十几年来我见得不多,但实在是想念他。真是'你想念他,他不想念你,也是枉然',他的确是富于文采的,但一个人要有点想想朋友的念头也归入修身范畴,是我这些年的心得,也颇不易。"看后心中颇不是滋味。

今年夏天,天津《散文海外版》发给了我一组长文。内中提到四五月间,我在北京与汪朗的一次长聊,其中谈了许多汪先生与黄永玉的事,说得温暖而有趣。我将杂志寄给了黄裳。过了些日子,黄裳即给我一封回信,信是写在一种特制的印有暗花的信笺上,笔迹柔软绵长,看了心热:

苏北老兄:

　　接手书并大文,即读一过,谈言微中,有会心处。

　　关于永玉曾祺间纠纷事,我本不知,读尊文始明究竟,近永玉似亦曾自说此事,大抵总算明了。真是"细故",但背后却有更深的因素,两人都不曾说。

　　曾祺对我,一直保留着当年的交情,无甚变化,我亦然。我尚有曾祺一信,不能发表,是他推荐我争取台湾什么文学奖事,他荐了两人,宗璞与我,信中说及奖金……美金……我未接受,此事不了了之。

　　我为'王昭君'事和曾祺抬了一杠,他的来信也全文发表了。这是彼此交情的真实表现,但此信未收于他的任何文集……我合计似有"为贤者讳"之意,窃以为不能了解我们之间的友谊之故,尊意如何?

天热，简复，颂问热安！

黄裳

2008.8.6

黄裳这里的"我为"王昭君"事和曾祺抬了一杠"，黄裳在《关于王昭君》一文中已全引了汪曾祺的信。信是写于1962年4月，是从武汉发出的。这时的汪曾祺，已从张家口回到了北京，开始了他的京剧编剧生涯。信中汪曾祺谈到他刚刚完成的京剧剧本《王昭君》。黄裳认为，和亲是汉家对北胡的政策，在政治层面上考虑是一回事，至于具体到王昭君个人，那只是作为货物或者筹码，是被侮辱被损害的对象；而汪曾祺则"不意弟所为'昭君'，竟与老兄看法相左"，汪认为，昭君和亲在历史上有积极作用，对汉、胡两个民族人民的生活、生产均有好处。讨论此事是在特定的那个时期。汪曾祺在此后再也没有提起过，也没有留下任何文字，也许汪曾祺早已忘记了，也许是不愿意谈起了。

至于黄裳提到"我尚有曾祺一信，不能发表，是他推荐我争取台湾什么文学奖事，他荐了两人，宗璞与我，信中说及奖金……美金……我未接受，此事不了了之"，我想应该是美孚飞马文学奖，而不是台湾的什么奖。"1988年汪曾祺担任美孚飞马文学奖评委"，这在陆建华编的《汪曾祺年表》中可以查到。我手头有十多封1987至1988年汪曾祺写给香港作家古剑的信，其中1988年的一封信提到了此事。信不长，特录如下：

古剑兄：

你要林斤澜的散文，他昨天交了一篇给我，是在《文艺报》发表过的，看合用否？"藏猫"香港人不会懂，即捉迷藏也。如转载发表，须加一个注。无处可登，请告诉我一声。

我十一月第一个星期会到香港来。美国美孚石油公司搞了一个飞马奖，今年决定给中国，我是评委之一（另四位是唐达成、刘再复、萧乾和茹志鹃）。飞马奖十月在北京发一次，十一月在香港再发一次，无非是扩大影响，给美孚公司做做广告而已。到香港玩几天也好。他们会在食宿方面照顾得很周到的。在香港期间，想可见面。

我的自选集出来了。董秀玉九日要回北京度假，如她回港时行李不多，可托她带一本给你。否则就等十一月面交吧。

我的散文集八月发稿，大概明年才能出书。

即候时安！

汪曾祺顿首
八月五日

汪曾祺在另一篇文章中也曾提起，说他推荐了宗璞与黄裳。黄先生为什么拒绝呢？是不是因为他年长于汪曾祺（黄裳比汪大一岁），不得而知，我也不及问问黄裳。（黄裳在本书序言中纠正：应是"台湾《中国时报》第十二届时报文学征文奖"，不是

美孚飞马文学奖——作者注）

我之所以拉拉杂杂写上这些，是因为我近读了一篇李国涛的短文《"文体家"黄裳》。李国涛在文中提到汪曾祺、黄永玉和黄裳时说：

"不管怎么说吧，在那时，其实三人都不过是普通作者和画家，未来发展，全不可知。后来，不用说，一个个都成为可入文学史，可入画史，可入学术史的顶尖人物了。当时他们就亲密如此，可见互为伯乐，互为千里马，互相间有一种马与马之间的气味相投。真的，现在我很相信这一点。周汝昌一见黄裳就有谈不完的《红楼》之学，黄裳一见汪曾祺就有谈不完的晚明趣事。而黄永玉在画外谈文，总是一语到位，得过沈从文的真传。那是气质。气质，气质！这也是马与马得以相亲的原因。"

我非常同意李国涛的这一段文字。那些在某一方面有造诣的人，在年轻时都会在一个层上，互相启发，互相影响，包括互相提携。有时人才的出现，是一窝一窝的。一个时期如此，一个地方也是如此。

这真是个奇怪的现象。

沪上访黄裳记

上海陕西南路陕南村××号，我们知道，是著名文化老人黄裳先生的家。2009年5月10日，初夏一个不错的天气，我和《文汇读书周报》的朱自奋，得以走进陕南村黄裳的家，与老人肩并肩地坐在他府上客厅宽宽大大的长沙发上，度过了一个愉快、充实而又有点兴奋的下午。

我读黄裳可有些年岁了。近年来，读得更是近于疯狂。反正他的书，市场上出得又快又多，我是见了就买。虽然多数文章重叠，但是读书不是为了做学问，而是为图一个身心愉快。因此，看过了的还可以再看看。至少我是如此。

我手头的，就有《过去的足迹》《珠还记幸》《黄裳自述》《海上乱弹》《河里子集》《春夜随笔》《拾落红集》等。特别是《来燕榭文存》《来燕榭少作五种》《插图的故事》《爱黄裳》，是我不日刚刚捧回的，内中的文字我看过不少。像《跋永玉书一通》《买墨小记》《凤城一月记》《雨湖》，我都读过，有的还是读过好几遍。喜欢一个人，有时是毫无道理可言的。比如你读一个人读久了，你也会喜欢他的。因为你对他比较了解，或者就以为是自己的一个亲人，或是邻居朋友什么的，不知不觉中你就喜欢上了。

对黄先生接待客人的方式，我早有所闻：如若无话可说，就可以那么枯坐着，永远坐下去，看看究竟谁的耐力强。关于这些说法，有的是我从书上看来的，有的则是听朋友所说。连黄永玉这样他的老朋友，都说他"如老僧入定"。我想这大约是错不了的。即使事实并非如此，也是八九不离十了。我有一回写信给黄裳，倒是说到这一处，黄先生自己并不以为然，说"并非我不喜说话，实在是觉得那种场合上说话没有什么意思"。

不管如何吧。我则以自己的方式行事，以动制静也好，以静制动也罢。一切顺其自然。我们上得楼，敲开门。开门的是先生的女儿。开了门之后，他的女儿一声大叫："爸，有客人来了。"之后对我们说，"你们在客厅坐一下，他马上就来。"之后从头至尾，我们再也没有见过先生的女儿。走进客厅，还没有坐下，黄先生从里面一间屋子走了出来。先生穿着粉红色的T恤，淡咖啡色的吊带裤，精神不错。

我上去握了一下先生的手。这双老人的手，绵厚结实。朱自奋说："苏北来看你了！"先生并没什么反应，一切是平静的样子。说着就在沙发上坐下来。

我习惯地环顾了一下周围，这是一间老式建筑的会客厅，有30多平方米。正对着沙发的是一只老式的书橱，里面高高低低地排满了书，有《鲁迅全集》《郁达夫全集》《钱钟书散文》《沈从文小说选》，还有一本厚厚的《夏承焘集》。书橱的上几格，放的是先生自己的书，我见有四卷本的《黄裳文集》以及《晚春的行旅》《山川 历史 人物》《珠还集》《黄裳自选集》，在《沈从文小说选》的旁边，是汪曾祺的《自选集》《蒲桥集》《晚翠文谈》，似乎还有一本李辉的《与老人聊天》。书橱的顶上斜倚着一只不大的画框，里面镶的是一幅沈周的画。画的是一枝枇杷，六七瓣深绿色枝叶，四五枚杏黄的果实，古朴可喜。沈周何许人？明四家之一也。沈从文《湘行散记》中，那个戴水獭皮帽子喜欢说野话的朋友所说"沈石田这狗日的，强盗一样好大胆的手笔"的沈石田也。右手墙上挂着一幅沈尹默的条幅，所书内容乃宋代诗人陈与义的《中牟道中》两首："雨意欲成还未成，归云却作伴人行。依然坏郭中牟县，千尺浮屠管送迎。""杨柳招人不待媒，蜻蜓近马忽相猜。如何得与凉风约，不共尘沙一并来。"沙发的后面，一溜明窗。窗台上摆放着几盆兰草和美人蕉。窗台洁净，客厅雅致，充满了书香气息，颇合老人的情趣和性情。

去时，给老人带了几盒家乡的山核桃。我打开一盒，取出几粒，递给老人。他尝了尝，我问："味道还好吧？"

"还不错。"他嘴在轻轻地动着，仿佛在品咂。

我以为这是交谈的开端，便取出我的《一汪情深：回忆汪曾祺先生》，递上去，说：

"这个书给你寄了,收到了吧?"

"收到了。"他说。

我把书前后翻翻,然后指着一张我和汪先生的合影,说:"这张照片,还好吧?"

他看了看,说:"还不错。"

我又翻到汪先生的那张比较有代表性的照片,说:"这张比较有风采。"

黄先生仔细看了一下,说:"这张还不错。"他放大了声音说,脸上有了淡淡的笑意。

去时我还准备了先生的几本书,想请他签个名,并抄了王国维的一首词《金鞭珠弹》,想请先生给抄在一本书上。我放下《一汪情深》,取出我拥有的先生的最早的一个版本的书《过去的足迹》。我边翻边对他说:

"这是1984年出的,印了近3万册。"

他接过去看了看,脸上有欣喜的样子。

我说,请先生给题几个字吧。

黄先生二话没说,接过笔就写:

为苏北老兄题。黄裳,己丑夏。

之后我便一一递上《来燕榭文存》《银鱼集》《插图的故事》。他都为我签上了名,或写几句话。

我翻开《来燕榭文存》,指着目录上的《常熟之秋》《伤逝》

《忆施蛰存》，对他说："这些都写得很好，我很喜欢读。"他歪着头看我指的篇目。我又翻开《伤逝——怀念巴金老人》那一篇，说：

"写巴金的这篇，写得很有感情。"

他依然那么规规矩矩地坐着，偏着头，听我说。

我又将书翻回到扉页，取出我抄好的王国维的《金鞭珠弹》，对先生说：

"这是王国维的一首词，请先生给我抄在扉页上。"

他接过去，取下眼镜，将我给他的那张白纸片贴近眼睛，认真地看起来，嘴里似乎还轻轻念道：

金鞭珠弹嬉春日，门户初相识。未能羞涩但娇痴，却立风前乱发衬凝脂。近日瞥见都无语，但觉双眉聚。不知何日始工愁，记取那回花下一低头。

他看完了，放下小纸片，又规规矩矩地坐着，嘴里突然冒出一句：

"不写。"

非常坚决。

这是我意想不到的。一时让我有些尴尬，转不过弯来。我于是接着说：

"这是王国维的词。您在一篇文章中提到过，说还不错。"

他并不回答，忽然说：

"王国维的词——不好。"

我没了办法,脑子直动,又转回来,取了我写的《一汪情深》,翻到《关于昆明猫》的一篇。在小纸片的反面,抄下汪先生配画的一首诗,递给黄先生,说:

"这是汪先生的一首诗。把这个给我抄在我的书的扉页上吧。"

老先生接过小纸片,又如法炮制,取下眼镜,将那张白纸片贴近眼睛,认真地看起来,嘴里还是轻轻念道:

四十三年一梦中,
美人黄土已成空。
龙钟一叟真痴绝,
犹吊遗踪问晚风。

念完,他放下小纸片,嘴里又是一句:
"不写。"

似一个孩子,又仿佛与谁人赌气。

哈,这一下如何是好!这个倔强的老人,不知他葫芦里卖的什么药!我一时没了办法,手足无措。而他老先生,稳稳地坐着,不动声色。我于是只得说:

"那您给随便写几句吧!您想怎么写都行。写在这本书上,我留个纪念,今后收藏着。"说着我将笔递给他。他依然不动,一副不近人情的样子。我摇摇他的肩膀,似有点撒娇,说:

"您自己定吧。随便写点什么。"

他提着笔,只静默了一下(只一会儿),就在书的扉页上写下了:

  曾祺写《昆明的雨》,情韵都绝;有诗一绝,能得南疆风韵,不易忘也。己丑初夏为苏北书。黄裳

我一时非常感激!之后他说:
"《昆明的雨》,有一首题诗,写得很好。"
他说:"……雨沉沉。"
我说:"木香花湿……雨沉沉。"
他连说:"对,对。"他忽然来了兴致。可惜我又不能记得全诗。我沉思了一下,又想起半句:
"……天过午。"
他又连说:"浊酒一杯……"仿佛接力。
我真恨自己怎么一下不能全背下来,怎么忽然卡了壳。当时我要是抄下这首诗,他一定会为我写的。我后悔自己去得仓促,没能多些准备。回来后我查了这首诗:

  莲花池外少行人,
  野店苔痕一寸深。
  浊酒一杯天过午,
  木香花湿雨沉沉。

多么熟悉啊。可是当时竟想不起来，少了许多说话的趣味。

他为什么不愿意写王国维的《金鞭珠弹》呢？后来我想。我猜除了黄先生自己说的"王国维的词——不好"外，还可能是那首词的内容，写在他的书上，也不通，让人觉得莫名其妙。汪先生的"四十三年一梦中"，又太轻薄。"美人黄土已成空……犹吊遗踪问晚风。"不但不吉利，还有点艳。老人也许是忌讳的，即使不忌讳，也觉得有小小的不妥。这种感觉我当时也是有的，只是一时心中没有想到其他的，弄这几句话，抓急罢了。现在看来，还是老人厉害，"曾祺写《昆明的雨》，情韵都绝……不易忘也"，几句话非常得体，题在这本书上，亦较为妥当、贴切。老人看似不动声色，可心中手上，都是有数的。

我请黄先生写几句话，心中还是有几分把握的。否则以我的个性，不会这么死乞白赖缠着他要求。

黄先生为我题完这几句话，我将书合上，便指着书的封皮，对先生说：

"写得还好吧？"我是指我的《一汪情深》。

黄先生不语，我又追问：

"还不错吧！"

黄先生忽然说：

"你难道要当面要我说你好吗？"

哈哈，真弄得我不好意思了。我只得觍着脸：

"要鼓励呀！"

黄先生仍不语。

我又问："都看了吧？"我是指此书，因为书稿我曾给他看过，他才因此写了书前的代序。

可他仍不语。我又问一遍。他说：

"没看。"

我便又指着《与黄裳谈汪曾祺》的篇目，说："这个您看了吧？"

他仍然说：

"没看。"

这就不对啦！他在书的代序中说"漫读一过，颇有所得"，并说"关于曾祺推荐我参加评选之事，你的考证不确"。如果没看，他如何能知晓考证不确？他其实是看了的。或者我刚才的所说，他并没有完全听清楚。但是我依然相信，他是不愿意上我的圈套，不愿意应付我说"好"。既然"没看"，我就不好逼他表态了。

这个不随和的老人，他简直固执得可爱。他哪里知道，我们这样的年轻人（指在他面前），只是取其中的趣味耳！我和这个老人讨价还价，就像同一个孩子斗法，可是这是一个怎样睿智的老孩子！

后来朱自奋对我说，他这样的年纪，是不能开玩笑的。我也感到，是啊，差距太大了。我们之间差距太大了。知识、经历、学养……差得太远。我们这样的年纪，所读的书，以及见识、学养，又何以能与黄先生比呢？

我完成了我的使命——我认为是使命,就让位给朱自奋。让她和黄先生去交谈。他们谈了很多,话题很杂。从冯亦代、黄苗子,说到张爱玲和《小团圆》。说到与朱正的争论,说陈丹青的《荒废集》,说到刚刚去世的林斤澜。

张爱玲的《小团圆》,黄先生是看了的。关于《小团圆》,两人有这样的对话。

"《小团圆》你看了吗?"

"看了。"

"是最近看的吗?"

"是的——讲九林的一段,讲得很真实。"

黄先生说:"她的写法是跳来跳去的。头两章特别难看。"

"你对这个小说会写点什么吗?"

"不会。"

"对张的高度评价,你也是不以为然?"

黄先生不语,过一会儿说:

"说是巅峰之作,是生意人的炒作——真是滑稽!"

"《张爱玲的全集》,你看能出来吗?"

"能!能出来。现在什么都是可以的。"

关于今年初黄裳与朱正的争论,已是尽人皆知的。上海拍卖了一本《梅兰芳戏曲集》,说是刘半农赠送给鲁迅的。刘半农在扉页上题词"品论梨园艺事当作考订北平社会旧史不知君以为如何",鲁迅也留了题签"迅自留"三个字。关于这些,他们你来我往写了六七篇文章。黄先生的《黄蜂刺》《不再折腾——答朱正先生》《还是要折腾》我都看过，朱正的《答黄裳先生》《黄文炳的鉴定真伪法》《不通无罪》我也看了。凭我个人印象，不说这个事情的是非曲直，但说做文章，说实话，文笔还是黄先生的老到和自由得多，而且十分地"狡猾"和有经验——肚子有货就是不同啊！

朱自奋问："你现在是不是后悔写了关于《梅兰芳戏曲集》的文章？"

"没有，没有。"

黄先生又说："鲁迅给许广平的《芥子园画谱》，没有'自留'二字，这就不算鲁迅喜欢的书，而《梅兰芳戏曲集》有'自留'二字，鲁迅日记里没有记，用这种方法判断，这算是什么道理？朱正，很好的人，很老实。但是他不会写文章，一下子就完蛋了！"

话题又转到刚刚去世的林斤澜先生。

我说："林斤澜认为，新中国成立50年来，在语言上，没有人能超过汪曾祺。您怎么看？您同意吗？"

黄先生不吱声，之后说：

"废话！"

过一会儿，又冷不丁说：

"等于放屁！"

朱自奋追问："你认为谁可比呢？"

黄先生说："这很难讲。"忽然他又来了一句，"林斤澜，他那一套我不懂！"这句话说得非常有力。我知道黄先生的意思。

他是说，林先生的那种写法，他不赞成！

我对朱自奋说："可能黄先生没听清楚，以为'五四'以来。"朱自奋又替我大声转述："黄先生，是新中国成立以来，不是'五四'以来。"

黄先生愣了一下，说：

"这还可以。"

过一会儿又说："马马虎虎。"

交谈中还提到止庵的《周作人传》，孙郁的《张中行传》。在说到传记时，我对黄先生说：

"我这个不能算传记吧？"

他上来一句："这个方式比较好！"

哈哈，他终于是表扬了我一句！这个顽固的老人，他还是上了我的圈套！听到这一句，我的心哪！满是自喜！就像自己的孩子，被人夸赞："漂亮！聪明！"我真的十分感激。

走出黄先生的家，已是5点多钟。到了楼下，因为精力的高度集中和兴奋，人还有些晕晕乎乎，仿佛还沉浸在刚才的氛围之中。文化确实是有气场的。同这样的文化耆老在一起，即如被人灌了一壶陈年老酒，晕晕乎乎不能自持。站在黄先生陕南村院子里的小洋楼下，这些红墙的古老建筑，仿佛也透出老上海的一派陈旧气息。门前院外的那棵老榆树（这是黄裳《榆下说书》《榆下杂说》等书名的由来），枝繁叶茂，浓荫婆娑，院中的蔷薇和月季，开着大大小小的花，月季红得艳丽，蔷薇娇得妩媚。这个黄昏的片刻的寂静，更衬得这一座砖式红楼建筑的院落，越发地宁静、安详。

从上海回到合肥，因有些杂事，没有到单位。5月12日下午，我回到办公室，见一封热信躺在我办公桌上。急切拆开：

苏北老兄：

《一汪情深》收到了。翻了翻，近来多忙，等闲下来细读。将《文汇报》上六十年前曾祺佚文收在书后，甚佳，可作全集补遗也。当时笔会编辑是唐弢。我刚从重庆回来，在南京。

我那篇"代序"中有误字，当以发在《读书》上者为准，我看过清样。汪家兄妹对我的"评论"，感之。其实我没有什么成就，你计划的《读黄记》，值不值得写，望考虑。

匆复，即祝近好！

黄裳

2009.5.7

信的落款是5月7日，我是5月4日寄出书的。说明信是黄先生收到我的书的当日所写。信中所说"汪家兄妹对我的'评论'"，是我寄书时告诉他，汪朗、汪朝读到他的《也说汪曾祺》的代序，评价甚好。汪朗说黄文对他父亲的评价极为准确，很有见地；汪朝说，简直不敢相信，90岁的人了，思路如此清晰，笔下如此干净，不可思议。"其实我没有什么成就，你计划的《读黄记》，值不值得写，望考虑。"是我信中说，有可能的话，我将集中阅读他的文字，边读边记心得，这样让岁月去记录，也许可写一本《读黄记》。

　　黄先生所用的信封，是那种两毛钱一只的极普通的信封，可洁白干净，上面只有先生几行娟秀的小字。信却是写在一种专门的信笺之上。那是一种浅黄色的有暗纹的信笺。一封短信，竖行，却疏朗有致，恰如一帧笺帖。文字颇有书卷气，又是十分简约。与老人交谈，看似木讷至极（其实并非如此），写起信来，却笔下灵动。近一个世纪的功夫，都在笔端，看了让人心中温暖。

黄裳走后

9月3日,我在日记中写道:"很久没有与黄先生联系了。可以给先生寄两盒茶叶。这是必须的。"我已多日不记日记。

9月5日,我去宁波出差,上海周毅给我发短信:"黄裳病重,你也许可以去看看他。"几个小时后,又收到周毅的短信:"刚悉黄裳走了。"

一时无语。

黄裳先生走了,93岁。

我与黄先生谈不上非常熟识。2007年建立通信关系;2009年5月,在上海,到陕西南路陕南村拜访过先生一次。前后交往四五年的时间。

给黄先生写信，主要是为我写《一汪情深：回忆汪曾祺先生》，我对他们1947—1948年的那段生活颇感兴趣，就冒昧给先生写信，没想先生极为热情，信写得又快又好。后听人说起，先生是喜欢写信的。但也是在有话可说的情况下。没有话，或者不合适，是断断不会得到他的回信的。

黄先生给我的最后一封信：

苏北老兄：

《一汪情深》收到了。翻了翻，近来多忙，等闲下来细读。将《文汇报》上六十年前曾祺佚文收在书后，甚佳，可作全集补遗也。当时笔会编辑是唐弢。我刚从重庆回来，在南京。

我那篇"代序"中有误字，当以发在《读书》上者为准，我看过清样。汪家兄妹对我的"评论"，感之。其实我没有什么成就，你计划的《读黄记》，值不值得写，望考虑。

匆复，即祝近好！

黄裳

2009.5.7

这封信是我给黄先生寄了《一汪情深》后，他的回信。信中我说：有可能的话，我将集中阅读他的文字，边读边记心得，这样让岁月去记录，也许可写一本《读黄记》。可先生回信却说："值不值得写，望考虑。"简短几个字，就见出一个人境界的高低。

可是，真写起来，我有这个能力吗？恐怕是要打个问号的。

黄先生逝世第五日，我到书店收罗他的书。在图书城，查到《来燕榭文存二编》，有三本存货，分类在文学理论。可是售货员找起来，竟不能得。前后用了近半小时，翻箱倒柜，书柜下面的抽屉都抽了出来，只搜出几只蟑螂。倒是在墙边准备退货的塑料箱中，给我翻出《旧戏新谈》来。也不用退了，就给我吧。

这是本城最大的书店。这也许只是偶然。我们不得不承认这样的事实：一方面，读者是如此喜欢黄裳的文章，以至出现数不清的"黄迷"；另一方面，图书的市场，前景是如此堪忧。这是题外话。当然，我换了一家小型的民营书店，还是如愿买到了《来燕榭文存二编》。

人走了，读他的书似乎更迫切。这就像一样东西得不到，心中便十二分的爱惜。我翻看这本有着米黄色封面的、雅致的新书，犹如见到一个新人，或者是与旧友在雨后的林中漫步。我前后翻看，感到这真是一个相当有活力的、充沛的生命。可以说，黄裳是极度热爱写作的，终生不移。他自己说过：我是有强烈的发表欲的。可贵的是，这样的一种活力，能一直保持到晚年。数数《来燕榭文存二编》里的47篇文章，除仅有的几篇旧作外，其余全部是近两年的新作，也就是90岁后的作品，真正是不折不扣的"活到老，写到老"。

这几天，我把分别插在几个不同书橱里的先生的书，统统收罗起来。《过去的足迹》《春夜随笔》《榆下说书》《翠墨集》《银鱼集》《河里子集》《珠还记幸》《黄裳自述》《来燕榭少作五种》《海上乱弹》等等,数数竟有二十多本。有些还有先生的题签。先生在《过去的足迹》的扉页上题:"为苏北老兄题。黄裳,己丑夏。"那透着一辈子书写气息的文字,立在你面前,犹见其人。

将这些大大小小的书摊开,又摆起。翻看每册的目录,发现自己竟有那么多的篇章没有读过,或者读过已遗忘贻尽。我手指在目录间游走:《白门秋柳》《雨湖》《海滨消夏记》《老板》《琉璃厂》《跋永玉书一通》《京尘琐录》《也说曾祺》……那些文字在纸面上都凸显出来,自由活动起来,仿佛此时才觉出了这些文字的好来。多年的阅读经验告诉我,此时的阅读才是最有效的,想必生命中的那一点点灵光一闪的神秘,都游弋了出来,使自己像女性一样灵性、透明。我仿佛是面临一场考试之前,大段大段吞食这样的文字:"西湖只是一片烟雨迷蒙,好像'元四家'哪位画师,用蘸饱了水墨的画笔,狠狠地横扫过去,就成了眼前的光景。"(《雨湖》)"从小爱读《红楼梦》,迄今仍不忍去手。常置一卷于枕畔,随意选一节读之,无不欣悦。"(《读〈红楼梦札记〉》)"我与曾祺年少相逢,得一日之欢;晚岁两地违离,形迹浸疏,心事难知……"(《也说曾祺》)

在《伤逝——怀念巴金老人》和《忆丁聪》两篇怀念文章中,黄先生给我们留下了十分美妙的结尾,短促有力,显出神来之笔。在《忆丁聪》中,他叙述了与丁聪相识、相知以及丁聪赠画等,不长的一篇小文,最后的结尾却是:"小丁,从此别了。"这一句干脆利落,却感情绵厚。而在怀巴金的文中,一句"掷笔惘然"，如惊天之雷，戛然而止，留下无限的沉思。

好像王元化先生说过："黄裳是真正的文章高手……很难有人超过他。"也许这只是元化先生的一家之言，我们不去评说。作为喜爱黄裳文章的一般读者，我们只是感性地阅读。读出好来，就叫一声好。如此而已。

黄先生给我信，我已包扎归于一处。前两日，我又取出。重温那些透着生命体温的娟秀字迹的信，如见其人。黄永玉曾说黄裳"写信时不那么认真，所以极潇洒，字随文活，读来有好几种的快乐"（《跋永玉书一通》）。

我读黄先生的信，也有着同样的快乐，并多一份宁静与玲珑之心。2008年，我给先生寄了一点茶叶，先生来信说："佳茗一箱，真为厚赐。春来沪杭诸友，纷纷以新茶见赐，拙居遂如茶叶店，今更得新品，不知何时始能啜尽也。"文字中的顽皮与快慰，竞相尽现，这样的信，读之令人欣喜。在另一封信中，先生诉苦："最近苦于为人签名，且须寄回，跑邮局。窃以为此亦多事，不可取，尊意如何？"一副无奈又无助的滑稽俏皮模样。

黄裳先生写信，是一直习惯于竖行。有时用那种极薄的印有暗花纹的专用笺纸上，那纤秀俊逸的文字，被这种优雅的纸衬着，在一种古旧气氛下，真可以每幅都能装裱成一帖耐品的手札了。正如黄先生自己所说，有些书信，"都是绝妙的散文"。

这样的书信，在人走之后，再去阅读，又多出一种难言的滋味。说不好是苍凉，也说不好是惋惜和悲怆。一人灯下静读，不觉会眼湿，流出一颗清泪来。

我在《来燕榭文存二编》的扉页记下了如此的话：

黄先生走了，作为一个人的是是非非也随之结束。之后他的名字，将和他留下的作品联系在一起，其余一切，皆为"浮云"。

黄先生走了，才忽然深感到先生的文字的纯粹与雅致，温暖与笃实。在以后的慢慢长日中，只有静静地阅读先生的文字，以追记矣。

这样迟来的感受，却是在黄裳走后。

9月11日上午，在上海龙华殡仪馆云瀚厅，举行了一个小型的黄裳先生告别仪式。黄裳先生的家人和来自上海、江苏、浙江、安徽等的朋友与读者为黄裳先生送行。大家肃穆而安静，以舒缓的古典音乐为背景，都用心地做着，体现生者对死者的敬重。

中午，在巨鹿路吃饭。饭间，我问陆灏："黄裳先生个头有多高？"陆灏摇摇头："不知道。"

有人说："一米五几吧？"

又有人说："一米六几。"

陈子善先生说："不会的，人老了缩了。"但子善先生也说不出具体的数字。

我又问："那，巴金呢？他与巴金谁高？"

有人说："巴金一米七四。"

有人反问："没有吧？"

那人说："是的。有人曾说巴金一米六几，他的女儿有意见

（此处未考证），说，一米七四，有体检报告！"

我又问："黄永玉多高？黄裳与黄永玉谁高？"

还是没有人回答出来。大家埋头吃饭。看来，迷恋文字的这些人，不如追星的，他们能将自己的偶像的年龄、身高、血型和星座，弄得清清楚楚，甚至口味喜好、哪儿有个痦子，都一清二楚。喜欢文字的人没有追明星的人专业啊。

这说明一个问题：迷恋文学的"追星"，可能更主要的在思想和精神的层面，而不在表象。

我们喜爱黄裳，还是去多读他的书吧。

挂鹦鹉的日子
——邓友梅侧记

一

邓友梅先生将他的虎皮鹦鹉带到北戴河创作中心,每天把鹦鹉挂在中心院子里的一棵茂密的核桃树上。正是夏日,核桃树绿荫披纷,结果无数,以至枝条曳地。

我和邓先生聊天的窗子正对着那棵大树。透过窗子可看到挂在树枝上的鸟笼。谈话就从鸟儿开始吧。

"这是只什么鸟?"

"虎皮鹦鹉。"邓先生笑,"放在家里没人照管,我只得把它带过来养。"

"每天都挂到外面?"

"晚上,或者下雨天收回来。被雨淋了,易生病。"

"我知道鸟也会感冒的。"

"是的。着凉了,就会生病。"

二

我手头有一本《那五》。在访问前,我先把《那五》这本小说集里的《寻找"画儿韩"》《那五》《烟壶》等小说通读了一遍。在20世纪80年代初,这些小说刚发表时,也读过。可那时年轻,所写生活又离我们较远,因此不易记住。

我选择在中心一侧的小花园高大柏树下的雕花铁椅上去读。午休时分,那里十分安静。花园里有十余株柏树,已十分茂盛。碎石地面十分洁净。

极喜欢这座小花园。刚来的时候,我就相中了这座花园,心中盘算,在未来的十天里,我会每天下午坐在那里,静静地独坐,并趣说,"是我家的客厅"。我有时整整坐一个下午,读书,读《那五》,眼睛酸了,就抬头听蝉鸣、听风声、听水声(有一个小小的流动的水源),看花,不远处一荷池,极小,有荷几枝,开花几朵。

下午3点多钟,小花园里的柏树漏下斑驳的阳光。阳光是强烈的,而树的阴影下是阴凉的。我坐在镂空的白色铁椅上,头顶上蝉鸣如嘶。一只近处的老蝉,长鸣聒噪;稍远的一只,则短促吟唱。整个花园,只一女清洁工在擦拭着一切:石凳、木椅、灯柱以及地上起装饰作用的彩石……院门外，不时有汽车驶过。花台上的美人蕉和太阳花，开出浓烈的彩色。我坐在花园中，享受这午后的一个人的寂静。

头顶上的蝉又嘶鸣了。夏日的一切的昆虫进行着它们的吟唱。

我读着《寻找"画儿韩"》，重读的感觉依然饱满有趣。甘子千、画儿韩以及盛世元几个人物都极其鲜明生动。特别是关于假画卖、烧、赎，一波三折，妙趣横生。实在是一篇让人叫绝的短篇小说，可堪短篇之典范，也是京味小说之代表作品。说到京味小说，我对邓先生说："评论界一般认为，新时期邓友梅、林斤澜、汪曾祺为代表作家。其实，严格地说，您才是正宗的京派。汪出生在江苏高邮，写的生活多以高邮为主，语言也不是北方方言，而林呢，温州味也重，虽然汪、林也写了不少以北京生活为题材的小说。而您，出生在天津，十几岁就到北京来混，是笔下北京味最重的作家。"

邓先生认真听着。对这个观点，我自认为他基本认可的。

三

决定访邓先生，纯属偶然。

到北戴河，才知道邓先生也在此。因有写《汪曾祺传略》的计划，邓先生在新中国成立初的几年，一直与汪在北京市文联同事，交往甚多。之前林斤澜等没有访问，已成遗憾。

午后我见到邓先生，先送给他一本《忆·读汪曾祺》，在他的小客厅里坐了一会儿，说，想写《汪曾祺传略》，有时间请先生谈谈新中国成立初期您与汪的交往，及"文革"中汪从张家口回来的情况。邓先生说，可以，只是年纪大了，许多事情记不清楚，不知想了解些什么。我说，到时候我列个提纲吧。

晚饭后，我坐到核桃树下。过了一会儿，邓先生从外面散步回来，也坐到树下的铁椅子上休息。又有人围过来合影，先生尽力配合着。之后先生说，一个下午都在看我送给他的书。我想，是汪曾祺这个老朋友在吸引着他。他对我说，要是访问，上午10点钟之后，下午3点钟以后，去时先打个电话更好。他又说，年纪大了，许多事不记得了，不知道具体要谈什么。我说，我会拟个提纲的。又有人过来合影。过一会儿，邓先生起身要走，说："我回去了，马上来人又要照，我受不了。"我知道，年纪大了，相机一照，闪光灯一闪，眼睛受不了。

邓先生拄着拐杖，一步一步上台阶，回房间了。

四

"您在书中写到酱豆腐肉，这是一种什么做法？"

"用臭豆腐的卤子，炖肉。"

"放臭豆腐卤吗？"

"也说不好，可能要放一点。不会太多，至多半块吧。"

"什么样的肉？五花？肋条？"

"这得是五花肉。肥瘦都得有。"

邓先生在《再说汪曾祺》中写过，20世纪50年代初，一次他从东单过，顺道去住在三条的汪曾祺家坐坐，进门一股酱豆腐味。原来汪曾祺在做酱豆腐。汪说："按说晚上坐上砂锅炖最好，可夜里怕煤气中毒，改白天做试试。"邓友梅后来问过一位高人，过去王府做此道菜，是有讲究的，一般都是二更天开炖，砂锅边还要糊上毛边纸，锅下点着王八灯，要第二天中午才能开锅。而汪曾祺住在大杂院里，一家只住两间小房子，没事整这种高雅的玩意儿，也见其可爱、可笑。之后有一次，我见到汪朗，说起这个事。汪朗也是个吃货，他告诉我说，做酱豆腐肉，根本不用放臭豆腐卤的，只用豆腐卤的一点点汁即可。

聊到当年划右派的事，邓先生自己兴趣先上来了。他说，"反右"之初，一天恰巧遇见王蒙，王蒙特地下自行车，把我拉到路边，小声对我说："你最近讲话要注意，风声紧。你跟我不一样，我比较谨慎，你喜欢乱说。现在'反右'了，我提醒你，你要注意一点。"没想没过半个月，王蒙自己倒先被揪了出来。

之前不久，中宣部召开过一个青年作家座谈会，找几位有点影响的青年作家座谈。散会后，几个青年人聚在一起，包括王蒙、林斤澜等。刘绍棠说，我们这些人不会有事的，我们都是先进分子。结果不久，刘便被打成了右派。而在北京市团委礼堂召开的揭批刘绍棠大会上，邓友梅上台发言，他说刘绍棠搞特殊化，下乡还自己带白面馍，不和老百姓打成一片。下面群众热烈鼓掌，认为他讲得有血有肉。他在台上正得意呢，这时主持人接过话筒说了:"下面不要鼓掌。邓友梅也是右派分子。"

邓友梅对我说,这时我在台上,完全蒙了,因为一点精神准备也没有。台下忽然又是一片乱糟糟的人声,自己根本不知道怎么回事,于是就在台上也不用下去了,接着开始接受别人的揭批。

邓先生说完,他咧着嘴,就这么坐在沙发上。表情是笑的模样,短短的白楂分布在上嘴唇上。我们都没有接话。我知道,那几十年,对他们这一代伤害是惨重的。他的心中有痛。

这些,其实我已在他的散文集《八十而立》中读过,现在由他亲口说来,虽已当成陈年旧事的笑谈去说,可仍是十分无奈。

五

核桃树下的雕花铁艺的桌椅,经常坐满了人,作家们饭后聚在一起聊天,高谈阔论。大树下面好乘凉。这真是一棵大树,覆下的阴凉近小半个球场。是个名副其实的"作家的沙龙"。

有时我们聊着,见邓先生窗口的灯亮着。房间有人影晃动,邓先生正在工作. 有时他也走近窗口看看。晚上9点多,邓先生出来拿鸟,我给他取下,递给他,我说:"我们在外面说话,吵了你吧?"他说:"不吵,愿意听你们说话。"早晨,邓先生出来挂鸟,我正散步,便接过邓先生的鸟笼子,给他挂上。邓先生嘴上一溜小胡子,花白,他说:"在北京,我把它放出来,随它飞。它的一个伙伴,飞出去,回不来了。"

我说:"它的小脑袋还挺聪明。"

邓先生说:"是的。"说着用手伸过去,给鸟去啄,鸟并没有过来。邓先生转身走了。我也试着把手伸过去,小鸟转来,伸出小嘴啄我的指心,有点痒痒的,还挺舒服的。

六

那天晚饭后,邓先生从餐厅出来。一个湖南的作家问他:"还写什么吗?"

邓先生摆摆手:"写账还写错。"他边走边摆手,"除了写账,别的不写。"他笑着说。

过一会儿,他又说:"账,还总是写错呢!"

我想,这是邓先生的托词。写什么,一句话说得清吗?又有必要说吗?所以,别人问,干脆说什么也不写。

虽已是83岁高龄,但邓先生肯定不会放下他手中的笔。一个作家,他只要拿起笔,就不会再放下了。这是一个写作者的宿命。

也是有一天,在小花园,一个作家问他为什么选择写作。

他说,那时年轻,自己又没别的本事。一个人活着,总得有点意义,为国家、社会做点事。自己的工作又在文化单位,就估摸着写点先进人物,这样就慢慢走上了写作的道路了。

我想,邓先生是有自己的计划的。

我的签名本

我现在有不少签名本的书。王蒙的、黄裳的、黄永玉的，还有铁凝、舒婷、贾平凹、邓友梅、范用、李国文和王安忆等人的。当然，汪曾祺的签名本我最多，手头有好几本——给这些书签名已经近二十年了。

签名本有什么用处呢？没有什么用处，只是一个纪念、一个记忆而已，或者有时会翻翻，见到那些手迹，会有一些感慨。当然，它也是有点文学趣味的。签名本的商业价值有多大？那是另一回事，我不是藏书爱好者，对书的商业价值，一窍不通。

倒是有的签名本，颇能研究出一些书之外的微妙信息，或者能看出一些签名者的性格、趣味、为人和脾气等端倪。

比如近期的事，秋天在北戴河见到王蒙和邓友梅，有朋友买来他们的书，请两位题签。朋友盛情，也为我代购了两本。因同在"创作之家"住，每天见面，吃饭时就将书带上，他们来了，就掏出笔，请在扉页上写几个字。那天见到王蒙，我走上去，将《王蒙精选集》递上，王蒙穿着非常轻便的白色夏装，就立下了，很麻利地在扉页上签下了"感谢苏北先生购阅"几个字。因书是藏书者自己购买的，并非著者所赠，这也是对买书人的一份尊重。而邓友梅先生，则是另一番风度。邓先生与我同住一幢楼，每天进进出出我都从他门前过。我的朋友刘政屏，是位图书人。他让同事从店里邮来十多本大开本《那五》，分发给我们。那天我们一行人浩浩荡荡，敲开邓先生的门，请他给我们一一签字。邓先生穿个老头衫、大裤衩，趿着个鞋子来开门。开门一看，好家伙，一大群人！邓先生笑呵呵的，把大伙迎了进去，招呼坐下，之后便趴在茶几上一个一个开始签名，边签还边说："这么多啊！"可还是戴着老花镜，老老实实为每人写下"指正"。

请黄裳题签亦有意思。黄先生去世的前几年，一个五月，我和朱自奋女士敲开黄先生家的门。因为之前已约好，所以并不唐突。黄先生仿佛又是接受记者采访了，规规矩矩坐在长沙发上，等待提问。我们确实问了不少问题。因先生耳朵在背得厉害，因此谈话特别吃力，谈完出来，像跟谁打了一仗，体力、智力都透支得够呛。请黄先生在带去的书上签名，黄先生并不推托，而是十分麻溜，颇有明星范儿。先是一本《来燕榭文存》，黄先生在扉页上写下"为苏北先生题，黄裳，己丑年夏"，在另一本我的《一汪情深：回忆汪曾祺先生》上，他本想题汪曾祺写昆明莲花池的一首诗,可是只记得"浊酒一杯天过午,木香花湿雨沉沉",前两句"莲花池外少行人,野店苔痕一寸深"愣是想不起来,可惜我作为"资深汪迷",一时也迷糊了,想不起前两句。黄先生不愧是大家,虽年近九十,可应变得很快,立即写道:"曾祺写《昆明的雨》,情韵都绝;有诗一绝,能得南疆风韵,不易忘也。己丑初夏为苏北书。黄裳。"今年九月已过,转眼黄先生也走了两年了。我翻出这两本书,望着书的扉页上黄先生清秀俊美的字迹,心生感叹,有物是人非的感觉。

说起黄裳,他和汪曾祺、黄永玉曾有过一段非常美妙的友谊。那时年轻,无牵无挂,在上海滩,你来我往,挥斥方遒,很是快乐了一阵。晚年南北呼应,在文坛上产生不凡的影响,而风格却大不相同,我有幸都见过他们,感觉真是性情各异。就说这个题签吧,如若是汪先生,你带过书去,他会很快给你签上:汪曾祺,某年某月。若你再请他题几个字,他了解你的,稍一沉吟,会立即给你题上两句贴切的话语;不太熟悉的,在言谈中,知道你是哪里人,喜欢什么,有什么特长,也能为你写上两句,也还像那么一回事。看后你心中会特别欢喜。因为这是独一份,是专门为你写的,用现在的话说:特供。

而黄先生,其实是一个颇倔的老头。他并不会随着你的意而为的。有些时候,有的问题,他是颇为坚持的。还是以题签为例,你若带书请题,他一般都是"为题",很少签个大名,更不会出现"指正"。这里"为题",也间接告诉别人,这书是作者自己买的,不是我黄某人赠的。因为享受赠书,这也有个"格"的问题。你配不配赠,也是有讲究的。这种习惯和风格,可以说也不是一时性起,是几十年养成的。它是一种风范,一种气度。再退一步,用小人之心度之:将书送给一个不入流之人,日后再流入市场,岂不给自己蒙羞?这也是不得不留意的。

而黄永玉,这个老头,还真是个"活宝"。他那么老,而心那么年轻,在一副苍老的身体上,附着一个孩子的表情。他在上海搞"我的文学行当——黄永玉作品展"。我赶到上海,在上海图书馆见到他,行止、动作、表情,都是那么利落和灵便,总是一副精力饱满的样子。既爱开玩笑,又举止调皮。在巴金纪念馆,他忽然在院子里的草坪上打了几个滚,把围着他转的记者吓了一跳!大约是在巴金面前,自己再顽皮一下?

到上海,我带了两本书:一本是李辉主编的《黄永玉自述》,另一本是个小册子《太阳下的风景》(1994 年,百花文艺版)。因上海图书馆人实在太多,根本没有办法请黄先生题签,我便将书交给周立民兄,请他方便托黄先生一签。立民兄真是负责,因为"我的文学行当——黄永玉作品展"要在上海、广州和长沙三地巡展,他主持的巴金纪念馆作为主办方之一,一直要跟随活动。在广州,一天饭后,立民将我的两本书递上,黄先生用碳素笔,在《黄永玉自述》的扉页,龙飞凤舞地签下了"黄永玉"三个字,而在另一本《太阳下的风景》中则签上"苏北,黄永玉,2013 年"。

黄先生的题签,也了却了我的心愿。汪、黄、黄,这三位老人,当年的"沪上三剑客",人我是都见过了,书也都有了,而且还都留下了他们的墨迹。

汪先生的书,我有几十本,可以装满书橱的两层,大部分是他去世之后出版的。他在世的时候,出的书并不多,主要也就是两本小说(《汪曾祺短篇小说》和《晚饭花集》)、一本散文集(《蒲桥集》)和一本文论集(《晚翠文谈》),当然还有江苏文艺出版社的四卷本文集和其他的一些版本。汪先生的签名本,我有五六本,基本都是他送的。第一本是《蒲桥集》(作家出版社,1989年3月第一版),汪先生在扉页上题"赠苏北,汪曾祺,1989年7月",那时我在鲁迅文学院进修,一次去先生家,得到了这本书。第二本是《旅食集》,此时我还在县里工作,是用牛皮纸信封寄给我的,上题"赠苏北,汪曾祺,1992年11月"。1993年初我到北京工作,接触汪先生的机会多了,所受的馈赠也多了。之后的几年,先后送给我《汪曾祺人生小说选》《独坐小品》《汪曾祺散文选集》等,多题"苏北存",落款也由"汪曾祺"而简略为"曾祺",这也可见出对一个人的亲近程度的变化。

汪先生所有的题签,字迹都十分清秀。字虽为行草,但合乎法度,一看就知道是受过良好训练的。从他的题签,也可以看出他对人的尊重,看出他的修养——他是一个十分真诚的人。他曾夫了自道:"我觉得我还是个挺可爱的人,因为我比较真诚。"(《自选集》重印后记)

我对这些签名本心怀敬畏。对在这些书上留下的墨迹,都十分珍惜。因为这些人,他们在我的心中,自有他们的分量。我时常看看,以激励自己,也更好地接近他们的灵魂。

盛夏读书记

今夏甚热,闲来便读董桥、黄裳和汪曾祺的文字解暑。三联出的董桥自选集《从前》,由李辉主编的大象人物自述文丛中的《黄裳自述》和《汪曾祺自述》两卷。以上三种皆装帧精美,图文并茂。所选内容也好,读之尤喜。

多年前在上海曾买过一册由陈子善编著的《你一定要看董桥》,那应该算是较早介绍董桥到大陆来的书,文中介绍董桥文章"有两晋六朝的风流绮丽""收放之间,精神相挽"。受此书的蛊惑,我相继捧回《董桥散文》和《从前》两卷,选读了其中的一些篇什,如《云姑》《寥寂》《湖蓝绸缎》等,皆甚好。我曾在《湖蓝绸缎》的文末记道:"曾在《作家文摘》报上读过此文,今再读之,尤感清淡爽口。文章恰是好文章,犹如一壶龙井绿茶,还是用的地道的宜兴紫砂盅盏去品。"但总体说来,董桥对于我辈来说,似乎华丽了点。倒是黄裳的随笔,浅显明白,出神入化,那是最好的读书类的文字了。《海滨消夏记》简直美妙极了。"《禾熟》一诗,是写水牛的:'万里西风禾黍香,鸣泉落窦谷登场。老牛粗了耕耘债,啮草坡头卧夕阳'……此诗佳甚。近来多见水牛,种种姿态皆可入画,亦可入诗,然无此新意亦不能警策也。""那一年不知为什么多雨……隔壁的农民一次在住处附近的河边捉到一条四五斤重的黑鱼,他并不走开,说,黑鱼总是成对的,这里一定还有一条雌鱼。果然,没过半小时,他又捉起了另一条……"皆生动有趣,那些文字仿佛要跳将出来,立于眼前。这正如沈从文在湖北咸宁劳动写给黄永玉的信中所言"牛比较老实,猪看似忠厚,实则狡猾,稍不留意,它则从你腿裆间溜走"。令人忍俊不禁,心酸之余,顿生感叹:作家的心不管在何种境遇之下,总不失情趣和天真。也唯有如此,才能保存一颗滚热的心去拥抱生活。

汪曾祺当然是最爱看的:"女同学乐于有人伺候,男同学也正好殷勤照顾,表现一点骑士风度。正如孙悟空在高老庄所说'一来医得眼好,二来又照顾了郎中,这是凑四合六的买卖'。从这点来说,跑警报是颇为罗曼蒂克的。"(《跑警报》)我曾对朋友说起过,看汪先生的东西,文字是再简约不过了。但他那些通俗明白的文字,仿佛有鬼,有风,有雨,有音乐,有风俗,有气息。就是这么出神入化,令我辈呆望出神,品咂之余,扼腕叹息。这才是大师。

前不久在北京,到汪先生生前的住处看了看。我们对汪先生的喜爱,是发自内心深处的,甚至是狂热的、偏激的、排他的。就像追星的少男少女为贝克汉姆、菲戈,为萧亚轩、周迅、S. H. E疯狂一样,这是没有办法的一件事情。我知道自己这样做是不对的,天下文章不能姓汪的一个人给做光了。可我就是痴迷,发自隐秘深处的痴迷。谁又奈何得了我呢?

汪先生的文字是颇具飘逸之气的,很迷人。前天又将汪先生的手稿《老董》《当代才子书后记》《闻一多先生上课》等几篇找出一读,真是一种享受。《老董》是汪先生1993年写的,由龙冬供职的《追求》杂志刊发。汪先生当然不会主动给《追求》这样的青年读物写稿的,是应龙冬的要求。汪先生这样的人,稿子给哪个青年人拿去他是不大计较的,只要是他信得过的人。《后记》是为野莽主编的《当代才子书汪曾祺卷》而写。《当代才子书》是野莽和长江文艺出版社的主意,完全是出版行为。选了忆明珠、贾平凹、冯骥才和汪曾祺为第一辑。汪先生是不大赞成用这样的书名的。可由我帮助组稿,汪先生也就随它去了。《闻一多先生上课》是为他与丁聪在《南方周末》合作的《四时佳兴》专栏而写的。当年写了一组。另外还有《面茶》《才子赵树理》《诗人韩复榘》等,汪先生交给我送到丁聪家去,由丁根据文字插图。

说到给丁聪送稿,就像当年萧乾到冰心家送稿一样,我记起当时情景,如今想来也十分有趣。丁先生家住在西三环昌运宫,离我供职的报社公主坟不远,汪先生为我写好楼号、门号及电话，我便带着汪先生的手稿，先给丁先生家打了电话。我捎上家乡的两只符离集烧鸡，便骑车来到昌运宫的4号楼。丁先生夫妇都在家，正准备出门，丁先生说黄永玉和黄苗子从国外回来，有一个聚会在朝阳（区），还要让他去接冯亦代先生。因此，我在那坐着就很不安，立即起身要走。但丁先生并不急，一个劲要我再坐一会儿。问了一些我工作的情况。我说我是通过读老舍先生的《骆驼祥子》而记住丁聪这个名字的。说到老舍，丁先生来劲了："老舍的书是要我来插图，《二马》《骆驼祥子》《离婚》《四世同堂》，都是我插的。"丁先生感叹地说，"'文革'二十二年没画画，1979年才开始画，我'解放'得最晚。"那年丁聪已81岁（1997年）。丁先生实在可爱得可以："现在是忙得够呛。本来该休息了。可是考虑快死了，再挤一点时间。"我们在说话的时候，老太太一个劲地看钟，我便有些坐不住，可丁先生正说得高兴处，我于是便只有盯着墙上的一幅画看：那是黄永玉的手笔，画面上丁聪满面红光，胖乎乎的，坐在地上，斜倚在一块卧石之侧；黄苗子在顶端题了一款"丁聪拜美石，美石拜丁聪……"，下面一款是黄永玉题的，具体什么内容，我已记不清了。丁先生说，这幅画是1995年一次聚会酒后画的，大家兴之所至。

由这些手稿，联想到这段沉睡在记忆深处的往事。记得汪先生曾说，1948年在上海，20多岁的汪先生有时整日和黄永玉在霞飞路上闲逛。两个有志青年，生活贫困潦倒，然谈起文学和艺术，总是有说不完的话题。我能想象得出当年两位的落拓模样，以及恃才自傲的不羁情形！

这些手稿，使我真切触摸到一个真实生命的存在，仿佛这些文字在呼吸。手稿干净整洁，字迹隽永，阅读过程便是一种享受。听说上海不久前发起保护作家手稿热。在电脑写作的今天，作家手稿越来越少。手稿确乎越来越珍贵了。舒乙先生曾倡导大学开设"手稿学"的课程。是的，手稿是可以传达作家的许多信息的，对研究一个作家的风格、一个作品的形成是大有裨益的。

　　这个暑天极其闷热。读书消暑，如吃井水里刚提上来的西瓜，清凉爽口，沁人肺腑。那种感觉，美不可言，因作《盛夏读书记》。

清浊之间的贾宝玉

说贾宝玉是"少年基督"（刘再复语），可是他又生活在人间，因此他身上难免带有"烟火味"。我久读《红楼梦》，深深感受到他身上的清浊之气。

他真真是个可爱又好玩的孩子。

自第一次从冷子兴口里说出他的名字，也才七八岁的样子，到他正式出场，也才十三四岁，给人第一印象是风风火火，而且穿着极其华丽，反正是一副公子哥儿的样子，就是那句"这个妹妹好像在哪见过"，也是公子哥儿说的话。一个不大知晓内情的人，还以为他是在说玩笑话呢！当然，在之前，林黛玉并不想见他，因为从听来的情形看，黛玉对他的印象并不好——"不知是怎生个惫赖人物？"可第一眼下来，黛玉也是"何等眼熟"。明白人读到此处，心中也并不会起疑，因为是"木石前盟"呀。

我认定宝玉是个清新之人，起初是把他当个热闹人看的。黛玉初入贾府，宝玉因到庙里还愿，没有第一时间与黛玉相见，待到晚饭之后，贾母、王夫人与黛玉闲聊天，这时紧着一阵脚步声，早有小丫头子说"宝玉来了"，此时一个少年公子已经立在面前了。这样的场景，就给了我一个痛痛快快、风风火火的印象。再到是奶奶批评他："又是胡说，你又何曾见过她？"宝玉并不生气，而是乐呵呵的："虽然未曾见过她，然我看着面善，心里就算是旧相识吧！"

你看，说得多好啊。这不是一个开朗、豁达之人吗？

而到薛宝钗来贾府时，则没有了这样的场景，甚至连提都没有提一下，倒是因为宝钗人缘好，反引起了黛玉的嫉妒，心中颇为不忿。而这时对宝玉的描写，则是还在"孩提之间"，视姊妹兄弟皆一意，并无亲远，只是因为与黛玉同跟贾母住，因此比别的姊妹略亲一些。

我想，此时的宝玉正处于一种青春的萌动，既有小孩子的天真顽皮，又有青春的躁动不安。这从另外一些细节也能看出：跟黛玉和丫头们解九连环，这些也还是小孩子的把戏。焦大骂街"爬灰的爬灰，养小叔子的养小叔子"，宝玉不解，懵懵懂懂地问二嫂（凤姐）"什么是爬灰"，给凤姐立眉嗔目的一声断喝。在薛姨妈处闹着要吃酒，酒后回去，因奶娘李嬷嬷喝了他早起泡的枫露茶，又拿了他留给晴雯吃的豆腐皮包子回去给自己孙子吃了，气得宝玉一下子攒了手里的茶杯："如今我又吃不着奶了，白白地养着祖宗做什么!撵了出去大家干净!"这不是孩子话又是什么?

但此时的宝玉,也有了一种强烈的青春的萌动。可以说,已经建立起了敏感而多情的性意识:给秦可卿送殡这一节,写得实在是妙。这一路应该是很悲伤的,而宝玉和秦钟呢?在凤姐中途歇脚的一户人家,看上了人家的一个姑娘,便"调戏"人家。先是同秦钟交换眼色:"此卿大有意趣。"这是什么话?是两个孩子之间的暗语。可眼神暧昧,一看就是不怀好意。临走时,宝玉又用眼睛找这个叫二丫头的女孩,"恨不得下车跟了她去",不得已只得以目相送。这里面已经有了十分强烈的性意识了。而到了铁槛寺停灵之时,凤姐受老尼净虚之托给人家退亲收贿,而宝玉和秦钟更不像话,直接就调戏一个叫智能的小尼姑。宝玉已知秦钟与智能心中有意,便有意调笑秦钟,对秦钟说:"让智能倒一杯茶来给我喝。"秦钟说:"你自己不会叫她倒?"宝玉倒会说话:"我叫她倒的是无情意的,不及你叫她倒的是有情意的。"看看,这还是一个孩子说的话吗?完全的挑逗之语!及至茶倒来,宝玉和秦钟两个同时抢着要,这时智能说话了:"一碗茶也争,我难道手里有蜜!"再看看,这个女孩是多么解得风情。至于后来秦钟与智能亲嘴扯裤胡闹,宝玉趁黑"捉奸",拿了他们的现行,那更是不像个话了。这一场送殡的场面,就是一出滑稽剧,也是一出黑色幽默,没见出一丝送殡的悲戚(偶尔表演一番),只见出活人的欲望和荒唐。

宝玉的成长,往简单里说,是在和秦可卿梦里"云雨"之后，醒了又与袭人实景试了一回，这一下算长大了。或者说，是略懂了男女之事了。当然，这也完全是我的武断之说，尚不能以此立论。

但若以此假说呢，是不是也可以说，宝玉从此情窦初开了？因为之后与黛玉就多有磕磕碰碰，那都是小儿女的气短情长；对宝钗，也生出"雪白的一段酥臂"的妄想。

从周瑞家的送宫花就可以看出，别的姑娘倒也罢了，送到林黛玉这儿，她上来一句："是单送我的呢，还是别的姑娘都有？"周瑞家的实说了，黛玉便不高兴，无来由地来了一句："别人不挑剩下的也不给我。"这竟是以后宝玉同她不断磕磕碰碰的起端了。这一番对话贾宝玉也在场，想必这对宝玉也是一个警示呢！言下之意告诉宝玉：以后小性子我是说来就来的，醋也是想吃就吃的。

事实也是如此。一部《红楼梦》，浓缩起来，也是一部林黛玉与贾宝玉好好恼恼、争争吵吵的故事。以我们平常人看来，多是林黛玉"挑事"，无理取闹。究其原因，不外乎一个"情"字。在第二十回中林黛玉自己说得很清楚："我为的是我的心。"贾宝玉回得也挺干脆："我也为的是我的心。难道你就知道你的心，不知我的心不成？"

此话缘由，是宝玉到宝钗那儿去玩，黛玉吃醋"亏在那里绊住了"，宝玉回道："只许同你玩，替你解闷儿，不过偶尔去她那里一趟，就说这话。"林黛玉的刻薄劲上来了："好没意思的话！去不去管我什么事，我又没叫你替我解闷儿。"说完抬腿走了。

宝玉少不得又要小心说好话，妹妹长妹妹短的，再掏一番心窝窝里的话，才能作罢。

对此，贾宝玉并不在乎，他也是惯于做小伏低的。不仅仅是对林黛玉，对其他所有女孩子，也多是这样的。当然，对林黛玉尤甚。之所以他愿意，原因也很简单：他爱她。

如这般的争吵，似乎布满了全书。然并不单调，而是十分地精彩，十分地好看。每一次的争吵，都合情合理，都吵到我们内心里去了，使我们的心尖颤动，为之叹息。

对贾宝玉的有些行为，我也是不能理解的，或者说，有些惘然。比如秦可卿死了，尤氏装病，贾珍悲伤过度，家中一切事务无人料理。这时宝玉走过去，轻轻拽拽珍大哥哥的衣襟，悄悄给他推荐一个人：王熙凤。此处我就不大能理解，宝玉从来是不关心家里这些"烂"事的，也才是十四五岁的光景，依他的为人性格，如何能揣度出大哥哥的心思？又怎么可能忽然想起凤姐，凭空给大哥哥推荐？虽然宝玉同可卿关系不错，她也是宝玉梦里的性指导老师，但宝玉能想到这一层，不大像。尤氏推荐、李纨推荐，都可理解，怎么会冒出个小孩子来关心此事？而且这也有悖宝玉的一贯风格，甚是让人费解。

我想这定然是曹公的武断决定，也或曹公另有考虑。

但后来的一些事情，又让我释怀了。宝玉如此推荐，果然让贾珍满心欢喜，认为是好主意，立即要拉了宝玉一同去向邢、王夫人求情，定要给帮这个忙。

361

而宝玉的态度呢,也是喜滋滋地跟了过来。此时贾珍因过于悲痛,连棍子都拄上了,见了邢、王夫人还"拃挣"着要跪下行礼,被宝玉一把搀扶住。待邢、王夫人同意凤姐过去帮衬几天(凤姐是巴不得的),贾珍喜得立即掏"对牌"(相当于现在的公章)要给凤姐,也是宝玉喜得忙抢过去,接了强递与凤姐。这个"强"字甚好,可见出宝玉的急切心情,似乎他比贾珍还巴不得凤姐过这边帮忙呢!

待到凤姐在东府上任行威之后,果然宝玉要和秦钟过这边来玩。秦钟还担心凤姐不高兴,而宝玉却痛快至极:"不相干,只管跟我来。她怎会腻我们?"你看看,看这话说的,也可见宝玉与凤姐是多么的知己。见到之后,果然不同,凤姐说:"好长的腿!"之后便叫上来坐。

下面的场面真是妙极了。通过宝玉的眼睛看凤姐是怎么干练地料理各色事务,之后说到正给宝玉收拾书房,宝玉想越快弄好才好呢,凤姐逗他:"你请请我才好,否则我就不给他们领工料。"宝玉便猴到凤姐身上:"好姐姐,给出牌子来,好让他们领东西去。"一副耍赖的小孩子相。这里的"猴"字极妙,让人"勾连"上之先宝玉为何要荐凤姐来料理了。

当然,再到后文送秦可卿停灵铁槛寺之时,宝玉与凤姐一路,姐弟亲热无比。宝玉最后连马也不骑了,爬入凤姐车内,姊弟俩有说有笑,十分亲昵。那又是后话了。

从这些小的细节,也足以看出宝玉和嫂嫂的亲密关系。如果这也算理由的话,就算宝玉竭力向贾珍推荐凤姐的原因了。

贾宝玉生在这样一个富贵人家,这不是他所能选择的。白居易不是有诗云"富贵亦有苦,苦在心危忧。贫贱亦有乐,乐在身自由"吗?这或者说,也是一个人的宿命,这是没有办法的事情。

金钏儿跳井是几时？

金钏儿跳井是五月。农历五月，正是端午前后，但究竟是几号，书中没有写明。但阅读中，只要稍微仔细一点，还是能推出具体日子的。

五月初三是薛蟠的生日，这一点书中说得很清楚，在第二十九回中，曹公写道："至初三日，乃是薛蟠生日。"贾宝玉因和林黛玉吵架，没有去参加薛蟠的生日宴，我想可能不仅仅是因为吵了架，贾宝玉骨子里根本瞧不起这位姨兄弟。薛蟠虽然也有优点、蛮憨、直爽，但这位姨兄层次也太不堪了。然而，若说到此回宝、黛吵架，也是无厘头的。我们"红楼小组"，每次读到宝、黛吵架，其中一位叫袁姐的，就会插嘴说："被她搞死了！"她的意思是林黛玉太缠人了。我们这里方言叫"搅屎"。

仔细阅读《红楼梦》，发现宝、黛的每次矛盾、争吵，都没有什么实质的事情。曹公的高妙，在于写出了两个人的机心，而且每每都能说出一番令人信服的道理。宝、黛的争吵，如果用一般的眼光去看，也真的是无事找事，吃饱了撑的。不过话说回来，人心是最难搞的，也就是说，人的心思是最难猜的。《红楼梦》的了不起，正是写出了这种人的心思的幽微处。这也是读者阅读过程中的"敏感区域"。

也是，就不要说是恋爱中的人了吧，就是在普通交往中，也多有猜心思的，或者说，心思无处不在。我的两个同学，因一位的孩子在另一位所在的城市工作，而那位同学粗心，一直没能关心他的儿子。这一位于是私下叽咕："我儿子在他那儿，一次没去看过我儿子，还同学呢！"被叽咕却浑然不觉。我对这位说："你对他说一下，让他去关心关心不就结了！"没想到这位却说："我说了还有什么意思？"

看看，这就是人的心思！而在《红楼梦》中，有一回就将此分析得明明白白。其实，贾宝玉心里早有了黛玉，"只是不好说出来，故每每或喜或怒，变尽法子暗中试探。那林黛玉偏生也是个有些痴病的，也每用假情试探。因你也将真心真意瞒了起来，只用假意，我也将真心真意瞒了起来，只用假意"。

是不是有点太费劲、太绕口了？

简单说来是这样——

宝玉认为：别人不知道我的心就罢了，难道你也不知道？反老刺激我、奚落我，可见你心里没有我。

黛玉认为：你心里自然有我。我便是提"金玉"二字，你听到只当没听到。为什么我一提，你就急眼？可见还是很在乎的。

看看，人心就是这么复杂。正是因为人心不可捉摸，一个心才弄成了两个心，才有了不断的争吵和猜忌。

也正是这回的争吵，贾宝玉没心思去参加薛蟠的生日宴。他对薛宝钗解释："大哥哥好日子，偏我又生病，连个头也没磕。大哥哥不知情，好像我故意不去似的。大哥哥要提起，你帮我解释一下。"而薛宝钗的回复也干脆："你便要去也不敢惊动，何况身上不好。弟兄们日日一处，要存这个心倒生分了。"

贾母为这对"冤家"的赌气吵闹，心中牵挂，说了这么一番话："我这老冤家是哪世里的孽障，偏生遇见了这么两个不省事的小冤家，没有一天不叫我操心。真是俗语说的'不是冤家不聚头'。几时我闭了这眼，断了这口气，凭你这两个冤家闹上天，我眼不见心不烦，也就罢了。偏又不咽这口气。"

因为贾母心里放不下，就叫王熙凤去看看，也帮着说合说合。王熙凤去一看，两人却都好了。

这是宝、黛两人自我努力的结果，也是两人自我反思的结果。用贾宝玉的理论就是：若叫别人来劝，反倒觉得咱们生分，不如这会子，凭你怎么样，要打可以，要骂可以，只千万不要不理我。

少不得贾宝玉又是一番哄劝，一番自叹自泣。他们的每一次争吵，其实也是一次感情的升温。在吵闹中两颗心逐渐靠在了一起。

好了之后又平安无事了。无事之中偏又滋事。早饭后宝玉无事，便在园内闲逛，从贾母那儿溜到王熙凤那儿，最后来到王夫人处。正是热天，人困得很。他母亲正在榻上睡觉，他见金钏儿一边给母亲捶腿一边打盹儿，便一拽金钏儿的耳坠，把金钏儿弄醒，之后两人就是一番玩笑。先是宝玉往金钏儿嘴里放了一颗薄荷糖，金钏儿闭着眼噙了，之后宝玉便拉金钏儿的手，说："明日我和太太讨了你，咱们一处。"

从对谈中可见两人还是挺亲昵的。没想金钏儿高兴，嘴里忽然冒出一句："我倒告你一个巧宗儿，你往东小院子里拿环哥儿同彩云去。"

就这不经意的一句话却惹了大祸。王夫人起身就是一个大嘴巴子，打得金钏儿眼冒金星，即刻要赶出金钏儿去。

王夫人为什么这么恼怒？她平日里不是挺慈悲的吗？

其实，从宝玉和金钏儿的对话中，是可以听出这些小儿女是已懂得男女私情的。金钏儿轻松地说出"东小院子"的事，说明在丫头之间早就晓得贾环与彩云的那些事。否则，金钏儿也不会脱口而出了。正是这暗处涌动的所谓"秘密"，王夫人说不定也是知道一点的，只是不去管它罢了，没想经金钏儿这么一说，捅破了这一层窗户纸。这一下激怒了王夫人。这是王夫人最忌讳的事。可以说，贾宝玉是王夫人的"最核心利益"。王夫人虽然心地慈软，平时也吃斋念佛，但一下子动了她的"核心利益"，人性恶的一面便彻底彰显了出来，所以才那么狠地打了金钏儿，并决意要撵她出去。

这样分析下来，钏儿被打是五月初四，因为在此回的后文，说到了"原来明日是端阳节"。端阳是五月初五，被打是前一天，可不是初四了？

王夫人打了金钏儿，贾宝玉毕竟还是个孩子，他不能也无能力为金钏儿开脱，自己反倒一溜烟跑了。跑了之后他并没有感觉到问题的严重。他跑进大观园见到龄官画"蔷"，自己淋了一身雨还不知，跑回怡红院因无人开门误踢了袭人。

第二天端阳节，大家过得也并不好。虽然王夫人置了酒席请薛姨妈一家吃饭，可这饭吃得寡味：宝钗淡淡的，宝玉没精打采，林黛玉懒懒的，凤姐也淡淡的，迎、探、惜三姊妹"见众人无意思，也都无意思"。因此宝玉回来长吁短叹，因晴雯给他换衣服，不小心跌坏了扇子，抱怨晴雯，弄得晴雯、袭人和宝玉三人好一番口舌。

五月初六，史湘云来。

先在贾母处说笑，说她像个男孩，说她话多饶舌，说她顽皮没心眼。贾宝玉是极喜欢这个妹妹的，之前在清虚观"张爷爷"给了他不少玩意儿，他看中了其中的一个赤金点翠的麒麟，想着回来给湘云，便揣在怀里。因此知道湘云来了，又赶到祖母这里，大家玩笑了一回。这时贾母说道："吃了茶歇一歇，瞧瞧你的嫂子们去，园里也凉快，同你姐姐们去逛逛。"

于是湘云出来，瞧了凤姐，瞧了李纨，便到怡红院来找袭人，送了袭人一枚戒指，便与袭人叙旧拉家常。这一回写得相当诡异，通过戒指写宝钗之好（袭人说先前已得了一个，湘云问谁给的,袭人说是宝钗。那一个本是湘云送宝钗的)。通过袭人请湘云做鞋,扯出黛玉的不是(铰了湘云做的扇套),以此来臧否黛玉。再有贾雨村来访,贾政要宝玉去见,宝玉当然一百个不情愿。湘云说了一通仕途经济的话,被宝玉当场给了颜色看,由此又引出袭人对宝钗和黛玉的议论。通过这些谈论,宝钗和黛玉的群众基础已了然可见了,为日后竞争宝二奶奶,宝钗上位,黛玉出局,暗露了端倪。

这一回给了我们太多的信息。宝玉和黛玉互表心迹终于说出口了!那心里面千滚万烫的话,如奔腾的黄河之水在壶口撞击,被宝玉一句"你放心",彻底倾泻了下来。这是天大的三个字,是惊雷一般的三个字。这一回把宝玉和黛玉素日来的争吵、猜忌、吃醋、怀疑、试探,通通给消解和冰释了。

"你放心。"

这三个字,对他们来说,说出口,真是太难了!

恰巧的是,他们的互表心迹,被不小心送扇子来的袭人碰到了。袭人见到宝玉,宝玉竟痴了,拽住袭人说:"好妹妹,我的这心事,从来也不敢说,今儿我大胆说出来,死也甘心!我为你也弄了一身的病在这里,又不敢告诉人,只好掩着。只等你的病好了,只怕我的病才得好呢。睡里梦里也忘不了你!"听到宝玉魔怔般的这番话,袭人的震惊和恐惧可想而知。袭人彻底吓傻了。我这里所说的"恐惧",绝没有言过其实,对于袭人,她真是太惧怕黛玉是宝玉的"那一半"了。她是深知黛玉的刁钻、尖刻的性情的。她的内心深处当然不希望遇见这么一位主子。

袭人正自垂泪,这时,宝钗走了过来,袭人少不得要把惊悚和慌乱掩过去,扯谎说"两个雀儿打架,倒也好玩,我就看住了"。由此也转入另一重的议论,宝钗的一句"云丫头在做什么呢"牵扯出湘云失恃失怙后的不幸,袭人后悔叫湘云做鞋,这时宝钗说"我替你做些",此举更得了袭人的好感,宝钗的分值又增了一层。

正在这时,一个老婆子走来惊呼:金钏儿投井死了。

这真是晴天一个霹雳。袭人兔死狐悲,滴下泪来。宝钗第一个念头,是赶紧来安慰她的姨娘。

王夫人也正独自垂泪,见她来了,问道:"你可听到一桩奇事?"薛宝钗倒好,为安慰姨母,竟说:"在这里拘束惯了,出去能不疯玩?也许是失脚掉到井里去的。若果真是投井,也是她自己糊涂,怪不得别人。"——亏得宝钗竟能说出这番掩耳盗铃之语。

王夫人为减轻自己的愧责,无非就是多给些银子,再送她两套下葬的衣服,这里却又要拉扯上黛玉,说,正好有给黛玉做的做生日的衣服,可黛玉是个有心人,能不忌讳?这时的宝钗,真个是善解人意,主动为姨娘救急:"我那儿有现成的两套,拿来不就省事。"姨娘问:"你就不忌讳?"薛宝钗多坦然啊:"姨娘放心,我从不计较这些。"

这是多么懂事的一个孩子啊!

这都不能搞定王夫人,还要怎么着?宝钗总是能用这些小小的"因",来争取各方面的好感。她的群众基础建立,并非偶然,

370

而是在润物无声、水到渠成中去实现的。

本文是为考证金钏儿投井的时日，怎么论起宝玉的姻缘了？

是了，现在就要谈到这个问题。在此章回的描述中，有两处细节要特别留意，一个是报信的老婆子说，"前儿不知为什么撵她出去"，这里的前儿，也可认作是前天，也即五月初四。又王夫人在与宝钗交谈中也说到"原是前儿她把我一件东西弄坏了，我一时生气，打了她几下，撵了她下去"。也是"前儿"。难道这"前儿"是一个概数吗？看来不像，那么金钏儿是初四被打，初五是端午节，跳井不就是初六了吗？

由于金钏儿跳井，忠顺王府里人来兴师问罪，讨要戏子琪官（蒋玉菡）。贾环使坏，告歪嘴状，添油加醋说宝玉强奸金钏儿。这一连串的怪事，导致贾政大怒，气歪了嘴，才演绎出"手足眈眈小动唇舌，不肖种种大承笞挞"，把宝玉打得个半死的惊心动魄的情节来。

三十年前的四个笔记本

三十年前,我开始爱好文学。先是看地区小报上的散文诗,有写花的,有写草的,有写我们县城边上的高邮湖的。一两百来字,文字都很美。我模仿他们,也写了几篇,投到地区报上,可是石沉大海,没有消息。后来我受我的一个同学影响,知道还有那么多外国文学名著。他给了我一本《外国文学名著导读》,我按照上面的节选,去买整本的作品回来,有《复活》《老古玩店》《德伯家的苔丝》《前夜·父与子》《茶花女》等等,我生吞活剥地看了十几本,除培养了一点自负和傲慢的气质外,皆不得要领。后来一个偶然的机会,我结识了我们地区的许多文学作者。在交流中,第一次听说了汪曾祺的名字。找来他的作品一看,第一感觉,这个写作的人,他写的故事,离我们县不远。他的语言,很多方言和我们县的人(特别是我乡下的亲戚)口中说出的十分相似。他的《受戒》《大淖记事》《异秉》,《小说月报》或者《小说选刊》都选过,《北京文学》那个时候我们也订阅过,上面也有他的作品。这几篇小说看过,心中欢喜得不得了,就迷上了汪曾祺这个名字。那个时候,他已出版了《汪曾祺短篇小说选》和《晚饭花集》。

我得到了一本《晚饭花集》。为了学习他的语言和写作方法,我把他的《晚饭花集》用大半年时间给抄在了四个大笔记本上。其实也就是单位发的大号的工作笔记本。我认认真真一个字一个字地去抄。有心得了,就在边上用红笔进行批注。在县里的银行,我所从事的工作就是查账,跟文学一点关系也没有。我办公室生锈的铁窗外面有一棵高大的泡桐树,春天一树紫色的大花,夏天一窗子的绿荫。我坐在窗下吭哧吭哧,兴趣盎然,抄到会心处,感到特别幸福,觉得自己同别人不一样。别人忙生活、忙玩、忙喝酒(那时喝酒成风),而我偷偷在忙别人看来是很幼稚的事情。别人背地里都说我怪怪的。我谈恋爱时,还有人私底下议论我脑子不好。可是我痴迷文学像痴迷鸦片或者花朵一样不能自拔。我痴迷汪曾祺到了癫狂的程度。

就这样,一个春天、一个夏天,我把《晚饭花集》抄完了。后来我不知道从哪得到的信息,知道汪先生在北京京剧院工作,我一激动,就把这四个笔记本给寄了过去。寄过去并没有得到回应。不过,不多久,我也把这事给忘了。

后来我到北京鲁迅文学院进修,汪先生来讲课,得以结识了汪先生。有一次我还问过他："我曾给您寄过四个笔记本，可收到过?"汪先生嗯嗯噢噢的，我还是不清楚他究竟收到没有。

又过了几年，一次我到北京公干，到他蒲黄榆的家里去看他，在那吃了午饭。在聊天中，汪师母对我说："老汪写了一篇小文章，把你当年抄书的事给写了一下。"

我一听很是惊讶，同时又十分高兴。师母又接着说："等报纸出来，到时候我寄一份给你看看。"

就这样我回到县里个把月，就收到一个包装得很厚实的邮件。我见信的落款是"北京蒲黄榆"，立即就知道是汪先生给寄过来的。

我急切拆开一看，所寄是一本汪先生题签赠送的《旅食集》。书内夹着一份剪报和一封汪师母写的短信。

师母写道：

> 立新同志：今天收到《文汇报》"笔会"上刊登的老汪的文章，里面不指名地"点"了你一下，我记得答应给你看一看，现在寄来。最近比较忙，所以老汪送你的《旅食集》也寄晚了。
>
> 你和爱人、孩子都好吗？什么时候再到北京来？老汪为应付约稿和社会活动，忙得不可开交，他不另给你信了，要我代他向你们问好！
>
> 施松卿
> 11月7日

信虽简短，可情意真切。口气仿佛是给子女写信，从信中可以看出一个长辈对晚生的爱护。同时，也可以看出那一代知识分子的涵养和风范。

我展开剪报，那是发表在1992年10月25日上海《文汇报》"笔会"上的一篇短文，题目就叫《对读者的感谢》。汪先生在文中写了三个故事。第一个故事是一个浙江的大学生来信，谈他读了《七里茶坊》的看法，汪先生认为所谈极为中肯。第二件是，一个叫梁诚的邯郸读者指出《吴三桂》一文在纪年上搞错了，张士诚攻下高邮应该是1353年，而不是1553年。汪先生在文中说："我完全同意梁诚同志的意见。我从小算术不好，但作文粗疏如此，实在很不应该。"

当写到我时，汪先生说：

> 也是几年前的事了。我收到了一个包装得很整齐严实的邮包，书不像书。打开了，是四个笔记本。一个天长县的文学青年把我的一部分小说用钢笔抄了一遍！他还在行间用红笔加了圆点，在页边加了批。看来他是花了功夫学我的。我曾经一再对文学青年说过：不要学我，但是这个"学生"，这样用功，还是很使我感动。

汪先生说"我曾经一再对文学青年说过：不要学我"。这完全是真诚的。因为他在其他场合也曾几次说起过这样的意思。同时他又说"这个'学生',这样用功,还是很使我感动",说明一个人被人喜欢,还是十分愉快的。

我那时年轻,不知深浅,一股脑地想往前冲,以为学了点皮毛就能模仿出一个汪曾祺。现在看来,汪曾祺真是不能学的,而且也没法学。有许多人知道这一代人是一座山,还故意绕着走呢。自己弄点新奇古怪的,以引起文坛的注意。

汪先生他们那一代人,古典文学掌握得普遍比较好。说穿了,就是童子功好。这正是我们这一代所缺乏的。学养这个东西,补起来很困难,它就如含玉在口、含珠在蚌,那不是一时一刻可以解决的,那是一个天长日久的事情,那是从小习得,之后内化到身体里、血液里、骨髓里。它是一个自然流淌的过程,硬学是学不来的。所以后来孙郁在我的《忆·读汪曾祺》研讨会上说:"汪曾祺是很丰富的,他并不那么简单。他有许多暗功夫。他写的是白话文,但它有文言文的因子在里面。"聂震宁先生也曾风趣地说:"你可以成为一个追随者、解读者,但你永远成不了汪曾祺。"毕飞宇是我非常敬佩的作家,他曾在接受采访时说:"汪曾祺是用来欣赏的,不是用来模仿的。"我同意,我现在完全同意他的说法。

"汪曾祺是用来欣赏的。"这句话真好!

《对读者的感谢》,现在已收到《汪曾祺全集》散文卷(第五卷)中了。在先生生前,他自己编过好几本自己的散文,比如百花文艺的《汪曾祺自选集》,作家出版社出的《蒲桥集》,他都没有选进去。估计他觉得,在散文作品中,这类小文章还是有点

"轻"了。同时,自己选集子,也不好意思将这样的文章选进去,"瓜田李下"的,有自吹自擂之嫌。

时间又过去许多年了。汪先生已去世很久了。有一年,是高邮举行汪曾祺逝世十周年纪念活动,包括邵燕祥、范小青、叶兆言和毕飞宇等许多作家都去了。汪家三姊妹也从北京回到了高邮。活动结束,我们一行到扬州的瘦西湖去游玩。在从瘦西湖的长堤到徐园的道上漫步,正是五月好季节,长堤春柳,春光满目。我和汪朝边走边闲聊。汪朝随意说了一句话,让我很是感慨。她说:"老头儿并不是一个负责任的父亲。"汪先生在我们的认识中,他是又风趣又平等,对待子女,更是周到体贴、和风细雨。他不是有《多年父子成兄弟》的名篇吗?(他也说过:"儿女是属于他们自己的。")可人在实际生活中,有时是很无奈的。人一旦迷恋上一个东西,就会忽略和舍弃许多东西,包括对家人的关爱和呵护。我现在自己写作,我就发现我是多么的"自私",有时肚里有个东西要"生"下来,再大的事都会放一边。因为肚子里的那个东西,你不重视它,它便会稍纵即逝了。从这个意义上说,那些以写作为生的,他们虽然辛苦万分,同时,他们又是多么的自私啊。

在谈话中,不知怎么又扯到我当年抄书之事。汪朝姐说:"那四个笔记本好像还在我们家里,搬家时没有丢掉。我回去找找,如果找到我就寄给你。——你自己好好保存吧!"

我听了十分高兴,但也没有太往心里去。这么多年了,谁知道还能不能找到?

没想我回来不久，就收到一个快件，我见上面的寄件人是汪朝（汪朝的笔迹，我一眼就能认出。她的字又清秀又有力），我就知道是我那旅行了二十多年的笔记本了。

我急切地打开，那四个笔记本完好地摞在一起。它们依然像新的一样，干干净净，一点没有受损的痕迹，仿佛时光在它们的身上停留了一般。它们并没有随着岁月老去。我打开其中的一本，字迹依然那么清晰。那可是我青春岁月的生命呵，现在它又回到了我的手中。

我现在从书橱中抽出这四个笔记本，随手翻着，它们确实都发黄了，快三十年了。那些抄过了的小说，依然那么熟悉。《鸡毛》《晚饭后的故事》《八千岁》《王四海的黄色》《皮凤三楦房子》《徒》《职业》《尾巴》《金冬心》《昙花、鹤和鬼火》《鉴赏家》《星期天》《云致秋行状》《故里杂记》《故乡人》《钓人的孩子》《小说三篇》等等。我是编了目录的。数数有三十多篇。抄完的那一天，我在文尾写了几句话：1987年6月10日抄毕。《晚饭花集》全文约17万字，历时三个月。

我专注地盯着那些红红蓝蓝的笔迹（红字是用以批注的）。那些字迹还那么的清晰，而我人却又老又旧了。汪先生都已去世快二十年。我，也50多岁了。

读书记

淡为衣

读黄裳的《珠还记幸》,记到废名一节,说鲁迅论到废名的《竹林的故事》为"冲淡为衣",这实在是好。

废名的文字,我20出头就读得很熟。说是熟,也就是我见得到的那么几篇:《桃园》《菱荡》《浣衣母》。废名的文字20世纪80年代是不多见的,后来我在北京沙滩的五四书店买到过一本影印的开明书店1932年出的《桥》,真是欢喜得不得了。我在书中记了长长的一段题跋,现在读来,颇为有趣:"1989年6月18日我与好友龙冬君骑车到沙滩购得《桥》,之后两人便抱书到景山公园东门外绿化带,是午后,有蝉在槐树上叫,有遛鸟的老人骑车而至,我们坐一树荫下,抽烟,聊天,谋出《四人故事集》一书,两个有志于文字的青年做着关于未来的梦。"

这本竖排的《桥》,后来我读过多遍。第一遍读完,我曾在书的后记中道:"1991年于湖北黄州的午后读完。文笔清淡,文体简洁。冲淡为衣,稚拙为本。值得效法。"在写这篇小文时,我从书柜里抽出这本已发黄松软了的线装书,用手指指着目录走:《金银花》《史家庄》《井》《落日》《洲》《猫》《万寿宫》《闹学》《芭茅》。我今天见到这些熟悉的文字,心里仍旧是有说不出的欢喜。

我实在是很喜欢废名的。

为什么不重印《桥》呢?真该把《桥》和丰子恺的漫画印在一起去读。为什么不是丰子恺为废名的小说插图?丰子恺为鲁迅的小说插过图吧?"人散后,一钩新月天如水。"废名的笔下多为儿童,但废名写的不是儿童文学。他笔下的那些孩子啊!他的乡村,是真正的乡村,是乡村风俗画。废名的词汇是那么少,他的文字又是那么准确。读废名的文字,最宜在乡村,或者,月夜的山村小溪旁。我曾在炎热的夏天于桐城的一个山腰的茅棚,见一个老太太卖水,可是一个中午没有一个人经过,她就那么坐着。蝉在鸣,静极了。茅棚中凉风阵阵,棚外长着一丛美人蕉,开着火一样红的花。这里,那里,开满了各色野雏菊!我躺在那午后的宽板凳上,任凉爽的风从我身上刮过。我于是想啊,这是最适合读废名的地方了!我想着便读出了声:"稻田下去是一片芋田!好白的水光。团团的小叶也真有趣。芋头,小林吃过,芋头的叶子长大了他也看见过,而这,好像许许多多的孩子赤脚站在水里……"

那个夏天我也曾在皖南一个叫东园的小村庄,那是怎样的月夜啊!月光纱一样的大幔般铺下来,溪水从各色圆石上流过,"咕咕咕"的。我坐在溪旁,那月映着我。全世界仿佛都静下来,听我朗读废名:"冬天,万寿宫连草也没有了,风是特别起的,小林放了学一个人进来看铃。他立在殿前的石台上,用了他那黑黑的眼睛望着它响。"

那些乡间温暖,乡间的人情,都在废名笔下。这样的儿童现在是没有了。这样的乡村也只有在我童年的梦里。

我读废名也可能是我的自私了。小林的童年最宜于我,我在童年的乡下,高邮湖畔的乡村。一个大湖,竹园包围了我家三间茅屋,每天早晨去看竹子的芽,它长得真快!黄黄嫩嫩的嘴,很快就泛青了。竹园沟里的菱,紫红紫红,一掀,结得满满的!钓鱼,用鹅毛的浮子,嫩红的蚯蚓,浮子一送一下,再送两点,轻轻一提,哈,一条鲫鱼在竿头乱蹦!那鳞是多么干净!那沟塘里的水是多么清冽!

我读废名就是这样,是小林走进了我的生命,还是我走进了小林的童年?我们融合了,童年,生命,糅杂在一起。

现在可以是这样去读:这些文字已经是老朋友了,你也已进入中年。晚饭后一切停当,泡一盆齐膝的热水,倚靠在藤椅上,脚丫子在水中吧唧着,翻开一页,细细去读。一本《桥》太短了,要省着些。

你的脚在水中吧唧,你很快活,也很受用。

不妨这样去比方:这些文字,可以是一服良药,滋养精神;可以是一剂补品,绵延寿命;可以是一支乡村音乐,和谐内心。

尺度

不敢读《红楼梦》,读了《红楼梦》,觉得自己的那一点文字,腌臜不堪,形同垃圾。我倒是受过《红楼梦》的一点影响。那点影响,只是皮毛,我想多在文字的表面罢了。我20岁时,听了我一位高明的朋友说,中国没有文学,只有一部《红楼梦》。我是极信他的话的。于是我便将话记在心上。买来《红楼梦》,准备正经去读,可是说实话,凭我当时的一点能耐,根本看不下去。于是我便蛮干,买来两套《红楼梦》,将一套撕成册页,上课时(那时我正上电大)便带上几页,在课堂上吭哧吭哧抄。抄完一页,便撕掉扔了。这样坚持了有很长时间,把一本《红楼梦》颠来倒去,不知弄了有多少遍,可让我说出个系统来,却不能,因为我是只埋头字面,并没有将人物关系弄出个子丑寅卯来。

现在《红楼梦》又热起来。各色人等在说,各种书本在出。王蒙、刘心武索性和《红楼梦》"酱"在一起,开出许多专栏。有的我也看了,也就是个读溜熟了,公说婆说的。于是我近日兴起,又将《红楼梦》翻出来,试着去读。姑且也插一嘴。

《红楼梦》真是一部奇书,它怎么就编得这么圆呢!其实真正可以痛快地去读的,应该是从第六回开始,前五回忙着耍花招,交代、伏笔、障眼法。待一切安排妥帖,第六回正式开始写小说了。如何开头呢?我们平时说的,开头"切口"要小。曹雪芹正思"从那一件事写起方妙",却"小小一个人家,因与荣府有些瓜葛,这日正往荣府中来",开始了以刘姥姥的老眼"切入"荣府中去。

却说秋尽冬初,天气冷将上来,家中冬事未办,刘姥姥的女婿狗儿心中烦躁,多吃了几杯闷酒,在家里闲寻气恼。那一个晚上,在油灯下"刮蛋"(闲扯),油灯下的那几个人——刘姥姥、狗儿和刘氏,无不神形兼备。这些"神形兼备",不是其他,都是从每个人嘴里蹦出来的。一人一个口气,一人一个理儿。我小时候没看过《红楼梦》,可里面的闲谈方式,那些闲谈中的人,我都见过。有些话我不知听我母亲说过多少遍,也不知是先有《红楼梦》呢,人从书中学的,还是这千百年的老话,被曹老先生活活地移到书中去的呢。刘姥姥说狗儿:"姑爷,你别怪我多嘴。咱们村庄人家儿,哪一个不是老老实实,守着多大的碗,吃多大的饭呢?你皆因年小时候,托老子娘的福,吃喝惯了,如今所以有了钱就顾头不顾尾,没了钱就瞎生气,成了什么男子汉大丈夫了!"我母亲说起她的那些侄儿侄女,也是这么个口气,说得入情入理,严丝合缝的。狗儿却道:"有法子还等到这会子呢?我又没有收税的亲戚,做官的朋友,有什么法子可想?就有,也只怕他们未必来理我们呢。"由此扯出祖上曾与"连了宗"的荣府。刘姥姥说:"二十年前,他们看承你们还好,如今是你们拉硬屎，不肯去就和他们，才疏远起来。想当初我和女儿还去过一遭，他家的二小姐着实爽快会待人的，倒不拿大……或者他还念旧，有些好处，也未可知。只要他发点好心，拔根寒毛，比咱们的腰还粗呢。"刘氏接口："你老说得好，你我这样的嘴脸，怎么好到他门上去？只怕他那门上人也不肯进去告诉，没的白打嘴现世的。"你瞧瞧你瞧瞧，"就和""着实""拿大""念旧""嘴脸""打嘴现世"，哪一样不是我们现今生活中百姓的口语？"议论"半天，推出了刘姥姥。刘姥姥道："哎哟！可是说的了，'侯门深似海'。我是个什么东西儿？他家人又不认得我，去了也是白跑。"狗儿说："不妨，你竟带上板儿……"刘姥姥见女婿女儿都不是个法儿，于是自找台阶："我也知道。只是许多时不走动……你又是个男人，这么个嘴脸，自然去不得；我们姑娘，年轻的媳妇儿，也难得卖头卖脚的。倒还是舍着我这副老脸去碰碰。"一切说得合度压辙，没有描写，没有议论，一切皆从嘴中出。这嘴，不是油嘴滑舌，也不是热讲八说。全在法度"拿捏"适度，法度要紧。

我近来写了些小文字，受到朋友们热捧，一时心窍迷惑，连日读了《红楼梦》。《红楼梦》就像一把魔镜，现出我的嘴脸，把我又打回原形。

趣

雨密密地下着，这个冬天也许是个冷冬。这样也许春天就快要来了。想念春天，真的想念春天。

枯冬无事，就边泡脚边将袁子才的《随园诗话》乱翻，适才翻到"病身对妾壮如客，老眼看灯大似轮"，不禁内心一阵狂喜。这位袁老兄也太有趣了，不由得我也"眼大似轮"了。这样的趣，令人满目翠绿，如入蔬果园林。正如袁子才好诗，"枚平生爱诗如爱色，每读一佳句，有如绝代佳人过目"，我的内心之狂喜，大抵是如此吧。

这个冬天其实我并不快乐，心里像堵塞了一样，不开心。其实有什么不开心的呢？细想想，没有。真的没有。也许是叫命运的这个东西惹我生气了？不过话说回来，开心不开心，快乐不快乐，一定要有一个缘由吗？好在有书在旁，"无勿宜也"。好的书也大抵如此，知趣识趣，让你如入瓜田，一个一个，默不作声，然姿态横欹，憨巧有致。

我幼时顽劣无比，下河摸螺蛳，上树摘毛桃，野地捕蝉和蟋蟀，被虫（蛇）、犬所咬。一回偷邻家毛桃，掖入汗褟内，被邻人呵斥，惊吓赤足狂奔，毛桃滚落裆内，奇痒难忍。如此愚顽小儿，成人后竟迷上读书。根基全无，你说出息又能出息到哪里？我平日时有孤寂无趣，想必也有恨铁不成钢之意。想想半生将去，却一无所成，文不能武不能，半吊子结倭瓜。好在心中还喜一"趣"字。顽童识趣，也堪一记。因此读书偏喜那些飘逸率性之人，徐青藤、归有光、沈三白。

沈三白《浮生六记》记童年："余忆童稚时……卵为蚯蚓所哈，肿不能便。捉鸭开口哈之，婢妪偶释手，鸭颠其颈做吞噬

385

状,惊而大哭。"读之快意无穷,仿佛两个儿时伙伴酒边戏语,有忍俊不禁之意耳。

将归有光与沈三白对照阅之,则生趣盎然:

借书满架,偃仰啸歌,冥然兀坐,万籁有声;而庭阶寂寂,小鸟时来啄食,人至不去。三五月夜,明月半墙,桂影斑驳,风移影动,珊珊可爱。归有光一生倦读,以至几日足不出户,其祖母心疼:"吾儿,久不见若影,何竟日默默在此,大类女郎?"

而沈三白则另有情致:

洁一室,开南牖,八窗通明。勿多陈列玩器,引乱心目。设广榻、长几各一,笔砚楚楚,旁设一小几。挂字画一幅,频变。几上置得意书一二部,古帖一本,古琴一张。心目间,常要一尘不染。

晨入园林,种植蔬果,艾草,灌花,莳药。归来入室,闭目定神。时读快书,怡悦神气。时吟好诗,畅发幽情。临古帖,抚古琴,倦即止。

沈三白这位老兄一生何其快哉! 少年浪荡,娶妻陈芸,色趣兼具,中年妻亡,著《浮生六记》。看沈书满目都是江南气息,所记也都是小门小户芥末之事,其中生趣,不可与人言。

我不懂书法，可徐青藤的字我第一次见到便哑口无言，不清秀，不古朴，不苍劲，不拙讷，说不得的个中滋味，有后人评价"真气弥漫"，我想同意此说。青藤写字，不独为写字，实为随性勾点，其字仅为达意，然妩媚妖娆，自现风流。

"半生落魄已成翁，独立书斋啸晚风。笔底明珠无处卖，闲抛闲掷野藤中。"我没有徐青藤般潦倒落魄。我见过青藤一幅画像，眉头微蹙，面有苦色，不知是不是后人敷衍之作。青藤乃天才，吾辈庸人，也犯不着发此牢骚（没资格）。说手中资本，也无半点可炫。然着一个"趣"字，淡然视之，也另有一番滋味。我的老婆近年好弄个花草，养了几盆于阳台之上：君子兰、米兰、吊兰、蟹爪兰、金边黄杨、芦荟，置于阔盆之中，将臭鸡蛋、牛奶植入其根，长得肥头大耳。每年开花时节，叶厚花硕，俨然一富家子弟。我有时背暄于阳台，矮凳一，清茶一，我拥坐在这些君子兰、米兰、吊兰、蟹爪兰之中，抱一卷狂读，亦可一阅。

慕汪斋三记

顽童记

我少年顽劣。时至今日,我的母亲有时还说:"你小时候真是顽皮得'伤心'。"是的,我的童年在家乡的县城。16岁之前我在那个县城钓鱼、摸虾、爬墙、上树,无所不能。

童年的天空真的是蔚蓝无比,那是从孩童眼睛里望去的天空。我整日无所事事,在县城的大街小巷瞎转。特别是夏日的中午,大人们都在睡觉的时候,我经常来到县城的公园(其实是一个杂草丛生的大废园)的白土地的球场上玩耍。一日中午,正巧撞见麻子和歪嘴打架。他们已打了一会儿,因为周围已挤了一些人。我见有人打架,立马兴奋了起来,立即趔趄着——脚下的凉鞋鞋绊断了——跑过去朝人缝里钻。我见所有的人脸上此时都带着无所事事的笑容，饶有兴趣地观看。麻子和歪嘴正打到高潮。歪嘴因发育不全，比麻子矮了许多，似乎已经吃了亏。可歪嘴的勇气是麻子无法相比的。忽见歪嘴倏地冲出人群，低着头在地上斜刺着，边跑边找。他是在找砖头。终于歪嘴手里提着一物又斜刺着回来，人群嗡地一下全都散开。麻子一下孤立在原地，也开始低头去找。我斜站在麻子30度的位置，正参着手激动无比，晒得通红的脸此时因兴奋更加漂亮，像一只熟透的苹果挂在半空。我单听得歪嘴边斜刺过来边吼："狗日的们都给我让开……砸到头赔卵子噢……"我正为这卵子和脑袋怎么可以同日而语去笑，却感到头顶一热，赶紧用手去摸，可是热血已经从指缝中蚯蚓般地爬了出来。我挖挚着手一看，满手是血。我一下子哭了起来。歪嘴也被吓住。麻子一愣，赶紧拔腿飞跑。

进得中学，正是70年代初期，全国一片混乱，家长和老师都在忙"革命"，我们则忙着"学工学农"，县一中有一个校办农场，我们经常到那里去"学农"。有一次修大堤，要家里带锹。我骑着一部"永久"自行车，将锹用绳子拴在车后拖着玩，听那"叮叮当当"的响声。当骑过北门大桥（即我心目中的南京长江大桥）时，我昏了头，使劲猛踩，一下不小心锹头打着了一个老太太的脚。老太太找到我家，我家赔了20个鸡蛋。

我记得那时"学"的是挑土。我个子矮，可我肯"玩命"，一整天就见我在那大堤上奔跑。那时有火线加入红卫兵一说。不知怎的，我便被作为后进生转化的典型"火线"入了红卫兵。我记得大广播里说我，挑土肛门都磨破了，拉出了血。大广播说得我热血沸腾。

即使如此，我依然极其顽劣。"革命"越来越红火，大人根本无空顾我们。我们也落得快活，上学要去就去，不去就到街上野玩。那时我已学会了钓鱼。县城的四乡八镇都给我跑遍了。我们早晨4点就起床，之后跑到乡下人家的塘沟里钓鱼。那时的鲫鱼特别多，童年的乡下池塘边真是美妙无比。我记得有一回我同一个姓蒋的同学去钓鱼，鱼没钓到，我们便跳到塘里去崴藕。崴着崴着我的屁眼有点痒酥酥的。我伸手去一抓，一只蚂蟥已经拱进去一半。我用了好大的力气才将这个"孽物"拔出。好险呀，这个家伙要是钻到我的肚子里我可要受大难了。

久而久之，我也染上了一些不良习气。经常伙同一些一般大的狐朋狗友，打闹着到街上小摊小贩处偷桃、偷梨、偷西瓜。我们偷钓鱼钩的办法真是奇了又奇。县药材公司旁，有一个卖钓鱼钩的老头，六七十岁的样子，精瘦的，秃顶，脸上有个大红记。他戴了一个断了腿的老花镜，那断了的腿绑着白色活血止痛膏。我们走过去，跟老头还客气一番，之后便开始挑选钓鱼钩。我们拿着几只大号的钓鱼钩在装模作样地选着，将钓鱼钩贴到眼睛跟前，却拿眼睛的余光瞟着老头。老头眼力差，他一分神，我们即将钓鱼钩丢到嘴里。再佯装挑选一番，之后便溜开，蹿到巷子里去，嘴一张，有时竟能吐出十几只钓鱼钩！

从小偷小摸的"混顽"，之后发展到进工厂偷些废铜烂铁，到废品收购站换些小钱，买零食吃。有些玩法，已近犯法，只是因为年少，因为那个特殊的年代，也无人操这份闲心。并且，还学会了"滚铜板"，赌些镍币，非常入迷。

至于家庭，母亲整日忙着上班，到砖瓦厂去攒砖坯，父亲倒是威严，要我好好读书，可他整日忙于工作，又有许多年调到公社去当书记，更无暇管束我了。父亲长得极为清癯，抽烟特凶，终日默默无言。有他在家，家里终是死气沉沉，我们便如老鼠一般大气不敢喘一口，终是活泼不得（可一出家门，我便又活泛起来）。可父亲在家的时候毕竟很少。母亲又终日忙于生计，且不认识字，也谈不上教导我。我便撒开手脚，野疯野玩，也没人敢管，竟成了一个自由自在的人了。

求学记

柴可夫斯基说过，机遇是一位不喜欢造访懒汉的客人。我能去北京大学读书，正是这句名言的最好诠释。

我这人少年顽劣，开窍甚晚。18岁受我考上大学的同学的刺激，开始发愤读书。当时也不知是怎么想的，反正那时少年冲动，便想去当作家，写出一部《红楼梦》来，把我那些考上大学的同学都给盖了。现在想来，少年时的大话真是吓死人的。不过如果没有少年的妄想，我今天也就绝不能写出一些字来刊登在报纸上。我当时受刺激的情形你现在是难以设想的。有两个刻骨铭心的场景我至今不能忘怀：一个是1980年夏天吧，太阳当头。我背着书包去补习，走过我每天必须经过的球场，那正是我的1979

届的同学考上大学第一年的暑假,那些春风得意的少年正用同样青春四溢的身体在球场上汗如雨注地奔跑(那是我第一次见到足球),他们穿着各自大学的汗衫(我记得有"上海交通大学""武汉测绘大学""安徽大学"等)已经湿透,每个人的脸上红扑扑的,洋溢着快乐和自豪。我当时那个自卑呀!恨不得有个地洞钻进去!另一个情形更加悲惨,是在我1980年的高考又一次落榜之后的日子,我到我妈妈工作的轮窑厂做工——削砖坯(把由机器压出来晾得半干的砖坯的毛边用瓦刀一面一面削去)。那是怎样的一种工作!七月最高温的夏天,我在太阳下面一工作就是一整天(中午带一饭盒油炒饭)。一个夏天下来整个人晒得像个黑驴蛋!那天我下工骑车回家,在县城东门的大桥上,偏偏撞见我的中学女同学,她原来是我的班长,考上一所中国人民解放军的军事院校。她人长得美丽端庄,扎两个小辫子。你想想看吧!又是女兵,又是大学生,在那年岁,啧啧!我见了她正扭头想走,偏偏给她看见,叫我的名字,我只得停下来同她说话,说的什么我现在一点记不起来了,但当时我满脸通红,一副脏兮兮的滑稽模样肯定吓坏了她。我发现她眼睛里充满同情和怜悯,没说几句话便匆匆走了。我当时窘得肯定像一个傻瓜!这样的情形,在一个十八九岁的少年的心中永远不可磨灭,我发誓要上大学,可那时要上一个大学是何等艰难啊!在我日后工作之后,我一刻也没有忘记做大学梦。我算算和我擦肩而过的大学就有十几所:武汉大学、西北大学、复旦大学、华中师范大学……最终我在32岁时在北京大学圆了我十几年的梦。

可是这个时候做个老大学生的滋味已不对啦！我曾在一本书的后面记过这样几句话："30多岁的我和一帮风华正茂的青春美少年一起混在北京大学，总觉得心里怪怪的，好像人家才是正经八百的莘莘学子，我们则是一些学'混'，是为混一张文凭，混一个金字招牌。我虽也尽力去进入角色，和那些青春飞扬一脸稚气的少男少女一同进课堂，一同进食堂，一同去三角地看最新电影，一同到小馆子吃小炒、喝啤酒，可心里始终有些不对味，老婆孩子仿佛影子一样不时在眼前出现。呵！人家是无牵无挂的呵！而你却是有责任的！"

然北大的三年终于使我了却这一生的心愿。从此我不再为学历而奔走，而进入自由的自学的生涯。

这个年又过来了，我已经整整42岁了。年前年后我一直在读现代作家、藏书家叶灵凤的《读书随笔》，这套由三联书店出的三卷本的读书随笔真的很好。叶先生是"一位真正的爱书家和藏书家"。在一则《老而清醒的毛姆》的小文中叶先生引了毛姆一篇散文中的一段："当我40岁生日的时候，我对自己说：这已经是年轻时代的终结了。"是的，我的又苦又涩的青年时代已经终结了。我必须认真又诚恳地接受这个事实：你不再年轻，你已经到了中年。

回首自己的青春岁月，我虽有遗憾，然并不后悔。在我逝去的十几年的岁月里，我曾洒下了许多辛劳的汗水。我感到自己非常充实。虽过了40，然我的心中冲谦和易。

苦读记

我曾作《求学记》，历述我为能跨入大学校门所付出的艰辛。其实，我的"苦读"也颇具特色。有些"行状"不在《求学记》之下。

我少年顽劣，开窍甚晚。20岁之后无意之中爱好上文学，那痴迷癫狂之状，今天想来，还颇令我感动，也颇为滑稽和可笑。

人，真是"无知者无畏"。那时我脑袋空空，除了记得中学课本中的"苟富贵，勿相忘"几句古文之外，还不知文学为何物，也没有读过一本文学名著。所谓爱好，也仅限于看些地区小报副刊上的一些蹩脚的散文诗。然一个偶然的机会，我得到一本大学课本：《外国文学名著选读》。我从那本书里知道了《复活》和《茶花女》，我在看了课本中的故事梗概之后，便按图索骥，以几角钱一本的价格从书店捧回了几十本外国文学名著。

可真的拥有了，阅读起来，却是个难事。且不说那些冗长的叙述和描写，单是那拗口的人名，就够我一呛。往往好几页下来，还不知所云。然我坚持认定一个死理：既然是世界名著，必有它成为名著的道理，否则难道全世界的人都"瞎了眼"？于是我咬着牙，想办法使自己读进去。那时年轻好胜，于是便把自己平时练功的一根功带钉在椅子背上，每天晚上定好时间，坐下来之后，便把功带扎在腰上，规定自己必须看到50页才能站起来（中途上厕所和喝水不算）。这样每天50页，一本500页的名著，

10天也就拿下来了。我至今还记得我第一次用这种方法读的书：屠格涅夫的《父与子》和《前夜》。"1853年夏天一个酷热的日子，在离昆错沃不远的莫斯科河畔，一株高大的菩提树下，有两个青年人在草地上躺着。"（这两个人便是舒宾和伯尔森涅夫）——我至今还记得《前夜》的开头。初尝到此法的甜头之后，我便日夜兼程，用这种方式读了大量的名著：霍桑的《红字》、哈代的《德伯家的苔丝》、福楼拜的《包法利夫人》、莫泊桑的《俊友》、果戈理的《死魂灵》和托尔斯泰的《安娜·卡列尼娜》等。

在我试验了"捆读法"之后，我又发明了"抄读法"。记得好像有位名人说过："读书有妙法，抄书是一招。"程千帆老先生在《詹詹录》一书中论抄书时说："……这种方法，似笨拙，实巧妙，它可以使作品中的形象、意境、风格、节奏等都铭刻自己的脑海中，一辈子也忘不掉。"我先在一个大本子上抄了《复活》的一些章节，之后便开始抄《红楼梦》。我一下买回两套《红楼梦》，将一套拆开，撕成一页页的装在兜里。那时我正在上电大，听那些录音已经把耳朵听出茧子，正无聊之极。于是我便把裁开的《红楼梦》压在课本下面，一页页地去抄。三年电大上下来，我把一本书生生地给抄了一遍。日久成癖，之后见到好书手就痒痒。鲁迅、沈从文、废名、汪曾祺等许多作家的许多作品我都抄过。前不久合肥电视台《庐州人家》给我做了一期节目，说到我曾经抄过汪曾祺的小说，主持人很是吃惊。我说，这有什么吃惊的，我还抄过《红楼梦》呢！观众"哗"地笑了起来。是的，这种举动在今天看来是有些可笑和荒唐，然对于当年的我，不啻为一件快乐而幸福的事。

　　随着年龄的增长，我不能例外地成家生子，过日子。有了家庭的人，时间就不是自己的了。我不能像小青年的时候那么随心所欲了。我的"捆读"和"抄读"的习惯在油瓶和奶瓶的碰撞声中渐行渐远。然十几年来，不管我的日子漂泊多远，我读书的习惯从没有丢。近年来我又发明了一种"诵读法"：将一些好的短文裁开，一页页贴在墙上，下班回家，便立于墙的一隅，双手交叉胸前，摇头晃脑先诵它两页，忽地老婆一吼，便赶紧去淘米洗菜。然边淘洗边回味，心中乐滋滋的。这也可算是人生一大快事吧！